HAYMON taschenbuch **221**

MIX
Papier aus verantwortungsvollen Quellen
FSC® C083411

Auflage:
4 3 2 1
2019 2018 2017 2016

HAYMON tb **221**

Originalausgabe

www.haymonverlag.at

ISBN 978-3-7099-7852-8

Umschlag- und Buchgestaltung nach Entwürfen von hœretzeder grafische gestaltung, Scheffau/Tirol
Umschlag: Eisele Grafik · Design, München, unter Verwendung von Bildelementen von Kirvosheev Vitaly/bigstockphoto.com (Hintergrund); arenacreative/bigstockphoto.com (Zaun)
Satz: Da-TeX Gerd Blumenstein, Leipzig
Autorenfoto: Tina Reiter

Gedruckt auf umweltfreundlichem,
chlor- und säurefrei gebleichtem Papier.

Reinhard Kleindl

Baumgartner kann nicht vergessen

Kriminalroman

Reinhard Kleindl

Baumgartner kann nicht vergessen

„Die Hölle, das sind die anderen."

Jean-Paul Sartre

Fest steht, dass der Schuss aus leicht erhöhter Position abgegeben wurde, was darauf hindeutet, dass das Opfer saß. Schmauchspuren an der Wange sprechen für einen Schuss aus nächster Nähe. Es gibt keine Anzeichen, die auf Gegenwehr hindeuten. All das deckt sich mit der Aussage Baumgartners, nach welcher das Opfer unbewaffnet war. Der Täter stand aufrecht vor dem sitzenden Opfer, in direktem Blickkontakt, und hielt den Arm ausgestreckt, als er den Schuss abgab. Der Winkel des Schusskanals stimmt mit der Körpergröße von Franz Baumgartner überein. Wir müssen davon ausgehen, dass Baumgartner der Schütze war.

(aus einem vorläufigen Autopsiebericht Dr. Stegers, nur zur internen Verwendung für die Mordgruppe bestimmt)

Etwa eine Woche früher, Sonntag oder Montag, irgendwann gegen Mittag

Es waren die Bilder, erkannte sie, die Bilder an den Wänden. Mit ihnen war die Angst gekommen.

Das war eigentlich absurd. Wie viele Stunden waren sie im Laderaum des Lasters gesessen, bei völliger Dunkelheit? Zuerst Rumpeln, dann schnelle Fahrt, stundenlang, schließlich nur noch Stille. Hin und wieder hatte das Display eines Mobiltelefons aufgeleuchtet und den Laderaum und die darin kauernden Gestalten in ein fahles Licht getaucht. Da hatte sie im Gesicht ihrer Mutter einen Ausdruck gesehen, den sie noch nicht kannte. Das war nicht das beruhigende Lächeln, das die Mutter ihr während der letzten Tage gezeigt hatte, während des Marschs durch das offene Land, auf dem Boot. In der Dunkelheit hatte ihre Mutter sich unbeobachtet gefühlt, und dann war unerwartet das Display des Telefons angegangen. So hatte sie begriffen, wie es ihrer Mutter wirklich ging. Die Erwachsenen hatten Angst. Sie hatte das mit Neugierde registriert, Angst jedoch hatte sie keine verspürt. Alles würde gut werden, daran bestand überhaupt kein Zweifel, und sie verstand nicht, wovor sich die Erwachsenen fürchteten. Sie hatten doch bezahlt, ein dickes Bündel Geldscheine. Warum sollte ihnen jemand etwas tun?

Als sie von einem fremden Mann in der Kühle eines sehr frühen Morgens durch eine enge Gasse in ein Wohnhaus geführt wurden, fühlte sie sich plötzlich doch unwohl, ohne sagen zu können, woher dieses Gefühl kam. Während sie wartete, wuchs ihr Unbehagen. Ein schleichendes Gefühl von Panik, wie ein Nadelstich.

Und nun verstand sie, dass es mit den Bildern zu tun hatte. Sie kannte eines dieser Bilder. Der Lehrer hatte es ihnen gezeigt. Vor vier Jahren, in Aleppo, als die Welt noch eine andere gewesen war. Ein Maler aus Frankreich hatte das Bild gemalt, sie wusste sogar noch den Namen: Monet. Zuerst hatte sie seine Bilder sehr verwirrend gefunden, mit ihren groben Klecksen und Pinselstrichen. Doch wenn man nicht so genau hinsah, sondern sich auf etwas anderes konzentrierte, wenn man etwa seinen Zeigefinger nahe vor die Augen hielt und betrachtete, dann wurde der Hintergrund unscharf und plötzlich erschien das Bild des Malers aus Europa ganz deutlich. Wenn man allerdings genau hinsehen wollte, tauchten die Pinselstriche wieder auf. Ein eigenartiger Trick, doch seither glaubte sie zu verstehen, was dieser Monet ihr sagen wollte.

Der Lehrer hatte ihnen noch viele andere interessante Dinge gezeigt, von denen sie sicher war, dass sie für ihre Zukunft wichtig sein würden. Sie hatte fremdartige Musik gehört, Bilder ferner Städte gesehen und Geschichten aus längst vergangenen Zeiten oder aus einer möglichen Zukunft gelesen. Wenn sie erst einmal erwachsen war, würde sie oft an die Weisheiten des Lehrers denken, nahm sie sich vor.

Vor einem Jahr war er dann verschwunden, ihr Lehrer. Wohin genau, wusste niemand. Sie verstand aber, dass sein Verschwinden kein Zufall war und dass ihre Mutter deshalb mit dem Onkel gesprochen hatte, dessen Sohn nach Europa gegangen war. Cousin Mohammed, der glückliche Fotos und Geld nach Hause schickte. So waren sie mit den Männern in Kontakt gekommen, die sie über das Meer gebracht hatten. Sie und viele andere Leute.

Ihr kam es so vor, als wären diese Dinge vor Ewigkeiten passiert. Sie wusste, dass sie nie zurückkehren würde. Sie und ihre Mutter würden woanders ein neues Leben anfangen.

Doch ihre Mutter hatte Angst. Und obwohl sie selbst fest entschlossen war, diese Angst nicht an sich heranzulassen, weil sie den Rat des Lehrers befolgen wollte, niemals etwas aus Angst zu tun, spürte sie den Nadelstich in ihrer Brust.

Sie erkannte nämlich nicht nur das Bild des Malers Monet wieder, das Bild eines Gartens, der sich im Wasser spiegelte, sondern noch zwei weitere Bilder.

Und die Bilder hingen verkehrt herum, standen auf dem Kopf. Nicht nur das eine, sondern alle drei.

Das war kein Zufall. Niemand hängte versehentlich drei Bilder verkehrt herum auf. Sie waren im Haus von jemandem gelandet, der auf dem Kopf stehende Bilder aufgehängt hatte.

„Mama“, sagte sie, „ich hab Angst.“

„Ganz ruhig, mein Schatz“, flüsterte die Mutter.

„Ich will hier nicht sein.“

Die Mutter strich ihr über den Kopf und rückte ihr Kopftuch zurecht.

„Wir müssen hier bleiben, Hani. Wir können sonst nirgends hin.“

Montag, 9 Uhr

Irgendwie hatte Kevin Hiebler sich alles ganz anders vorgestellt.

Er saß an seinem Schreibtisch, gab vor, in den Akten zu lesen, doch in Wirklichkeit beobachtete er seine Chefin, die ihm gegenüber auf ihren Computermonitor starrte.

Die Mordgruppe war sein Traum gewesen, deshalb war er zur Polizei gegangen. So mancher hatte ihm abgeraten, sich auf dieses Ziel zu versteifen. „Schau halt, was wird“, hatten sie gesagt. Und sich bestätigt gefühlt, als er fast durch das Aufnahmeverfahren für die Polizeischule geflogen war. Beim Fitnesstest war es sehr knapp gewesen. Als er die Schule dann mit Auszeichnung abgeschlossen hatte, waren die Stimmen ruhiger geworden. Auch jene seiner Eltern, die stolz waren auf die guten Noten ihres Sohnes. „Vielleicht schafft er es ja wirklich“, hatten sie gemunkelt, „das wär schon was. Unser Sohn, ein Kommissar!“ Doch dann war er an die Polizeiinspektion Köflach gekommen, und damit waren die Sorgen der Eltern wieder gewachsen.

Bezirksinspektor Ranftl hatte lauthals gelacht, als Hiebler sich vorgestellt hatte.

„Ein Kevin? Das ist einmal was Neues! Was wollen Sie hier?“

Hiebler hatte die Frage nicht verstanden. „Ich wurde zu Ihnen versetzt.“

„Ich weiß schon. Aber Sie wollen doch eigentlich zur Mordgruppe nach Graz, habe ich gehört? Längerfristig.“

Da war Hiebler einen kurzen Moment unaufmerksam gewesen und hatte genickt. Ihm war sofort aufgefallen, dass das ein Fehler gewesen war.

„Aber vorher müssen Sie die Niederungen der Polizeiarbeit kennenlernen, nicht wahr? Sich mit Leuten wie mir abgeben."

Hiebler hatte nicht gewusst, was er darauf sagen sollte.

„Ich hatte schon einmal so einen wie Sie. Den hätte ich damals härter rannehmen müssen. Das war ein Fehler, den werde ich bei Ihnen nicht mehr machen. Deshalb sind Sie hier, oder? Weil Baumgartner auch bei mir war. Ich hab gehört, Sie bewundern ihn. Aber Sie haben keine Ahnung."

Ranftl hatte breit gegrinst.

„Das mit der Mordgruppe vergessen Sie besser gleich wieder. So lange halten Sie nicht durch. Kommen Sie, ich zeige Ihnen Ihren Arbeitsplatz."

Doch nun war Kevin Hiebler hier. Er hatte alle Schikanen Ranftls überstanden, alle Scherze über seinen Vornamen, der nichts mit dem Film aus den Neunzigern zu tun hatte, sondern in den amerikanischen Wurzeln seiner Mutter begründet war, und war tatsächlich zur Mordgruppe versetzt worden. Er hatte Glück gehabt, das war ihm bewusst. Ranftl hätte die Leiche im Röhrenwerk einfach den Bestattern übergeben, wenn Hiebler nicht seinen Chef umgangen und das Landeskriminalamt informiert hätte, wozu er eigentlich gar nicht befugt gewesen war. Völlig arglos im Übrigen, weil er davon ausgegangen war, dass Ranftl das ohnehin tun würde. Ranftl hatte gemeint, nun endlich den lang ersehnten Grund gefunden zu haben, der ihm erlaubte, Hiebler loszuwerden. Doch dann waren Betäubungsmittel im Blut des Toten nachgewiesen worden und Caroline Meier vom Landeskriminalamt hatte den Fall übernommen, der sich plötzlich in einen Mordfall verwandelt hatte.

„Kannst ihn von mir aus gleich mitnehmen", hatte Ranftl zu Meier gesagt, als sie ihn nach Hieblers Qualifikationen gefragt hatte, „ich will ihn nicht mehr sehen."

So war Hiebler mit nicht einmal 30 Jahren zum jüngsten Mitglied der Mordgruppe geworden.

Sein Idol Baumgartner hatte er aber immer noch nicht kennengelernt. Baumgartner war nach wie vor suspendiert, nachdem er mehrmals betrunken zum Dienst erschienen war. Das Disziplinarverfahren lief noch.

Auch sonst schien die Mordgruppe, von der Hiebler sich so viel erwartet hatte, ein Schatten ihrer selbst zu sein. Die zwei besten Ermittler, Baumgartner und Wolf, waren nicht mehr dabei. Rainer Swoboda wartete auf seine Pension und tat nur noch das Nötigste, und von Caroline Meier sagte man, dass sie besser noch im Krankenstand geblieben wäre nach ihrer schweren Schussverletzung. Sie hatte unglaubliches Glück gehabt und hätte genauso gut draufgehen können. Manchmal, wenn sie sich unbeobachtet fühlte, sah man, wie sie vor Schmerz zusammenzuckte.

Im Moment saß Meier am Schreibtisch gegenüber und war in das Lesen eines Berichts versunken. Sie sah dabei verbissen aus, als wäre der Bericht ein schweres Gewicht, das sie heben musste.

All das wäre in Ordnung gewesen. Hiebler war motiviert, voller Energie. Er war bereit, Überstunden zu machen, Verantwortung zu übernehmen, hätte die Dinge gerne angepackt. Doch Meier schien ihn ignorieren zu wollen. Er sortierte Akten, nahm belanglose Aussagen auf, verrichtete Botendienste und wurde in den Besprechungen so gut wie nie zu Wort gebeten. Er fragte sich mehr und mehr, warum sie ihn überhaupt hergeholt hatte. Hiebler regte sich nicht auf, das war nicht seine Art. Er kannte seinen Platz in der Hierarchie und hatte diese bisher für sinnvoll erachtet. Doch inzwischen war er sich nicht mehr so sicher.

Verdammt, diesen Job konnte man besser machen. *Er* konnte ihn besser machen. Und nach allem, was er gehört hatte, hatte Franz Baumgartner ihn besser gemacht.

Aber sollte er das wirklich seiner Vorgesetzten unter die Nase reiben? Fast wünschte er sich seine alte Position in Köflach zurück. Bei dem Gedanken erschauderte er.

Er hörte ein Klingeln und blickte auf. Meier war immer noch in ihren Bericht vertieft. Hiebler sah das Display ihres Mobiltelefons aufleuchten.

„Willst du nicht rangehen?“, fragte er.

Meier bedachte ihn mit einem finsteren Blick, dann nahm sie den Anruf an. Sie ließ den Anrufer reden. Etwas in ihrer Miene veränderte sich. Er konnte es nicht genau benennen, doch er war sich sicher, dass er diesen Ausdruck noch nie gesehen hatte. Die Spannung wich aus ihrem Gesicht und machte Platz für etwas anderes.

„Gut, wir kommen sofort hin. Ist Wilszek schon auf dem Weg? Danke.“

Wilszek, dachte Hiebler. Wenn die Tatortgruppe eingeschaltet wird, ist etwas passiert.

„Was ist los?“, fragte er, als Meier sich eine Notiz machte.

„Ich muss nach Peggau. Du hältst inzwischen die Stellung.“

„Soll ich nicht mitkommen?“, fragte Hiebler.

Meier sah ihn an. Hiebler machte sich auf eine Rüge gefasst, doch in ihren Augen war kein Ärger. Sie schien mit etwas anderem beschäftigt.

„Es ist vielleicht besser, du bleibst hier“, sagte sie.

Hiebler überlegte, ob er das einfach akzeptieren sollte.

„Vielleicht ist es besser, ich komme mit?“

„Von mir aus“, sagte Meier und stand auf.

10 Uhr 20

Caroline Meier fuhr von der Schnellstraße ab und näherte sich der Ortschaft Peggau, 20 Kilometer nördlich von Graz. Das Tal bildete hier eine Engstelle, graue Steilwände aus brüchigem Kalkstein ragten zu beiden Seiten empor, auf der rechten Seite waren Steinbrüche tief in die Landschaft gegraben. Der Ort bestand aus einer Handvoll scheinbar beliebig angeordneter Häuser, einer Schottergrube, einem riesigen Zementwerk und einer Motocross-Rennstrecke. Die Gedenkstätte für die Opfer des KZ-Nebenlagers, die in den letzten Kriegsjahren in Stollen unter der großen Felswand Panzer gebaut hatten, bevor sie erschossen wurden, lag versteckt und wurde nie besucht. Auf dem Gelände des ehemaligen Lagers befand sich ein beliebter Schießstand zum Tontaubenschießen.

Angespannt saßen die beiden nebeneinander und wechselten während der ganzen Fahrt kein Wort. Caroline Meier bog zu einer der Schottergruben ab. „Stocker Schotterwerke“ stand auf einem großen Kunststoffschild über der Einfahrt in das umzäunte Gelände. Daneben ein Schild mit der Aufschrift „Ablagerungen bei Strafe verboten. Bei Zuwiderhandlung erfolgt Anzeige“.

Sie parkten den Dienstwagen neben Wilszeks Geländewagen, direkt vor einem Baucontainer mit Tür und Fenstern. Dahinter zeichnete sich die braune Wasserfläche des Schotterteichs ab. Als sie ausstiegen, hörte Kevin Hiebler ein monotones Motorengeräusch. Er verstand nicht gleich, womit er es zu tun hatte, dachte an ein Stromaggregat. Doch dann begriff er, dass das keinen Sinn ergab, ein Schotterwerk wie dieses hatte selbstverständlich einen Stromanschluss.

Hiebler öffnete den Reißverschluss seiner Jacke. Der leichte Wind war warm, zu warm für Februar. Aus dem Schotter des Parkplatzes wuchs Unkraut, erste Blumen hatten ausgetrieben.

Wilszek kam ihnen entgegen und stolperte fast über ein Eisenrohr, das auf dem Boden lag. Er wirkte aufgekratzt, als hätte er zu viel Kaffee getrunken.

„Meier, gut, dass du da bist.“

„Ist es wahr?“, fragte sie.

Wilszek nickte heftig. „Es sind fünf, glaube ich.“

Er blinzelte ständig, während er mit Meier sprach, und gestikulierte, als wolle er seinen Worten Nachdruck verleihen.

„Die Identifizierung wird eine ziemliche Challenge.“

Da fiel Hiebler der Geruch auf, den der warme Wind zu ihm trug.

Und plötzlich wünschte er sich, er hätte auf Meier gehört und wäre im Büro geblieben.

Wilszek lief voraus, während Meier und Hiebler ihm gemessenen Schrittes folgten.

Sie gingen den Rand des Schotterteichs entlang, in Richtung eines Baggers, vor dem zwei Polizisten standen, als würden sie Mahnwache halten. Das Motorengeräusch wurde lauter. Da erkannte Hiebler, dass es der Motor des Baggers sein musste, den er hörte. Als sie den Bagger erreichten, wollte er die beiden Polizisten fragen, warum sie ihn nicht abstellten. Doch dann bemerkte er, dass der Bagger etwas aus dem Wasser gezogen hatte. Hiebler erkannte das Heck eines weißen Lieferwagens, der an einem Stahlseil hing. Das Führerhaus war noch unter Wasser, nur der Laderaum selbst ragte heraus.

„Der Betreiber der Schottergrube hat ihn herausgezogen, vor einer Stunde", berichtete Wilszek. „Er hat gesehen, dass da was im Wasser war, und wollte es wegräumen, hat er gesagt. Früher haben immer wieder Leute Sperrmüll hier abgeladen, bis er den Zaun erneuert hat. Anscheinend hat er deswegen schon Anzeige erstattet. Aber ein ganzes Auto hatte er noch nie. Es lag schon länger hier drin."

Hiebler sah, dass die Tür am Heck einen Spalt offenstand.

„Wo ist der Mann?", fragte Meier.

„Er wird derzeit psychologisch betreut. Steht unter Schock. Keine Ahnung, wann du den befragen kannst."

Hiebler war ein Stück hinter Meier und Wilszek zurückgeblieben. Die beiden standen am Rand der Schottergrube, wo der Hang einige Meter steil zum

Wasser hin abfiel. Alles in ihm sträubte sich dagegen, näher hinzugehen. Doch als die beiden den Hang hinunterkletterten, gab er sich einen Ruck und folgte ihnen. Der Gestank wurde mit jedem Schritt stärker. Es würgte Hiebler, ein Reflex, den er nicht unterdrücken konnte. Er versuchte, durch den Mund zu atmen, und presste den rechten Ärmel seiner Jacke unter die Nase, während er sich mit der linken Hand am Hang abstützte. Wilszek, der weiße Handschuhe trug, öffnete die Tür. Meier warf einen Blick hinein und wandte sich schnell wieder ab. Wilszek sah Hiebler an, hielt die Tür des Wagens auf. Hiebler zögerte kurz, dann warf er ebenfalls einen Blick in den dunklen Innenraum.

„Wie willst du weiter vorgehen?", fragte Caroline Meier. Sie waren zum Parkplatz beim Eingang des Geländes zurückgekehrt. Meier sprach mit einer Ruhe, die Kevin Hiebler nicht nachvollziehen konnte. Ihm war schwindlig und übel.

„Wir können das Fahrzeug nicht da lassen", sagte Wilszek. „Zu einsehbar. Hier werden bald die ersten Pressefotografen aufkreuzen, so kann ich unmöglich arbeiten. Die Spurensicherung hier am Gelände wird sehr schwierig. Der Wagen liegt da seit Wochen drin. Aber er hat dicht gehalten, es ist kein Wasser hineingelaufen. Ich bin mir nicht sicher, ob das normal ist."

„Finde es heraus. Haben wir ein Kennzeichen?"

Wilszek verneinte. „Kein Nummernschild."

„Also abschleppen?", fragte Meier.

„Ich denke schon."

„Aber wohin?" Meier zögerte. „In der Gerichtsmedizin gibt es keinen Raum, der groß genug ist."

„Du hast recht", gab Wilszek zu. „Ich werde mir etwas überlegen."

„Tu das. Spätestens heute Abend will ich eine Lösung haben."

12 Uhr

Meier und Hiebler verließen Peggau ebenso wortlos, wie sie gekommen waren. Hiebler hatte einen flauen Magen, fast so, als wäre er verliebt, und er wunderte sich noch immer über die Ruhe seiner Chefin. Er verstand nun besser, wie stark man sein musste, um bei der Mordgruppe zu arbeiten.

Sie stellten das Auto auf dem Parkplatz des Landeskriminalamts ab, gingen hinauf in die Kanzlei und schlossen die Tür.

Als Meier wieder an ihrem Schreibtisch saß, senkte sie auf einmal das Gesicht und ein Ruck ging durch ihren Körper. Dann noch einer. Da hörte Hiebler, dass es stumme, unterdrückte Schluchzer waren.

Er fühlte sich so hilflos wie noch nie zuvor in seinem Leben. Irgendwann stand er auf und legte seiner Chefin die Hand auf die Schulter.

„Ich kann das nicht mehr", flüsterte Meier.

Du musst, dachte er. Es ist niemand mehr da außer dir.

12 Uhr 30

Nachdem Meier den Chef der Kriseninterventionsstelle telefonisch nicht erreicht hatte, um mehr über den Zustand von Stocker, dem Chef der Schottergrube, zu erfahren, hatte sie Hiebler zum Mittagessen geschickt.

Da saß er nun in der Kantine, starrte auf seine faschierten Laibchen mit Erdäpfelpüree und versuchte, einen Bissen von Letzterem hinunterzuwürgen.

Grinsende Gesichter.

Das war es, was er in der Dunkelheit gesehen hatte. Damit hatte er überhaupt nicht gerechnet.

Er kannte diesen Effekt, das Grinsen entstand durch das Austrocknen der Haut, die sich beim Verwesen zusammenzog und die Lippen öffnete, bis die Zähne freilagen. Eine der Leichen hatte etwas getragen, das wie eine Trachtenweste aussah. Er selbst hatte so etwas als Kind gehabt, für Hochzeiten und Volksfeste seiner Verwandten auf dem Land. Das Bild hatte sich gestochen scharf in seine Netzhaut gebrannt und tauchte alle paar Minuten in seiner Erinnerung auf.

Ich kann jetzt nichts essen, dachte Hiebler. Beim besten Willen nicht.

Er brachte das Tablett zurück, entschuldigte sich und ging wieder hinauf in die Kanzlei. Meier hatte sich scheinbar wieder gefangen und telefonierte. Sie wirkte hitzig, energiegeladen.

„Haben Sie gehört, was ich gerade gesagt habe? Mindestens fünf. Wir sind noch nicht einmal sicher, wie viele ... natürlich kann ich die Besprechung auch verschieben, aber finden Sie nicht ... ja, Rainer Swoboda ist auf Kur ... ja, sicher ... gut, von mir aus. Dann eben morgen Nachmittag. 15 Uhr, spätestens. Ist gut, bis morgen."

Sie schlug mit der Hand auf den Unterbrecher des Telefons und legte dann den Hörer darauf. „Trottel", sagte sie.

Hiebler begriff, dass sie mit Kurt Lafkowits telefoniert hatte, dem Interimschef der Abteilung für Gewaltverbrechen des Landeskriminalamts. Sein Vorgänger Mario Sukitsch saß in Untersuchungshaft, warum genau, hatte ihm niemand erklären wollen. *Liest du keine Zeitung?* Hiebler war Lafkowits bisher nur einmal begegnet.

Er hatte ihn vor zwei Wochen auf dem Gang getroffen, er kannte den kleinen, hemdsärmeligen Mann mit aufrechter Handlung von Fotos aus dem Internet. Bei ihm war noch ein Mann im Anzug gestanden, den er nicht kannte, aber er hatte vermutet, dass das der Staatsanwalt war, Sonnleitner.

Hiebler trat zu den beiden hin, die sich mit ihren Kaffeebechern in den Händen unterhielten, doch Lafkowits reagierte nicht, bis Sonnleitner das Gespräch unterbrach und sich mit einem „Was denn?“ an Hiebler wandte.

„Guten Tag. Herr Lafkowits? Ich bin der Neue. Kevin Hiebler.“

Lafkowits schüttelte stirnrunzelnd die ihm angebotene Hand.

„Hiebler ... helfen Sie mir.“

„Mordgruppe. Caroline Meier hat mit Ihnen über mich gesprochen.“

Da hellte sich Lafkowits’ Miene auf.

„Ach ja, richtig. Willkommen!“

Dann wandte er sich wieder Sonnleitner zu. Hiebler wartete ab, ob er Sonnleitner vorgestellt wurde. Als das nicht passierte, ging er.

Lafkowits arbeitete eigentlich in einer Sonderabteilung für Wirtschaftskriminalität, die direkt dem Innenministerium unterstellt war, und hatte den Ruf eines Problemlösers. Allerdings schien er immer sehr beschäftigt zu sein.

Meier war aufgestanden und nahm gerade ihre Jacke von der Sessellehne.

„Wir dürfen diesen Stocker jetzt befragen", erklärte sie. „Kommst du mit?"

14 Uhr

„Tut mir leid wegen vorhin", sagte Caroline Meier, als sie mit dem Dienstwagen Richtung Gösting fuhr, wo Stocker wohnte. „Das darf mir eigentlich nicht passieren."

Kevin Hiebler zuckte mit den Schultern. Er wollte etwas Beruhigendes sagen, doch es fiel ihm nichts ein.

„Ich hätte dich warnen sollen", fuhr sie fort. „Wenn die vom Journaldienst einmal so durcheinander sind, hat das einen Grund. Es hätte mir klar sein müssen."

„Ich habe noch nie so viele Tote auf einem Haufen gesehen", stellte Hiebler fest und merkte, dass es sich wie ein Vorwurf anhörte, was er eigentlich nicht gemeint hatte.

„Glaubst du etwa, ich?"

„Hast du die Weste gesehen?", fragte Hiebler.

„Welche?"

Hiebler schüttelte den Kopf. „Ach, gar nichts."

„Jetzt sag schon!"

„Wie von einem Steireranzug."

Sie schwieg kurz, als müsse sie den kalten Schauer abwarten, der ihr über den Rücken lief.

„Kein Wort an irgendwen, hörst du?", sagte sie.

„Das wird einen Wirbel geben."

„Die Medienarbeit soll Lafkowits machen. Da halten wir uns komplett raus."

14 Uhr 20

Die gesuchte Adresse war ein großes, gelb gestrichenes Haus mit rotem Ziegeldach und gepflastertem Parkplatz, auf dem ein dunkler Porsche Cayenne stand. Das Haus lag auf einer Anhöhe mit Blick auf die Stadt, zwischen Designerhäusern mit Flachdächern und großen Glasfassaden.

„Die von der Kriseninterventionsstelle haben gesagt, er ist vernehmungsfähig", erklärte Meier, während sie zur Haustür gingen. „Aber wir sollen uns nicht zu viel erwarten, er hat ein Beruhigungsmittel bekommen."

Meier klingelte, doch nichts passierte. Neben dem Fußabstreifer lag ein glitzerndes Einhorn aus Plastik. Hinter dem Porsche hatten sie ein rosarotes Dreirad gesehen. Als sie gerade ein zweites Mal klingeln wollte, hörten sie, wie ein Schlüssel im Schloss gedreht wurde. Die Tür öffnete sich einen Spalt, und eine Frau mit dunkelrot gefärbten Haaren und gezupften Augenbrauen, die schwarz nachgezogen waren, lugte heraus.

„Ja?"

„Guten Tag, wir sind vom Landeskriminalamt. Ich bin Chefinspektor Meier, das ist Inspektor Hiebler. Frau Stocker?"

Die Frau nickte. „Sie wollen zu meinem Mann?"

„Bitte."

„Kommen Sie herein."

Im Haus begann ein Hund zu bellen. Als die beiden Polizisten eintraten, tauchte ein riesiger Golden Retriever auf. Stocker erwischte ihn am Halsband und hielt ihn zurück.

„Still jetzt, Aron! Musst du immer so einen Wirbel machen? Geh Platz!"

Der Hund ignorierte sie, bellte die beiden Fremden an. Besonders Hiebler schien es ihm angetan zu haben.

„Aus!", schrie Stocker, worauf der Hund winselnd den Kopf einzog.

„Tut mir leid", sagte sie. „Er folgt nicht, wir können nichts machen. Heute ist er überhaupt ganz aufgedreht, das ist wegen meinem Mann."

„Kein Problem", versuchte Meier, die Frau zu beruhigen.

Stocker zerrte den Hund am Halsband weg, und Meier und Hiebler betraten ungefragt die Küche.

„Lassen Sie die Schuhe gleich an", sagte Stocker, als sie zurückkam.

„Wo ist Ihr Mann?", fragte Meier.

„Es geht ihm nicht besonders gut", sagte die Frau. „Die Psychologin hat gemeint, er braucht Ruhe."

„Wir haben das mit ihr abgesprochen. Es dauert nicht lang, nur ein paar Fragen."

Stocker schien nicht besonders glücklich darüber zu sein, wies Meier und Hiebler aber den Weg. „Da entlang."

Sie betraten einen abgedunkelten Raum, die Jalousien waren heruntergelassen. Im Zwielicht war ein ebenso korpulenter wie kräftiger Mann zu erkennen, der regungslos und seltsam schlaff in einem Lehnsessel saß, als hätte man ihn hier abgeladen. Seine Augen fanden die Polizisten und wechselten schnell zwischen den beiden hin und her.

„Herr Stocker?"

Er sandte einen flehenden Blick an seine Frau. „Ja?"

Meier stellte sich vor. „Wir müssen Ihnen ein paar Fragen stellen."

Stocker antwortete nicht. Er wirkte hilflos, wie ein Kind, das sich verlaufen hat. Seine Frau stand hinter den Polizisten und beobachtete alles mit verschränkten Händen.

„Sie haben den Lieferwagen gefunden?"

„Ja", sagte er und räusperte sich. „Ja, das stimmt."

Meier wartete darauf, dass Stocker erzählte.

„Sie wollten ihn aus dem Wasser ziehen, mit einem Bagger?", versuchte sie nachzuhelfen.

„Die Zigeuner", brach es aus ihm heraus. „Die kippen immer ihren Müll in den Teich! Ich hab schon Anzeige erstattet, einmal hab ich die Nummerntafel aufgeschrieben. Aber da ist nichts passiert."

„Sie wissen also, wer den Müll dort ablädt?", fragte Meier, die sich zurückhalten musste. Man nannte sie Roma, Zigeuner war diskriminierend. Aber sie wollte den Mann nicht unterbrechen.

„Herr Stocker, weiter. Wann war das? Wie lang war das Fahrzeug schon bei Ihnen im Teich?"

„Ich weiß nicht. Wie hätte ich ahnen sollen, dass da wer drin ist?"

„Du musst das nicht beantworten", meldete sich Stockers Frau im Hintergrund. „Die Psychologin hat gesagt –"

Meier bedeutete ihr mit einer Geste zu schweigen. Dem Mann ging es wirklich schlecht, doch sie wollte noch nicht aufgeben.

„Und heute haben Sie das Fahrzeug aus dem Teich gezogen? Warum heute?"

Er schüttelte den Kopf. „Woher hätte ich wissen sollen, dass da Leute drin sind? Ich meine, wer rechnet denn mit so was?"

Auf einmal waren da Tränen in den Augen des großen Mannes.

„Ich habe nichts gehört, ehrlich! Da hat niemand geklopft, das hätte ich gemerkt!"

„Frau Inspektor", sagte Stockers Frau.

„Sie sollten sich keine Vorwürfe machen", sagte Meier. „Wir wissen nicht, ob diese Menschen noch gelebt haben, als das Fahrzeug hier abgeladen wurde. Es spricht vieles dagegen."

„Irene, geh, bringst du mir einen Schnaps? Ich brauch noch einen, bitte."

Seine Frau kniff die Lippen zusammen und rührte sich nicht.

„Wer war noch dabei? Als Sie den Laderaum geöffnet haben?", fragte Hiebler.

„Ich hätte den schon viel früher abschleppen sollen."

Er schüttelte den Kopf und schien plötzlich weit weg zu sein.

Meier war noch nicht fertig, doch sie sah, dass es keinen Sinn hatte.

„Wir werden morgen wiederkommen", sagte sie zu Frau Stocker. „Hier ist meine Visitenkarte. Rufen Sie mich an, wenn es ihm besser geht."

Als sie zum Auto gingen, klingelte Meiers Telefon. Wilszek war in der Leitung.

„Ja?"

„Ich habe jetzt einen Abschleppwagen hier. Wo sollen wir den Lieferwagen hinbringen?"

„Du willst ihn abschleppen lassen?", fragte Meier.

„Natürlich, das hatten wir ja besprochen."

„Einfach so durch die Stadt?"

„Wie denn sonst?"

Meier überlegte, ob es eine andere Lösung gab, doch es fiel ihr keine ein.

„Wohin jetzt?", fragte Wilszek. „Deine Entscheidung."

„Lass ihn ins Landeskriminalamt bringen", sagte Meier.

Wilszek legte auf.

„Dort ist das Gelände wenigstens bewacht und keiner sieht hinein", sagte Meier zu Hiebler, doch es klang nicht sehr überzeugt. „Komm, fahren wir zurück. Wir müssen diese Anzeige finden."

15 Uhr

Als sie die Kanzlei der Mordgruppe betreten und gerade ihre Sachen abgelegt hatten, stürmte Lafkowits zur Tür herein.

„Ich habe gehört, was passiert ist", sagte er. „Bitte klären Sie mich über die Details auf."

Meier packte ihre Tasche aus, ohne ihn anzusehen.

„Einen Moment. Ich muss auf die Toilette. Sie können sich schon einmal hinsetzen."

Sie ließ Lafkowits und Hiebler in der Kanzlei zurück. Nach ein paar Minuten setzte sich Lafkowits tatsächlich hin, ohne Hiebler eines Blickes zu würdigen. Er wirkte angespannt.

Als Meier zurückkam, ließ er sich nichts anmerken und wartete geduldig, bis sie sich ebenfalls gesetzt hatte und ihm kurz das Wenige berichtete, was sie wussten.

Lafkowits nickte. „Was wird nun unternommen?“, fragte er.

„Wir müssen warten, bis Stocker vernehmungsfähig ist. Inzwischen haben wir vom Sekretariat eine Liste aller Mitarbeiter angefordert. Darüber hinaus suchen wir eine Anzeige, die Stocker offenbar gemacht hat. Es wurde schon öfter Müll bei ihm abgeladen, einmal hat er sich das Kennzeichen aufgeschrieben.“

„Was meinen Sie damit, Sie suchen diese Anzeige?“

„Wir wollten das eben nachsehen, bevor Sie gekommen sind.“

„Tun Sie das“, sagte Lafkowits. „Und weiter?“

„Sonst können wir nur abwarten, was die Tatortgruppe liefert. Und natürlich warten wir auf die Obduktion.“

Lafkowits nickte. „Und finden Sie, dass das genug ist?“, fragte er.

„Was sollen wir sonst tun im Moment?“, gab Meier zurück.

„Warum ist Rainer Swoboda noch nicht hier?“

„Rainer Swoboda war auf Kur. Ich habe ihn schon verständigt.“

„Wir müssen diese Besprechung morgen vorverlegen“, sagte Lafkowits. „Das kann nicht bis zum Nachmittag warten. Kann Swoboda um acht Uhr hier sein?“

„Nichts lieber als das. Ich werde ihm Bescheid sagen“, versprach Meier.

„Gut, danach machen wir eine Pressekonferenz. Um zehn“, sagte Lafkowits, dann stand er auf und verließ den Raum.

„Jetzt auf einmal doch früher“, sagte Meier, als er weg war. „Warum hört er mir eigentlich nie zu?“

Hiebler machte sich auf die Suche nach der Anzeige und fand sie im System. Das Kennzeichen war ein ungarisches gewesen, und die Sache war eingestellt worden. Er druckte die Akte aus und ging mit dem Zettel in der Hand zu Meiers Schreibtisch.

„Da, schau."

Sie beachtete ihn nicht, starrte gebannt auf ihren Bildschirm.

„Was ist los?", fragte er.

„Wow", sagte sie, „unser Stocker."

„Was ist mit ihm?"

„Über den haben wir eine Akte. Vorbestraft", sagte Meier.

In diesem Moment klingelte ihr Handy. Sie nahm den Anruf entgegen.

„Gut", sagte sie.

„Wir müssen runter", wandte sie sich an Hiebler, „der Lieferwagen ist da."

Der Tatort, dachte Hiebler. Wir haben den Tatort einfach zum Landeskriminalamt geschleppt.

Wie praktisch.

15 Uhr 30

Aus den Radkästen des Fiat Ducato tropfte Wasser auf den Parkplatz des Landeskriminalamts. Das Führerhaus war mit Algen überzogen, die langsam trockneten und einen Geruch nach Schlamm verströmten, der schwach auszumachen war unter dem Gestank aus dem Laderaum.

Swoboda, Meier und Hiebler standen schweigend vor der geöffneten Heckklappe des Fahrzeugs und starrten in den Innenraum. Sie hatten sich die Mentholsalbe unter die Nasen gerieben, die Wilszek angeboten hatte.

„Scheiße“, sagte Rainer Swoboda, ohne den Blick abzuwenden. Dann noch einmal: „Scheiße.“

„Wer zum Teufel sind diese Leute?“, fragte Meier. „Die müssen doch irgendwo hingehören!“

„Hast du die Vermisstenkartei angeschaut?“, fragte Wilszek.

„Noch nicht. Aber ganz im Ernst, fünf auf einmal?“

„Vielleicht nicht aus Österreich“, schlug Wilszek vor.

Das war es, was auch Hiebler gleich gedacht hatte. Die konnten unmöglich von hier sein. Aber dann hatte er die Trachtenweste entdeckt. Die er gerade nirgends mehr sah. Der Abtransport hatte die Körper offenbar durcheinandergebracht.

„Durch Peggau geht doch keine Flüchtlingsroute“, sagte Swoboda. „Oder?“

„Wir müssen das genau wissen“, antwortete Meier. „Ist die Gerichtsmedizin schon verständigt?“

„Steger ist auf dem Weg.“

„Der kann gleich ein paar Kollegen mitbringen. Das hier bedeutet Arbeit. Ich brauche DNA-Proben von denen allen, und zwar schnell.“

„Wie gesagt, Steger müsste jeden Moment hier sein.“

Sie hörten Schritte, die sich von hinten näherten. „Was stinkt denn hier so ... du meine Güte!“

Der Mann von der Datenforensik-Gruppe blieb stehen und hielt sich den Ärmel vor die Nase. „Ach du Scheiße!“, fluchte er und suchte das Weite.

„Ich glaube, wir müssen das hier schnell erledigen", sagte Meier.

„Ganz meine Meinung", gab Wilszek zurück und ging zu seinem Auto. Er zog den weißen Overall der Tatortgruppe an, gab seinen Mitarbeitern, die etwas abseits gewartet hatten, ein Zeichen und stieg in den Laderaum.

„Ich melde mich, wenn es etwas Neues gibt", sagte er zu Meier.

17 Uhr

Hiebler durchforstete Vermisstenmeldungen aus ganz Österreich und versuchte, ein System zu finden, das irgendeinen Sinn ergab, doch die Aufgabe erschien ihm hoffnungslos. Hier ein Teenager aus Linz, der auf dem Heimweg von einer Party verschwunden war und nie gefunden wurde, vermutlich in der Donau ertrunken. Da eine Prostituierte aus Bulgarien, die in der Nähe von Salzburg arbeitete und ihre Familie zuhause besuchen wollte, wo sie jedoch nie angekommen war. Dort ein Junkie aus Vorarlberg, der eines Tages zu einem Termin mit seinem Bewährungshelfer nicht erschien und nie mehr gesehen ward. Und eine Statistikerin für ein Mobilfunkunternehmen aus Wien, die ihrem Lebensgefährten eine hingekritzelte Notiz hinterließ, bevor sie aus dem Urlaub am Neusiedlersee irgendwohin aufbrach. Wohin, wusste niemand.

Der Anblick dieser Liste schmerzte ihn als Polizisten. Er hatte inzwischen genug Erfahrung, um zu wissen, dass hinter manchen dieser Fälle tatsächlich ein Verbrechen steckte, das aber einfach gut genug ausgeführt war, um selbst für die Spezialisten von der Polizei nicht sichtbar zu sein. Erst wenn auf Druck der Öffentlichkeit oder der Politik hin mehr Mittel bewilligt wurden, kam Bewegung in solche Fälle, jedenfalls dann, wenn es um Personen von besonderem Interesse ging. Doch selbst das half nicht immer. Umgekehrt gab es auch Fälle, in denen ein begründeter Verdacht bestand, wer für das Verschwinden der Person verantwortlich war, in denen aber die Indizien für eine Anklageerhebung nicht ausreichten und ein mutmaßlicher Mörder sich mir nichts, dir nichts ins unbeschwerte Privatleben zurückziehen konnte. Hiebler hatte beides erlebt und konnte sich nicht entscheiden, welches Szenario er schlimmer fand.

Es war nicht auszuschließen, jemanden von dieser Liste in dem Lieferwagen zu finden, aber er sah beim besten Willen keine fünf Fälle, die irgendwie zusammenhingen. Es musste eine Gemeinsamkeit dieser Leute geben, zumindest einen Zeitraum, wenn nicht sogar eine Gegend, die sich eingrenzen ließ. Doch wie er die Fälle auch zu ordnen versuchte, es gelang ihm nicht, auf die Opferzahl im Lieferwagen zu kommen.

Fünf Tote, die aus dem Nichts auftauchten.

Flüchtlinge?

Der Gedanke drängte sich auf.

Caroline Meier hatte inzwischen die Mitarbeiterliste von Stockers Schotterwerk bekommen und sich auf den Weg gemacht, um die Sekretärin zu befragen. Nicht, dass sie sich viel davon erwartete, es sprach alles dafür, dass der Lieferwagen in Peggau nur abgeladen wurde. Die Schottergrube lag neben der Schnellstraße und war als illegale Mülldeponie bekannt, das genügte. Das Verbrechen, so es denn eines gab, war ganz woanders verübt worden. Dennoch, es bestand eine geringe Chance, dass jemand etwas gesehen hatte.

Noch ein Gedanke war ihm gekommen: Vielleicht handelte es sich nicht um Vermisste, vielleicht lag hier ein viel weniger schwerwiegendes, dafür abstruseres Verbrechen vor. Wenn nämlich die Menschen schon tot gewesen waren. Jemand konnte sie auf einem Friedhof ausgegraben und in den Lieferwagen geworfen haben. Hiebler versuchte sich einzureden, dass das eine realistische Option war, doch in Wirklichkeit glaubte er nicht daran. Diese Frage würde sich ohnehin bald klären, Steger hatte angekündigt, mehrere Assistenten hinzuzuziehen, damit es schneller ging.

Nachdem Hiebler die Vermisstenfälle gesichtet hatte und Meier immer noch nicht zurück war, rief er sie kurz an und fragte, wie weit Rainer Swoboda mit der Befragung der Anrainer war. Er bekam ein paar Adressen und fuhr noch einmal nach Peggau, wo er nichts Neues erfuhr.

Als er am Abend vor der Playstation saß und den neuen Shooter ausprobierte, den er sich letzte Woche gekauft hatte, verging ihm nach einem Dutzend erschossener Gegner die Lust und er schaltete das Gerät aus.

0 Uhr 30

„Geh, Adi, lass den Franz in Frieden, der will nicht reden“, sagte Joe.

Adi hatte heute mehr getankt als üblich. Normalerweise wurde er nach etwa sechs Bieren müde und manövrierte seine schwere Gestalt aus der Enge des

Pubs ins Freie. Doch es gab Tage, an denen Adi aufgekratzter war als sonst, an denen ihn etwas beschäftigte. Wahrscheinlich etwas aus seiner Vergangenheit, denn in Adis Gegenwart gab es nicht viel.

Heute schien es ihm gut zu gehen.

„Eigentlich geht mir ja nichts ab“, sagte Adi. „Alle schimpfen sie, dass ich blad bin. Aber weißt du was? Wenn ich gesund wär, müsst ich immer noch arbeiten. Schau mich an! Schau ich aus, als ob ich arbeiten könnte?“

Adi wartete auf eine Antwort des hageren Mannes, der auf dem Barhocker neben ihm saß, bevor er sich an den Barkeeper wandte. „Geh, Joe, bring mir noch eins.“

Der Barkeeper machte sich kommentarlos ans Werk und stellte Adi ein neues Glas hin. Schaum lief außen über das Puntigamer-Logo hinab und weichte den Bierdeckel auf.

„Blad zu sein ist keine Schande“, sagte Adi, nachdem er einen Schluck genommen hatte. „Wichtig ist doch, dass da oben alles in Ordnung ist.“ Adi tippte sich an die Stirn. Plötzlich lachte er und beugte sich zu seinem Sitznachbarn. „Nichts für ungut, aber auf deine Probleme bin ich nicht neidisch. Da bin ich lieber fett.“

„Jetzt reicht’s aber, Adi. Beleidigen brauchst du ihn nicht.“

„Stimmt doch!“, gab Adi zurück. „Es ist gar nichts dabei, wenn man wegen Kreuzweh in Pension geht. Es gibt immer welche, die sich aufregen, da hör ich gar nicht mehr zu. Die Scheiß-Zeitungen, die Politiker. Pensionsantrittsalter anheben? Bis 70? Das ist doch unmenschlich! Du verstehst das, Kieberer, du bist auch fertiggefahren. Jeder muss schauen, wo er bleibt.“

„Der Franz ist doch gar nicht in Pension“, sagte Joe.

„Selber schuld. Er muss eh schauen, das wird immer schwieriger. Ich kann dir einen Arzt sagen."

„Lass ihn in Ruhe, Adi."

„Ich hab doch recht!", rief Adi. Er wandte sich wieder seinem Sitznachbarn zu. „Stimmt doch, oder? Sag, dass ich recht hab."

Der Hagere saß immer noch ruhig da, starrte auf sein fast leeres Bierglas.

„Was ist, kannst du nicht reden? Glaubst du mir nicht? Du glaubst wahrscheinlich, ich bin ein Schmarotzer, der vom Geld der anderen lebt, ha? Ist mir wurscht, verstehst du? Ich weiß, dass ihr über mich redet, ich scheiß drauf. Ich hab in meinem Leben hart gearbeitet. Unsereins soll hackeln bis zum Umfallen, und den Asylanten schiebt man's hinten rein. Ich sag dir, da geht das Geld hin. Deshalb hat niemand mehr eins. Die kommen zu uns und wollen sich versorgen lassen."

Da trat Joe zur Bar und nahm Adi das Bierglas weg. Adi griff ebenfalls danach, aber viel zu langsam.

„He, gib das wieder her, das kannst du nicht machen! Ich hab dafür bezahlt!"

„Gar nichts hast du bezahlt, lasst eh nur wieder anschreiben."

„Na und? Ich trink, wann ich mag, verstehst?"

Er wartete, ob er sein Glas zurückbekam, doch nichts passierte.

„Ich weiß genau, wie viel ich vertrag! Gib mir mein Bier zurück!"

Joe ignorierte Adi, räumte den Geschirrspüler ein.

Da kippte Adis Ton, er begann zu winseln.

„Ich weiß schon, was ihr denkt! Ihr glaubts, ich bin ein Tschecherant. Meine Frau hat das auch geglaubt.

Aber ich frag dich, wie soll das gehen? Soll man am Abend allein zu Hause sitzen? Da wird man ja wahnsinnig. Am Abend mit seinen Freunden auf ein Bier zu gehen, das ist doch nichts Schlechtes, oder?"

Adi begann zu schluchzen.

„Ich bin froh, dass ich Freunde hab, die mit mir was trinken. Die mir zuhören, wenn ich einmal einen Scheiß red. Glaubst du, ich weiß das nicht, Kieberer? Dass ich einen Scheiß red? Und wie ich das weiß! Aber du hörst mir trotzdem zu. Du respektierst mich."

Speichel flog durch den Lichtkegel einer Lampe über der Bar.

„Du weißt, was Respekt ist, nicht so wie der da. Ich hab nie was gegen Kieberer gehabt, da kannst sagen, was du willst."

Plötzlich stand Joe neben ihm und legte ihm die Hand auf die Schulter. „So, Adi, für heute ist es genug. Jetzt gemma heim, ja? Sag deinen Freunden gute Nacht."

Adi nickte und wischte sich die Tränen aus den Augen. „Gute Nacht", murmelte er.

„Gehst du zu Fuß, oder soll ich ein Taxi rufen?"

„Kein Taxi", sagte er und stellte seine Füße auf den Boden. Der Raum um ihn schwankte bedenklich.

Als Joe zurückkam, war das Bier von Franz Baumgartner leer.

„Geh, Joe, mach mir noch eins", sagte er leise.

Wenige Sekunden später hatte er ein neues Glas vor sich stehen.

„Du weißt auch nicht, was du tun sollst, was, Franz?", sagte Joe.

Baumgartner überlegte.

„Doch, eigentlich weiß ich es schon."

„Warum tust du es dann nicht?"

Dienstag, 6 Uhr 30

In Peggau kündigte sich der Morgen an. Das erste Tageslicht warf einen rötlichen Schimmer auf die grauen Felswände. Unten im Murtal hingen dünne Nebelschwaden, die sich bald auflösen würden. Der Wetterbericht hatte einen warmen Tag angekündigt. Hinter manchen Fenstern sah man Licht, Menschen stiegen in ihre Autos und fuhren zur Arbeit.

Die Schottergrube lag verlassen da, sie war bis auf Weiteres geschlossen. So stand es auf der Website des Unternehmens. Wer eine E-Mail schrieb, bekam eine automatisierte Antwort.

Die Fenster der Bürocontainer waren dunkel. Ein einziges Licht war auf dem Gelände des Schotterwerks zu sehen. Klein und flackernd, vom Morgenlicht überstrahlt.

An der Uferböschung der Schottergrube brannte eine Kerze, neben einer einzelnen, frisch abgeschnittenen Blume.

8 Uhr

Hiebler war an diesem Morgen als Erster im Besprechungsraum und sah zu, wie die anderen schweigend eintraten. Ernste Gesichter, professionelle Konzentration. Die Geschichte war gestern in den Abendnachrichten gewesen, heute prangte sie auf den Titelseiten der Zeitungen. Als er vor einer knappen Stunde gekommen war, hatte Meier bereits die wichtigsten österreichischen Zeitungen auf dem Schreibtisch liegen gehabt. Alle hatten sich mit Bildern aus dem Archiv beholfen, niemand hatte ein Foto des echten Lieferwagens, obwohl er mitten durch die Stadt geschleppt worden war. Das war gut so – sobald sie die Leichen geborgen hatten, konnten sie das Fahrzeug für die Presse freigeben, auf keinen Fall vorher. Die Beiträge selbst waren nicht übel, fand Hiebler. Die Journalisten schienen ehrlich schockiert zu sein, niemand hatte sich bemüßigt gefühlt, die Sache noch künstlich aufzublasen. Auch die Journalisten spekulierten, es könnte sich um Flüchtlinge handeln, doch den Geschichten fehlte das Reißerische, sie wirkten irgendwie ratlos und resigniert.

Rainer Swoboda kam herein und nickte Hiebler zu. Er sah frisch aus, schien sich mit der neuen Situation schnell arrangiert zu haben. Hiebler verstand sich gut mit ihm, obwohl er etwas langsam war. Swoboda arbeitete sorgfältig und strahlte Ruhe aus.

Wilszek würde ebenfalls an der Besprechung teilnehmen. Als nach Lafkowits auch Staatsanwalt Sonnleitner den Raum betrat, erschrak Hiebler, ohne genau zu wissen, warum. Es war selbstverständlich, dass sich bei einem Fall von dieser Größenordnung der Staatsanwalt von Anfang an in die Ermittlungen einschaltete. Sonnleitner trug einen anderen Anzug als zuletzt, als er ihn auf dem Gang getroffen hatte. Hiebler hätte nicht sagen können, welcher der beiden teurer war.

Als alle sich einen Platz gesucht hatten, stand Lafkowits noch einmal auf und bot Kaffee an. Sonnleitner nickte. Auch Hiebler hätte Lust auf einen weiteren Kaffee gehabt, doch er hielt sich zurück. Nachdem Lafkowits den Kaffee gebracht hatte, eröffnete er die Besprechung.

„Bitte fassen Sie zusammen, was passiert ist“, wandte er sich an Meier.

Meier holte ihren Laptop aus dem Standby, und der Beamer an der Decke erwachte zum Leben. Sie warf Bilder des Schotterwerks und des weißen Lieferwagens an die Wand.

„Gestern um neun Uhr zweiunddreißig ging ein Notruf beim Journaldienst ein. Ein offensichtlich verwirrter Mann erklärte, dass hier *überall Tote* seien. Die Kollegin am Telefon konnte nichts Genaues aus ihm herausbringen, nur, dass schnell jemand nach Peggau zu Stockers Schotterwerk kommen solle. Bei dem Anrufer handelte es sich, wie sich herausstellte, um den Besitzer, Helfried Stocker selbst. Fünf Minuten nach dem Anruf war ein Streifenwagen vor Ort. Stocker zeigte den beiden Beamten den Lieferwagen, die daraufhin sofort die Tatortgruppe und mich verständigten. Der ebenfalls verständigte Notarzt verließ das Gelände wieder, bevor ich eintraf."

Meier vergrößerte ein Bild, das den Lieferwagen von der Seite zeigte.

„Fiat Ducato, den gibt es auch als PKW mit Fenstern. Hier haben wir es mit der geschlossenen Version zu tun. Stocker gab an, dass der Wagen vor einiger Zeit hier abgeladen wurde, zusammen mit anderem Sperrmüll."

„Wann genau?", fragte Sonnleitner.

„Wissen wir noch nicht", antwortete Meier. „Stocker hat Aufzeichnungen, in denen er nachsehen will. Er benutzte einen seiner Bagger, um das Fahrzeug aus dem Wasser zu ziehen. Dann öffnete er die Hecktür und sah das."

Meier öffnete ein Bild aus dem Inneren des Fahrzeugs. Totenstille im Besprechungsraum.

„Es handelt sich um fünf Personen in einem Zustand fortgeschrittener Verwesung, die inzwischen zur

Gerichtsmedizin überstellt wurden. Alter, Geschlecht und Todesursache sind noch nicht bekannt."

„Herkunft?", fragte Lafkowits. „Ich will Ihren Ermittlungen nicht vorgreifen, aber hier handelt es sich doch offensichtlich um Flüchtlinge."

Meier schüttelte den Kopf. „Nicht alles spricht dafür", erklärte sie. „Stefan?"

Wilszek räusperte sich. „Die Kleidung passt nicht. Es handelt sich eindeutig um in Europa übliche Kleidungsstücke. Bekannte Marken, H&M, Nike."

Steireranzug, dachte Hiebler.

„In Europa üblich. Und bei Flüchtlingen nicht üblich, oder wie?", fragte Sonnleitner.

„Die können sie außerdem bei der Caritas bekommen haben", gab Lafkowits zu bedenken.

„Warum sind sie dann hier in einem Lieferwagen unterwegs? Sie wären an der Grenze registriert worden und in Busse eingestiegen. Außerdem habe ich kein Kopftuch gesehen."

„Wenn das wirklich Österreicher sind", flüsterte Sonnleitner, „wissen Sie, was das bedeutet?"

Niemand antwortete.

„Was soll das bedeuten?", fragte Meier. „Wir haben fünf Tote, die offensichtlich Opfer eines Verbrechens wurden."

Sonnleitner verschränkte die Hände. „Ich meine nur, falls das wirklich Österreicher sind, dann stehen wir unter enormem Druck, das ist Ihnen hoffentlich klar."

„Und sonst nicht?", fragte Meier.

„Ist es denn überhaupt ein Gewaltverbrechen?", mischte sich Lafkowits ein. „Könnte es sich nicht um Menschen handeln, die schon tot waren?"

Meier sah Wilszek an.

Der zuckte mit den Schultern. „Auszuschließen ist es nicht. Aber mir fällt auch keine Erklärung ein, warum jemand Tote transportieren sollte."

„Dafür ist es zu früh", sagte Meier. „Wir müssen die Obduktion abwarten, dann wissen wir das genauer."

„Und Sie haben keine Idee, was die Todesursache angeht?", fragte Lafkowits Wilszek. „Man muss doch sehen können, ob die Schusswunden oder Ähnliches haben."

„Keine Schusswunden. Andere Verletzungen kann ich nicht ausschließen, beim Zustand der Leichen möchte ich aber noch nichts Genaueres sagen."

„Sie sind sich nicht sicher."

„Ich bin mir nicht sicher", bestätigte Wilszek.

„Wie sieht es mit dem Gelände der Schottergrube aus?", fuhr Lafkowits fort. „Sehen Sie Chancen, dort etwas zu finden?"

Wilszek schüttelte den Kopf. „Am Ufergelände sicher nicht. Vielleicht im Wasser. Ich habe schon mit der Taucherstaffel telefoniert, die kommt heute Nachmittag aus Wien. Aber ehrlich gesagt erwarte ich mir nicht allzu viel. Dort wurde Müll abgelagert. Solange wir nicht genau wissen, wonach wir suchen, werden wir genau das finden: Müll."

„Haben wir schon die Fahrzeug-Identifizierungsnummer?"

„Noch nicht. Die ist schwer zu lesen."

Lafkowits sah wieder Meier an. „Was sonst?"

„Stocker", sagte sie. „Derzeit sehe ich keinen Grund, an seinen Aussagen zu zweifeln, aber er ist vorbestraft. Gefährliche Drohung. Hat einmal im Rausch einem Fremden gedroht, ihn umzubringen. Der war unglücklicherweise Rechtsanwalt und hat geklagt."

„Könnte er es gewesen sein?", fragte Lafkowits.

„Nein", sagte Meier bestimmt. „Stocker steht unter Schock, der Fund der Leichen hat ihn erschüttert. Das kann der unmöglich vortäuschen. Eine irgendwie sonst geartete Verbindung zu dem Verbrechen können wir aber nicht ausschließen. Dem werden wir nachgehen. Was die Identifizierung der Toten angeht –"

„Ja?"

„Hiebler hat bereits die Vermisstenkartei durchsucht. Kevin?"

Hiebler schluckte die Nervosität hinunter und erklärte, dass er nicht damit rechnete, diese Menschen in der Kartei zu finden. „Es sind zu viele. Ohne weitere Anhaltspunkte kann ich nichts sagen."

„Versuchen Sie es trotzdem", sagte Lafkowits. „Gehen Sie mit Steger gemeinsam jeden Vermisstenfall durch. Vielleicht finden Sie ja etwas."

Hiebler nickte und machte sich eine Notiz.

„Ist das bis jetzt alles?", fragte Lafkowits.

Meier bejahte.

„Danke so weit. Uns allen ist hoffentlich klar, dass das zu wenig ist. Die Sache schlägt medial bereits Wellen. Wir müssen unsere Anstrengungen verdoppeln."

„Was schwebt Ihnen vor?", wollte Meier wissen.

„Brauchen Sie Verstärkung?"

„Darüber wollte ich ohnehin mit Ihnen reden", sagte Meier. „Es ist ganz einfach: Ich brauche Baumgartner."

Stille im Raum.

Lafkowits sah kurz zu Sonnleitner hinüber, bevor er den Kopf schüttelte. „Das geht nicht."

„Warum nicht? Es sind besondere Umstände, sagen Sie."

„Nicht Baumgartner."

„Er ist der beste Ermittler in Österreich, vielleicht darüber hinaus. Ohne ihn schaffen wir das nicht."

„Das mag Ihre Privatmeinung sein, Frau Meier", schaltete Sonnleitner sich ein, „aber wenn wir ehrlich sind, ist Baumgartner ein Risiko, das wir nicht eingehen können. Dass die Mordgruppe so eine Baustelle ist, haben wir in erster Linie ihm zu verdanken."

Meier riss die Augen auf. „Ist das Ihr Ernst? Das hat doch mit Franz überhaupt nichts zu tun! Gegen Mario Sukitsch wird wegen ganz anderer Dinge ermittelt. Sie wissen das!"

„Baumgartner hat Gregor Wolf aus der Mordgruppe gemobbt, den ich für einen weit besseren Ermittler halte", sagte Sonnleitner.

„Schwachsinn." Flehend wandte sich Meier an Lafkowits: „Bitte, ich brauche Baumgartner!"

„Das ist nicht möglich", erwiderte dieser. „Machen Sie sich über das Team keine Gedanken, das übernehme ich. Sie konzentrieren sich ganz auf die laufenden Ermittlungen. Wir dürfen jetzt keine Zeit verlieren."

Man sah Meier an, was sie dachte. Du magst ein Problemlöser sein. Aber in Wirklichkeit bist du eine Aushilfe. Aber sie verkniff sich, es auszusprechen. Die Sache war so schon schwierig genug.

„Das wäre dann vorerst alles", sagte Lafkowits. „Ich werde jetzt eine Presseaussendung vorbereiten. Nur etwas noch: Sehen Sie zu, dass Sie mit dem LKW fertig werden. Gestern Nachmittag haben mir die Leute die Tür eingerannt, sie können nicht arbeiten bei dem Gestank."

Hiebler war froh gewesen, als Meier ihn gefragt hatte, ob er mit zur Obduktion kommen wolle. Nicht, dass er besondere Lust hatte, die Leichen noch einmal zu sehen. Aber es war wichtig, dass sie ihn nicht aus Rücksicht in der Kanzlei zurückließ. Andernfalls hätte er sich gleich einen anderen Job suchen können.

Steger war ein hochgewachsener Mann, der Meier und ihm zur Begrüßung das Handgelenk reichte. Er trug weiße Gummihandschuhe, die er nicht auszog. Hiebler hatte ihn noch nicht kennengelernt, aber aufgeschnappt, dass Steger in der Mordgruppe nicht besonders beliebt war. Auf ihn machte der Mann jedoch einen ernsten und professionellen Eindruck. Hiebler erkannte sofort den Geruch aus dem Lieferwagen wieder. Ob er in Stegers weißem Kittel hing oder aus dem Nebenraum kam, konnte er nicht lokalisieren. Steger hielt ihnen einen Tiegel mit Mentholsalbe hin, und sie bedienten sich großzügig.

„Bitte, hier entlang."

Sie betraten einen großen, verfliesten Raum, auf dessen einer Seite Kühlfächer für die Leichen in die Wand eingelassen waren. Im Raum standen zehn Seziertische aus Edelstahl, rechteckig angeordnet. Vier davon waren mit vergilbten weißen Tüchern abgedeckt, unter denen sich die Umrisse unterschiedlich großer Körper abzeichneten. An einer offen daliegenden Leiche arbeiteten drei junge Leute in weißen Kitteln. Ein Mädchen mit zusammengebundenen Haaren hielt gerade den aufgesägten Brustkorb auf, während ein junger Mann hineinfasste. Hiebler biss die Zähne zusammen und folgte Steger.

„Zwei haben wir schon geschafft, bis heute Nachmittag sollten wir hier fertig sein."

Steger trat zum ersten Tisch hin und schlug die Decke zurück. Hiebler sah nur kurz hin und fixierte dann Steger.

„Männlich, dreißig bis vierzig Jahre alt. Sie sehen, der Körper befindet sich in einem Stadium der fortgeschrittenen Vertrocknung. Das deutet darauf hin, dass seit dem Tod mehrere Wochen vergangen sind. Kaum Insektenlarven, die sonst den Prozess beschleunigen, solche gab es in dem Laderaum nicht. Aber trotzdem Frischluftzufuhr, sodass sie nicht erstickt sind. Ich habe schon mit einem Spezialisten aus Deutschland telefoniert, wir vermuten, dass seit dem Tod drei bis vier Wochen vergangen sind. In ein paar Tagen kann ich Ihnen das etwas genauer sagen."

„Das wäre gut", sagte Meier. „Todesursache?"

„Nicht feststellbar", sagte Steger und ging weiter zum nächsten Tisch, wo er ebenfalls die Decke zurückschlug.

„Männlich, fünfzig bis sechzig Jahre alt. Zustand ähnlich wie der des anderen. Todesursache Schädel-Hirn-Trauma."

„Wie bitte?", fragte Meier.

„Sie haben richtig gehört. Dieser hier wurde vermutlich erschlagen."

Steger ging weiter zu der Leiche, an der seine Mitarbeiter arbeiteten. Hiebler spürte, wie ihm schwindlig wurde. Er hatte Angst, sich erbrechen zu müssen.

„Weiblich, fünfzehn bis fünfundzwanzig Jahre alt. Zustand ähnlich wie die beiden anderen. Tod vermutlich durch Erdrosseln."

„Erdrosseln?", rief Meier. „Sie ziehen mich auf!"

„Nicht im Geringsten." Steger machte Anstalten, die nächste Leiche abzudecken, doch Meier hielt ihn am Arm zurück.

„Ich dachte, Sie sind mit denen noch nicht fertig."

„Das stimmt."

„Dann lassen Sie es gut sein. Sagen Sie mir einfach, was Ihrer Meinung nach passiert ist."

„Ich will Ihnen hier nichts suggerieren. Ziehen Sie Ihre eigenen Schlussfolgerungen."

„Sie wissen, was ich meine, Steger. Wurden diese Menschen ermordet?"

Steger verschränkte die Hände. „Einige, ja."

„Was heißt ‚einige'? Manche nicht?"

„Nein. Opfer zwei und drei starben eines gewaltsamen Todes, wie ich Ihnen bereits erklärt habe. Opfer eins nicht."

„Beim Ersten haben Sie gar nichts gefunden?"

„Exakt."

Meier schüttelte ungläubig den Kopf. „Aber er könnte im Prinzip auch ermordet worden sein?"

„Natürlich. Ein toxikologisches Gutachten ist in Arbeit. Aber er könnte auch verdurstet oder erstickt sein."

„Das wäre nicht feststellbar?"

„Nur sehr schwer, nach so langer Zeit."

„Und die anderen beiden?", fragte Meier.

„Opfer vier ist eine Frau, die genaue Untersuchung steht noch aus. Aber es sieht aus, als hätte sie Kopfverletzungen. Opfer fünf ist männlich und hat keine sichtbaren Verletzungen."

Meier dachte nach.

„Aber sie sind alle im gleichen Zeitraum verstorben?"

„Nein“, sagte Steger und ging zurück zu der abgedeckten Frauenleiche.

„Diese hier starb eine Woche früher.“

Meier folgte ihm zögernd. Die jungen Mediziner unterbrachen ihre Arbeit und machten Platz.

„Und noch etwas Interessantes haben wir hier.“ Er deutete auf den Arm der Leiche.

„Was ist das?“, fragte Meier.

„Bissspuren.“

„Sie verarschen mich!“

„Warum sollte ich?“, sagte Steger ruhig. „Postmortal.“

Meier schien fassungslos. Hiebler konnte sie gut verstehen, er selbst fühlte sich wie betäubt.

„Gibt es noch jemanden, der früher gestorben ist?“

„Ich bin mir nicht sicher. Bei wenigen Tagen Unterschied kann man das nicht sagen.“

„Wo sind sie gestorben?“, fragte Meier leise. Sie fasste sich an den Bauch, dorthin, wo ihre Schusswunde gewesen war. Sie schien es selbst nicht zu bemerken. „Im Laderaum?“

„Das kann ich nicht sagen. Fragen Sie Wilszek.“

Meier nickte. „Sagen Sie mir, ob ich das richtig verstanden habe: Zuerst stirbt eine Frau, jemand beißt ihr nach ihrem Tod in den Arm.“

Steger nickte.

„Dann sterben andere, auch eines gewaltsamen Todes?“

Abermals nickte Steger.

„Und dann stirbt der Rest, und bei manchen ist die Todesursache nicht feststellbar?“

Erneutes Nicken.

Meier sah Hiebler an. Sie verstanden sich wortlos, beide dachten das Gleiche.

„Danke", sagte Meier. „Das genügt vorerst. Ich erwarte dann Ihren Bericht. Schaffen Sie das bis morgen in der Früh?"

„Eine Rohfassung, wenn es unbedingt nötig ist."

„Ist es. Schönen Tag noch."

Draußen stützte sich Meier am Auto ab und atmete schnell. Als sie sich etwas beruhigt hatte, holte sie ihr Mobiltelefon aus der Tasche und rief Wilszek an.

„Stefan, eine Frage: Im Laderaum, hast du da Spuren eines Kampfes gefunden? Kratzer, irgendwas?"

Sie hörte sich Wilszeks Antwort an und nickte dabei. „Danke", sagte sie dann und legte auf.

Sie drehte sich um und setzte sich auf die Motorhaube.

„Überall Kratzspuren und Beulen", sagte sie, und Hiebler spürte, wie ihm kalt wurde, trotz der lauen Temperaturen. „Sie sind definitiv im Laderaum gestorben. Und manche früher als andere. Sie haben sich gegenseitig angegriffen."

11 Uhr

Die Pressekonferenz begann verspätet. Im Foyer des Landeskriminalamts hatten sich zwei Dutzend Journalisten eingefunden, dazu ein Kamerateam vom ORF, eines von einem Privatsender und zwei aus Deutschland. Ein junger Mann mit einem kleinen Notizblock in der Brusttasche seines Hemds sah seit zwanzig Minuten immer wieder auf die Uhr und erklärte einer

Kollegin, das gehe so nicht, er müsse schließlich seinen Zug erwischen.

Dann betraten die Vertreter des Landeskriminalamts den Raum, der Leiter der Abteilung für Gewaltverbrechen, Lafkowits, die Leiterin der Mordgruppe, Meier, sowie Staatsanwalt Sonnleitner. Sie setzten sich an die vorbereiteten Tische und rückten die Mikrofone neben ihren Namenskärtchen zurecht.

„Grüß Gott, danke, dass Sie gekommen sind", sagte Sonnleitner. „Wir haben Sie heute hierherbestellt, weil es unsere Pflicht ist, Sie über eine unglaubliche Tragödie zu informieren. Gestern um kurz nach neun Uhr wurden in Peggau, wenige Kilometer nördlich von hier, in einem Lieferwagen der Marke Fiat die sterblichen Überreste von fünf noch nicht identifizierten Menschen gefunden."

Ein kollektives Murmeln schwoll an und ebbte wieder ab, als Sonnleitner weitersprach. Sonnleitner erklärte die Details, ohne den Namen Stockers zu nennen. Er beschrieb den Zustand der Leichen, dass sie noch nicht identifiziert seien und dass über die Umstände ihres Todes noch Unklarheit herrsche, man aber von einem Verbrechen ausgehe.

„Handelte es sich bei den Toten um Flüchtlinge?", fragte jemand dazwischen.

„Wir werden Ihre Fragen in Kürze beantworten", sagte Sonnleitner. „Über die Nationalität der Toten ist derzeit noch nichts bekannt, Chefinspektor Meier wird Ihnen dazu gleich mehr sagen. Ich darf jedenfalls versprechen, dass wir alles in unserer Macht Stehende tun werden, um dieses Verbrechen so schnell wie möglich aufzuklären. So viel von meiner Seite, wir stehen nun für Ihre Fragen zur Verfügung."

Mehrere Journalisten wollten sich zugleich Gehör verschaffen, Sonnleitner bat sie mit einer Geste, still zu sein, und begann, auf einzelne Leute im Publikum zu zeigen. Die Fragen drehten sich durchwegs um Details, über die niemand mehr sagen konnte oder wollte. Zur Todesursache machten die Ermittler keine Angaben.

„Wir wissen nicht, ob es sich um Flüchtlinge handelt“, erklärte Meier, als diese Frage wiederholt wurde.

„Aber die Parallelen zu dem Kühl-LKW auf der A4 sind offensichtlich, finden Sie nicht?“

Meier verkniff sich, die Sache mit der Kleidung zu erwähnen.

„Schreiben Sie das, wenn Sie wollen. Aber ich kann es Ihnen hier und jetzt nicht bestätigen. Diese Frage ist Gegenstand der laufenden Ermittlungen.“

„Wie wollen Sie ohne Franz Baumgartner diesen Fall aufklären?“, kam es plötzlich aus dem Publikum. „Er ist nach wie vor suspendiert, oder?“

Es war der junge Journalist mit dem kleinen Notizblock.

„Wir beantworten hier keine Fragen zu Franz Baumgartner“, antwortete Sonnleitner trocken. „Bitte nur Fragen zum aktuellen Fall.“

„Warum?“, hakte der Journalist nach.

Man konnte zusehen, wie Sonnleitner rot wurde. „Weil diese Mordgruppe sehr gut ohne Baumgartner funktioniert! Akzeptieren Sie das endlich!“

Leises Gelächter breitete sich im Raum aus. Sonnleitners Kopf war mittlerweile hochrot, doch was immer er sonst noch hatte sagen wollen, schluckte er hinunter.

„Wenn Sie keine weiteren Fragen haben“, übernahm Lafkowits, „dann gehen wir hinaus, da steht der Lieferwagen.“

11 Uhr 30

Rainer Swoboda sah sich verstohlen um, als er sich den Wohnwagen der Roma näherte. Es war typisch, er bekam wieder das, was übrigblieb. Niemand kam gern hierher. Wenn sie es taten, dann meist, weil irgendjemand diese Leute beschuldigte, etwas gestohlen oder beschädigt zu haben. Was sich so gut wie nie beweisen ließ. Die Roma selbst hatten Erfahrung mit der Polizei, man bekam kaum handfeste Informationen aus ihnen heraus. Swoboda ging zu einem größeren Wohnwagen, vor dem ein alter Mercedes S stand, und klopfte an die dünne Tür. Ein gedrungener Mann mit Halbglatze öffnete. Swoboda stellte sich vor.

„Darf ich Ihnen ein paar Fragen stellen?"

Da grinste ihn der Mann mit schiefen Zähnen an und nickte.

„Sicha, Swoboda, kommen herein! Kommen, kommen!"

Widerwillig folgte Rainer Swoboda ihm. Drinnen saß eine ganze Familie, Frau, zwei Kinder, Großmutter.

„Das meine Frau, das Ruka, meine Mama."

„Sind Sie Herr Bihari?"

„Ja, Bihari, Herr Swoboda. Das Frau Bihari."

„Gut. Ich habe eine Frage zu einer Anzeige von vor einem Jahr. Wegen Abladens von Sperrmüll. Erinnern Sie sich?"

„Sicha! Das meine Kinder, Giuliano, Juliana. Sag grüß Gott!"

„Grüß Gott", sagten die Kinder, die im Gegensatz zu dem Mann keinen merkbaren Akzent hatten.

„Herr Bihari, wegen der Anzeige, wissen Sie, wovon ich rede?"

„Anzeige, ja!“, strahlte der Mann.

„In Peggau, wegen Abladens von Sperrmüll. Man hat Ihr Auto dort gesehen. Erinnern Sie sich?“

Bihari runzelte die Stirn. Swoboda war sich nicht sicher, ob der Mann ein einziges Wort verstand. Er rief sich noch einmal die Anzeige ins Gedächtnis. Ein Mercedes war dort nirgends erwähnt, sondern ein VW.

„Sie hatten früher ein anderes Auto, Herr Bihari, stimmt das? Einen VW Passat?“

„Nix Passat“, entgegnete der Mann enttäuscht. „Mercedes! Hundertachtzig PS.“

„Aber früher hatten Sie ein anderes Auto, nicht wahr?“ Swoboda holte eine Kopie des Akts heraus. „Hier steht es, Bihari, ein VW Passat.“

Der Mann warf einen Blick in den Akt, den Swoboda ihm hinhielt, und seine Miene hellte sich auf.

„Ah, Bihari! Massimo Bihari?“

Swoboda nickte. „Genau, das sind doch Sie, oder?“

Der Mann schüttelte den Kopf. „Herr Bihari nix mehr da. Gefahren Rumänien. Hochzeit!“

„Können Sie mir sagen, wo? Haben Sie eine Telefonnummer von ihm?“

Innerlich seufzte Swoboda. Das konnte sich noch Stunden so hinziehen.

12 Uhr 15

„Wie war es?“, fragte Hiebler, als Meier zurück in die Kanzlei der Mordgruppe kam. Sie kaute an einer Semmel, die nach Gurken und frischem Paprika roch. Seit Tagen aß kaum jemand im Landeskriminalamt Fleisch.

In der Kantine wussten sie nicht mehr, was sie kochen sollten.

„Wie immer. Der einzige Lichtblick ist, dass Lafkowits kein komplettes Arschloch zu sein scheint. Im Gegensatz zu Sonnleitner. Das ist die erste gute Nachricht heute."

Hiebler erstarrte.

„Was?", fragte Meier.

In der Tür stand Lafkowits. „Was steht bei Ihnen als Nächstes an?", wollte er wissen.

Meier biss sich auf die Lippen. „Wir wollen noch einmal zu Stocker", erklärte sie, während sie zu Boden sah wie ein Schulkind.

„Gut", sagte Lafkowits. „Sehen Sie zu, dass Sie um 15 Uhr zurück sind. Besprechung, Wilszek will uns ein Update geben."

Dann verschwand er ohne ein weiteres Wort. Beinahe hätte Hiebler gelächelt.

Wäre da nicht dieser feine Rest von Leichengeruch im Raum gewesen.

12 Uhr 40

„Was soll das heißen, ich darf nicht hinein?"

Meier war außer sich.

„Meinem Mann geht es nicht gut. Die Psychologin hat gesagt –"

„Dass er vernehmungsfähig ist! Ich habe selbst mit ihr gesprochen!"

Frau Stocker wirkte unsicher, aber sie schien nicht bereit, die Tür mehr als einen Spalt zu öffnen.

„Mein Mann hat die ganze Nacht nicht geschlafen und seit gestern nichts mehr gegessen. Er hatte Schweißausbrüche und Schwindelanfälle. Der Arzt hat die Dosis der Beruhigungsmittel erhöht, und jetzt schläft er. Wir dürfen ihn nicht wecken."

„Wer hat das entschieden? Sie?"

„Die Psychologin, Frau Schatz."

„Das werden wir gleich sehen", sagte Meier und holte ihr Mobiltelefon aus der Tasche. Frau Stocker wartete währenddessen auf der Türschwelle.

Ein kurzes Telefonat später fluchte Meier leise und wandte sich grußlos ab.

„Komm, fahren wir", sagte sie zu Hiebler.

15 Uhr

„Liebe Leute, ich glaube, ich habe da was für euch", sagte Wilszek. Er schien stolz zu sein auf das, was er gleich erzählen würde. Hiebler war auf einen Schlag sehr neugierig.

„Erst einmal habe ich ein Loch im Dach des Fahrzeuges."

„Ein Luftloch", sagte Meier. „Das erklärt, warum sie nicht erstickt sind."

Wilszek nickte. „Es war mit einem öligen Tuch zugestopft. Deshalb ist der Innenraum trocken geblieben. Jemand muss es geschlossen haben, bevor er den Wagen entsorgt hat. Das Loch ist natürlich nicht serienmäßig, das habe ich überprüft. Ob es eine Funktion hat, weiß ich nicht. Vielleicht gibt es uns einen Hinweis auf die Herkunft des Fahrzeugs."

„Sieh nach, ob du das herausfindest", sagte Meier und zog unwillkürlich die Schultern hoch. „Hast du die Fahrzeug-Identifizierungsnummer schon?"

„Noch nicht, ich bin dran. Dafür aber Fingerabdrücke, außen an den Verschlüssen des Laderaums."

„Nach so langer Zeit? Ich dachte, der Laster lag im Wasser?"

„Nein, die Abdrücke sind frisch. Außerdem waren die Türen nie unter Wasser. Zwei Abdrücke stammen von Stocker, der ja den Laderaum geöffnet hat, wie er sagt. Aber da sind noch fünf von jemand anderem."

Kurz war Meier sprachlos. Dann fragte sie: „Von den Peggauer Kollegen vielleicht, die zuerst dort waren? Oder von Mitarbeitern der Schottergrube?"

Wilszek schüttelte langsam den Kopf. „Können wir ausschließen. Rainer hat uns von allen die Fingerabdrücke besorgt. Da war noch jemand dabei, als der Laster aus dem Wasser gezogen wurde."

„Davon hat Stocker nichts gesagt."

„Du darfst nicht vergessen, der steht völlig neben sich", gab Hiebler zu bedenken.

„Trotzdem, bisher hat er niemanden erwähnt. Und wer soll das sein? Wenn es keiner seiner Mitarbeiter ist?"

„Stocker verschweigt uns etwas", sagte Hiebler zu sich selbst. Alle Blicke waren plötzlich auf ihn gerichtet, auch jener von Lafkowits, der sich bisher im Hintergrund gehalten hatte.

„Eine Idee?", fragte Lafkowits.

Hiebler spürte, wie seine Ohren heiß wurden. Er senkte den Blick. „Nur so ein Gedanke, keine Ahnung."

„Ich muss noch einmal mit dieser Krisenpsychologin telefonieren", sagte Meier. „Sie soll mir den Stocker verdammt nochmal medikamentös so einstellen, dass ich ihn vernehmen kann. Solange ich nicht weiß, wer diese andere Person ist, betrachte ich ihn als Verdächtigen."

Lafkowits nickte. „Reden Sie mit ihr. Wenn es Probleme gibt, rufen Sie mich an. Dann sorge ich dafür, dass sie Druck von oben kriegt. Wir dürfen keine Zeit verlieren. Wie sieht es mit der Obduktion aus? Gibt es schon Ergebnisse?"

„Das kann man so sagen", antwortete Meier und berichtete knapp, was sie bei Steger erfahren hatten. Als sie geendet hatte, herrschte große Ratlosigkeit unter den Teilnehmern der Besprechung.

19 Uhr 30

Sonnleitner sah sich den Bericht über die Pressekonferenz in den Abendnachrichten an. Sein Wutausbruch hatte es zum Glück nicht in den Beitrag geschafft.

Er hatte sofort gewusst, dass er einen Fehler gemacht hatte, und es ärgerte ihn über alle Maßen. Bisher hatte er medial eine weiße Weste, hatte sich nie einen Ausrutscher geleistet, das war sein erster. Und dass Franz Baumgartner der Grund war, ärgerte ihn noch mehr.

Er war heilfroh, dass er diesen Kauz los war. Als Sukitsch ihn vor Jahren aus dem Hut gezaubert hatte, war Sonnleitner noch nicht Staatsanwalt gewesen. Er hätte das nie zugelassen: dass jemand ohne besondere Referenzen, ein Unbekannter, so schnell die Leitung der Mordgruppe übernahm. Sonnleitner wusste, was es hieß, Karriere zu machen. Es war ein sensibles Spiel, man musste die richtigen Leute zum Freund haben und andere geschickt aus dem Weg räumen. Karriere zu machen war nicht immer angenehm, manchmal war es ein schmutziges Geschäft. Aber es war nötig, nur so kamen die Besten nach oben, jene, die bereit waren zu kämpfen, und nicht irgendwelche Leute.

Leute wie Baumgartner.

Das ärgerte Sonnleitner am meisten, dass sich jemand nicht an die Spielregeln hielt und dass ausgerechnet dieser Jemand dann auch noch mit mehr Glück als Verstand einige große, schwierige Kriminalfälle aufklärte. Mit einem Team aus zusammengewürfelten Versagern. Wenn er diese Lesbe Meier nur sah, kam ihm schon das Kotzen.

Gregor Wolf war der einzige Lichtblick gewesen. Er verstand, wie die Dinge in Österreich liefen. Etwas zu ruhig war er vielleicht, und es fehlte ihm an Biss. Er hätte sicher Gelegenheit gehabt, Baumgartner oder Meier zu schwächen. So hätte er es bis auf den Chefposten schaffen können. Nur auf Hilfe von außen warten, das war zu wenig. Trotzdem war Sonnleitner froh, dass er Wolf die Tür zur Politik hatte öffnen können. Vielleicht hatte er dort mehr Glück. Sonst konnte er ja immer noch zur Mordgruppe zurückkehren und die Scherben dort aufkehren.

Ärgerlich, dass Meier sich an ihren Posten klammerte. Sie war offensichtlich ausgebrannt, am Ende. Doch es gab kein gutes Bild, wenn man sie jetzt entfernte, nachdem sie von ihrer schweren Schussverletzung genesen war. Hartnäckiges Biest, mit ihr würde er sich zu gegebener Zeit beschäftigen. Zumindest Baumgartner war weg. Und Sukitsch. So konnte man arbeiten. Lafkowits war eine Marionette, hatte keine Ahnung. Er war darauf angewiesen, dass man ihm sagte, was zu tun war. Leichtes Spiel. Nur solche Fehler wie vorhin bei der Pressekonferenz, die durften nicht mehr passieren.

Als Sonnleitner eben nach Hause gekommen war, hatte seine Frau den falschen Wein gekauft, obwohl sie wissen musste, dass er von Rotwein in letzter Zeit Sodbrennen bekam. Er nutzte das als Anlass, einen Streit vom Zaun zu brechen und so lange nicht nachzugeben, bis sie sich entschuldigt hatte.

Danach ging es ihm besser.

21 Uhr

Als Baumgartner durch die Straßen torkelte, hatte er schlechte Laune, selbst für seine Verhältnisse. *Warum tust du es dann nicht?* Das Gespräch mit Joe ließ ihn nicht los. Was bildete der sich ein? Baumgartner hatte sich vorgenommen, nicht mehr in das Pub zu gehen. Er hatte es ohnehin nie wirklich gemocht.

Stattdessen hatte er also alleine zuhause getrunken. Doch irgendwann war ihm der Wein ausgegangen, und nun zog es ihn doch hinaus in die Stadt. Der Abend war lau, also streunte er umher.

Baumgartner registrierte ein großes Plakat, das am Rand des Stadtparks auf der anderen Straßenseite in der Wiese stand. Eine Landtagswahl stand an, und langsam begannen die Parteien mit der unvermeidlichen Wahlwerbung. Baumgartner ignorierte die Plakate normalerweise, er wählte seit vielen Jahren die gleiche Partei, und selbst deren Plakate gingen ihm auf die Nerven. Doch dieses Plakat hier war von der fremdenfeindlichen Partei und ließ sich nicht ignorieren.

Recht und Ordnung für mehr Menschlichkeit.

Das könnte doch glatt von mir sein, dachte Baumgartner. Dann fiel sein Blick auf das Gesicht neben dem Spruch – und er erstarrte.

Das war unmöglich.

Er stand fast eine Minute lang vor dem Gesicht, bis ihm klar wurde, dass der Spruch tatsächlich von ihm stammte. Er erinnerte sich sogar noch an das Gespräch, in dem er das gesagt hatte.

Das Gesicht war jenes seines Ex-Kollegen Gregor Wolf, mit einem Zahnpastagrinsen, das fremd an ihm wirkte. Darunter der Spruch: *Machen wir den Flüchtenden keine falschen Hoffnungen!*

Ich werde ihn umbringen, dachte Baumgartner. Er konnte sich nicht erinnern, wann er das letzte Mal so zornig gewesen war. Nach all den Diskussionen, die sie geführt hatten, nach dem Gespräch in Liebenau, wo sie endgültig miteinander gebrochen hatten, wagte Gregor Wolf es, ein Zitat von ihm, Baumgartner, als Wahlkampfspruch zu verwenden?

Und während Baumgartner sich immer tiefer in seine Wut hineinsteigerte, entging ihm die kleine Gestalt, die seelenruhig vor das Plakat trat und einen Filzstift auspackte. Nur eine Sekunde später trug Gregor Wolfs Gesicht ein kleines Hitler-Bärtchen, das ihm überraschend gut stand.

„He, was machst du da?“, rief Baumgartner, als er die Gestalt bemerkte. Doch da war diese schon wieder in den Büschen hinter dem Plakat verschwunden.

Baumgartner überquerte die Straße, wo ein Auto eine Vollbremsung hinlegen musste und ihn wütend anhupte.

„Ja ja“, sagte er und stolperte in die Büsche hinein.

In der Dunkelheit des Parks konnte Baumgartner keine Bewegung ausmachen, also ging er weiter. Vor dem Forum Stadtpark sah er dann plötzlich Menschen in der Wiese sitzen. Es roch intensiv nach Gras. Baumgartner sah im Kreis der Menschen eine dunkle Gestalt, die ihre Kapuze tief ins Gesicht gezogen hatte.

„Das warst du“, sagte Baumgartner zu ihr, „vorher, mit dem Plakat?“

Die Gestalt versuchte, ihn zu ignorieren. Baumgartner sah einen Nasenring aufblitzen. Einen Ring, der ihm bekannt vorkam.

„Warte ... bist du nicht ... die Sprayerin? Die mit dem Nautilus?“

„Ich weiß nicht, wovon du redest, Scheißbulle.“

Baumgartner erkannte den Tonfall sofort wieder.

„Du bist es wirklich.“

„Ein Bulle?“, raunte plötzlich einer aus dem Kreis. „Jessy, bist du wahnsinnig, du bringst einen Bullen hierher?“

„Beruhig dich, Sammy, er ist ein Freund.“

„Du kannst nicht einfach Plakate anmalen“, sagte Baumgartner bestimmt, „das geht nicht.“

„Der Typ ist ein Arschloch“, erwiderte das Mädchen. „Hast du den Spruch gelesen? Man muss da was tun.“

„Sicher muss man was tun. Aber nicht Plakate anmalen! Das ist demokratiepolitisch ... demokratiepolitisch ... das geht nicht!“

„Immer noch so steif wie damals? Da, trink einen Schluck, vielleicht wird's dann besser.“

Als er die Pet-Flasche sah, überlegte er.

„Darf ich vielleicht wirklich ...?“

„Klar“, sagte ein anderer aus der Runde, bei dem gerade der Joint Halt machte. „Bedien dich.“

Fast zwei Stunden saß Baumgartner im Park und unterhielt sich mit den Freunden der Sprayerin über Dinge, die er am nächsten Tag samt und sonders wieder vergessen hatte. Irgendwann stand er auf, weil seine Blase drückte. Er kam am Pavillon vorbei. Dort prangte ein Graffiti mit den Worten „I want to forget but I cant". Baumgartner stellte sich dort hin, um sich zu erleichtern. Als er wieder zurückwankte, bemerkte er, wie schwer ihm das Gehen fiel, und kam zu dem Schluss, dass es Zeit war, nach Hause zu gehen.

Zuvor wandte er sich erneut an die Sprayerin: „Was ich noch sagen wollte, wir sind keine Freunde. Wir respektieren uns, das ist etwas anderes."

„Von mir aus", sagte sie, „dann eben nicht. Wenn dir das wichtig ist?" Und dann fügte sie hinzu: „Hast du viele Freunde?"

„Nein, derzeit habe ich keine. Aber danke für den Wein."

Sprach's und ging in die kühle Nacht hinaus.

Später erinnerte er sich an Joes Fragen.

Du weißt, was du tun sollst? Warum tust du es dann nicht?

Baumgartners Wut war erloschen. Joe hatte natürlich recht gehabt, nur deshalb war Baumgartner so verärgert gewesen. Stattdessen musste er nun plötzlich an seine Jugend denken.

An Paul.

August 1980

Die Mur-Auen waren Franz' liebster Spielplatz. Hierher lief er, wenn er seine Hausaufgaben erledigt hatte – manchmal auch schon früher – und traf sich mit Paul, fast jeden Tag, wenn es nicht regnete. Sie spielten Räuber und Gendarm, Franz war der Räuber, Paul der Gendarm. Immer, das stand nie zur Diskussion.

Paul war zwölf und damit zwei Jahre älter als Franz. Ihre Eltern waren Nachbarn, und die beiden Jungen waren beste Freunde, weil sie sich für ähnliche Dinge interessierten. Paul interessierte sich für Detektive, Geheimagenten und militärische Spezialeinheiten. Franz interessierte sich in der Regel für das, wofür sich Paul interessierte. Und beide waren sich einig, dass die Mur-Auen mit ihrem Unterholz und dem Sperrmüll der beste Spielplatz waren, um Detektiv, Geheimagent, Soldat oder Räuber und Gendarm zu spielen.

Heute sollte Jagd auf einen Mörder gemacht werden. Paul hatte in den Abendnachrichten einen Bericht über einen Frauenmörder gesehen, den die Polizei nun „jagte", wie es hieß. Der Gedanke faszinierte ihn, der Gedanke an diesen Menschen, den sie ein Tier nannten, an das, was er mit den Frauen angestellt hatte. Im Fernsehen hatten sie es nur grob beschrieben; Strangulation mit einer Strumpfhose. Es war ekelhaft, aber gerade deshalb musste man immer wieder daran denken. Jedenfalls bestand kein Zweifel daran, dass ein Mensch, der so etwas tat, „mit aller Härte gejagt" werden musste.

Das Opfer war eine leicht bekleidete Frau auf einem Poster, das Paul aus einem der Magazine unter dem Bett seines Vaters stibitzt hatte. Sie hatten das Poster an einen Baum geheftet und vereinbart, dass Franz das Opfer erschießen würde. Von der Sache mit der Strumpfhose waren sie aus irgendeinem Grund wieder abgekommen.

Franz ging seiner Aufgabe mit großem Ernst nach. Er hockte versteckt in einem Gebüsch in der Nähe des Baumes und horchte in die Stille. In der Ferne hörte man Autos und das Rauschen der Mur.

„Jetzt tu weiter", rief Paul, der ein Stück entfernt wartete. Franz antwortete nicht. Er wusste, dass Paul schneller laufen konnte als er, also musste er das Überraschungsmoment ausnutzen. Er wartete noch fast eine Minute, bis er aufstand und mit ein paar schnellen Schritten zu dem Poster hinging. Franz hob die kleine Spielzeugpistole mit dem kleinen roten Stöpsel im Lauf, zielte auf die Frau und drückte ab.

„Peng!"

Im selben Moment hörte er Pauls Schritte von hinten. Normalerweise rief Paul irgendetwas, *Halt, Polizei!* oder *Bleiben Sie stehen!* Diesmal nicht. Franz wusste, dass er keine Zeit zu verlieren hatte. Ohne sich umzudrehen, lief er am Baum mit dem Poster vorbei und folgte einem schmalen, ausgetretenen Weg, der in die Büsche führte. Er rannte, so schnell er konnte, doch er merkte bald, dass es nicht reichte. Schon nach wenigen Metern hörte er Pauls Schnaufen direkt hinter sich.

„Bleib stehen, Mörder!"

Paul versuchte, ihn an der Schulter festzuhalten, doch Franz blieb nicht stehen. Er entwand sich Pauls Griff und folgte den schmalen Wegen tiefer in die Mur-Auen. Franz fragte sich, warum Paul ihm keinen Vorsprung gab. Räuber und Gendarm zu spielen machte doch nur dann richtig Spaß, wenn der Gendarm den

Verbrecher suchen musste und nicht schon nach wenigen Metern stellte. Während ihm das durch den Kopf ging, traf ihn ein Schlag, der so heftig war, dass er stürzte. Er lag auf dem Bauch, sein rechter Oberarm war auf einmal ganz taub, ein prickelndes Gefühl breitete sich aus. Der zweite Schlag traf ihn auf die linke Schulter. Franz wollte schreien, doch er brachte keinen Ton heraus. Ein dritter Schlag traf ihn am Kopf, so hart, dass er ihn bis ins Genick spürte und augenblicklich Ohrensausen bekam. Dann schaffte er es, sich umzudrehen und die Arme schützend vors Gesicht zu halten.

„Hände hoch! Weg mit der Pistole!“, schrie Paul, einen dicken Ast mit beiden Fäusten umklammert.

Franz hob die Arme und ließ die Spielzeugpistole aus seinen Fingern gleiten. Paul trat einen Schritt vor und kickte sie ins Gebüsch. Sie sollten sie später nicht mehr wiederfinden.

Erst zuhause erwachte Franz aus seiner Betäubung und begann zu weinen, leise, damit es niemand hörte. Die blauen Flecken blieben über eine Woche lang.

Paul entschuldigte sich später. Man musste Mördern eben „mit aller Härte“ begegnen. Franz stimmte dem zu. Zwei Tage später spielten sie wieder.

Paul und Franz waren beste Freunde.

Mittwoch, 6 Uhr 15

Inspektor Blaschek betrachtete das kaputte Türschloss, ohne es zu berühren. Die massive metallene Tür selbst war intakt, es war der Türstock, der gebrochen war.

Blaschek schüttelte den Kopf und sah sich auf dem Platz vor der Universitätsklinik um, der um diese Zeit noch verlassen dalag. Warum zum Teufel brach jemand in die Gerichtsmedizin ein?

6 Uhr 45

Caroline Meier schob Klaras Arm sanft von ihrem Bauch, als sie ihr Mobiltelefon auf dem Nachtkästchen brummen hörte. Sie hatte nicht mehr geschlafen, sondern seit fast einer Stunde vor sich hin gedöst. In zwanzig Minuten musste sie sowieso aufstehen. Als sie die Nummer vom Journaldienst auf dem Display sah, richtete sie sich auf – zu schnell. Ein brennender Schmerz fuhr durch ihren Bauch, weit heftiger als damals die frische Schusswunde, sodass sie einen Schrei unterdrücken musste. Damals war sie wie betäubt gewesen, doch seit sie aus dem Krankenhaus entlassen worden war, kam dieser spitze Schmerz über sie, wenn sie auch nur eine falsche Bewegung machte. Beim ersten Mal hatte sie geglaubt, die Wunde sei wieder aufgerissen, und die Rettung gerufen, doch die Sanitäter hatten ihr erklärt, dass alles in Ordnung war. Dass die Heftigkeit dieser Anfälle nachlassen würde. Dass das normal sei.

Als der Schmerz abebbte, stand sie leise auf und ging in die Küche, bevor sie das Gespräch annahm.

„Ja? ... Was? ... Okay, ich komme gleich direkt hin. Ja, bitte wecken Sie auch Wilszek. Er soll sich beeilen."

Schnell ging Meier zurück ins Schlafzimmer, um sich anzuziehen.

„Was ist los?", fragte Klara.

„Nichts, nur ein Einbruch. Schlaf weiter."

Klara grunzte etwas Unverständliches und drehte sich um. Da war Caroline Meier schon fertig und machte sich auf den Weg zur Universitätsklinik.

Sie hatte gelogen. Es handelte sich nicht um irgendeinen Einbruch: Jemand hatte bei der forensischen Pathologie eingebrochen. Und laut Steger war etwas gestohlen worden. Etwas, das zu den fünf Leichen aus Peggau gehörte.

8 Uhr

Meier drückte eine Taste auf ihrem Laptop, und das Bild einer Halskette wurde an die Wand projiziert.

„Was ist das?", fragte Swoboda.

„Eine der Toten trug es. Weißgold, 18 Karat. Der Anhänger ist ein Herz, wird in China hergestellt. Kriegst du auf Amazon. Es scheint das Einzige zu sein, das gestohlen wurde. Wir versuchen, das zu verifizieren."

„Warum war das überhaupt noch in der Gerichtsmedizin?", fragte Hiebler. „Sollte das nicht längst bei den Beweisstücken liegen?"

„Du hast recht", sagte Meier. „Wilszek will, dass Stücke mit Geweberesten gekühlt werden, nur deshalb war es noch dort."

Hiebler nickte. Auf dem Foto sah man Hautfetzen der Leiche.

„Irgendwelche Spuren?“, fragte Lafkowits.

„Bis jetzt nicht“, antwortete Meier.

Swoboda räusperte sich. „Gab es sonst noch etwas Wertvolles unter diesen Gegenständen?“

„Etwas, das lohnenswert wäre für einen Dieb?“, präzisierte Meier. „Nein, keine goldenen Gegenstände sonst, kein Geld, keine elektronischen Geräte. Trotzdem ...“

Sie sah das Bild der Kette an.

„Ich meine, so ein Schmuckstück ist schon etwas wert. Aber wer wäre verrückt genug, dafür bei der Gerichtsmedizin einzubrechen? Wer kann überhaupt wissen, dass es dort liegt?“

Lafkowits nickte. „Das ergibt keinen Sinn, Sie haben recht. Alternativen?“

Hiebler hob die Hand. Lafkowits nickte.

„Jemand weiß etwas, das wir nicht wissen?“

Meier schüttelte den Kopf. „Wir haben noch keine Details veröffentlicht, nichts. Dieser Jemand müsste verdammt gut informiert sein.“

Die Spannung im Raum war plötzlich greifbar. Alle warteten darauf, dass jemand es aussprach.

„Es ist die einzige vernünftige Erklärung“, sagte Hiebler schließlich. „Jemand weiß Bescheid. Vielleicht der Täter?“

„Derjenige, der die Fingerabdrücke auf der Tür des Lieferwagens hinterlassen hat?“, fragte Lafkowits in die Runde.

„Das wäre möglich“, sagte Meier, die plötzlich ganz aufgeregt war. „Dem müssen wir nachgehen! Wilszek hat gesagt, mit Fingerabdrücken des Einbrechers sieht es schlecht aus, aber ganz hat er die Hoffnung noch nicht aufgegeben. Jedenfalls müssen wir so schnell wie möglich den DNA-Abgleich mit der Vermisstenkartei machen. Kevin, sieh zu, dass du das heute schaffst. Sind die Fingerabdrücke von der Fahrzeugtür schon mit denen der Mitarbeiter Stockers verglichen worden?“

Swoboda nickte. „Nichts. Auch bei den Roma. Ich erreiche diesen Bihari nicht.“

„Gut“, sagte Meier. „Bleib an den Roma dran. Ich werde mir Stocker selbst vorknöpfen. Er muss wissen, von wem diese Fingerabdrücke sind. Und noch etwas geht mir durch den Kopf.“

Meier sah Lafkowits an. „Ich möchte Bilder von den Kleidern der Frau machen lassen, der die Halskette gehörte, und sie an die Medien weitergeben. Vielleicht bekommen wir so einen Hinweis.“

Lafkowits nickte. „Darum kann ich mich kümmern“, sagte er überraschend. „Ich bespreche das mit Sonnleitner und lasse Wilszek die Fotos machen. Kümmern Sie sich um den Rest.“

„Bitte fragen Sie ihn auch nach der Fahrzeug-Identifizierungsnummer. Ich verstehe nicht, warum das so lang dauert.“

Er stand auf. „An die Arbeit.“

„Jedenfalls halte ich es für immer unwahrscheinlicher, dass es sich bei den Toten um Flüchtlinge handelt“, sagte Lafkowits beim Hinausgehen.

Meier nickte. Ob das für die Ermittlung gut oder schlecht war, wagte sie nicht zu sagen.

9 Uhr

Stocker machte einen verwirrten Eindruck, als Meier ihm in seinem Wohnzimmer gegenübersaß. Im Beisein von Frau Schatz, der Psychologin, hatte sie ihn geweckt. Schatz hatte sich erwartungsgemäß gewehrt, doch Meier hatte ihr zu verstehen gegeben, dass sie auch gern mit ihrem Chef oder der Innenministerin darüber streiten konnte. Schatz hatte sich gebeugt, obwohl ihr, deren Broterwerb aus Deeskalation bestand, solche Methoden zutiefst zuwider waren. Pflichtschuldig hatte sie Frau Stocker noch gut zugeredet, dass es nicht lange dauern würde und dass ihr Mann sehr stark sei, stärker, als es den Anschein machte.

Man hatte Stocker eine halbe Stunde gegeben, um seine Morgentoilette zu erledigen, nun saß er in seinem Lehnsessel im Wohnzimmer. Er sah überraschend frisch aus, nur etwas verunsichert.

„Na, sind wir ausgeschlafen, Herr Stocker?“, ätzte Meier.

„Ja, danke“, sagte er.

„Das ist gut, dann können wir ja beginnen.“

Schatz rollte im Hintergrund mit den Augen.

„Erzählen Sie mir doch noch einmal Schritt für Schritt, wie Sie die Toten gefunden haben.“

Stocker sah Schatz an. „Muss das sein?“

„Ja, muss es“, sagte Meier. „Also?“

Da begann Stocker ruhig und gefasst zu erzählen.

„Ich wollte das schon länger machen. Ich habe es hinausgeschoben. Aber wenn einmal wo Sperrmüll liegt, dann glauben alle, sie können da ihr eigenes Zeug dazuwerfen. Deshalb musste ich es irgendwann angehen.“

„Sie haben Ihre Mitarbeiter dazu genötigt, den Müll wegzuräumen, nicht wahr?“

„Nein“, widersprach Stocker, „das habe ich selbst gemacht. Meine Leute haben Wichtigeres zu tun.“

„Aha“, sagte Meier. „Und den ganzen Sperrmüll wollten Sie allein schleppen?“

„Nein, natürlich nicht. Das Kleinzeug habe ich mit der Hand herausgezogen. Für die größeren Sachen habe ich den Bagger geholt.“

„Sie selbst?“

„Ja.“

„Sie haben einen Führerschein für den Bagger, nehme ich an?“

„Natürlich habe ich einen Führerschein für meinen Bagger! Wie soll das denn sonst gehen?“

Schatz seufzte vernehmlich.

„Und was haben Sie dann getan?“

„Dann wollte ich den Lieferwagen herausschleppen. Aber ich habe das Abschleppseil zu lang gelassen, deshalb konnte ich ihn nicht ganz herausziehen. Ich wollte kürzer anhängen, und dann habe ich gedacht, ich kann genauso gut reinschauen, was drin ist.“

„Und dann haben Sie reingeschaut?“

Stocker nickte.

„Sie haben das alles allein gemacht?“

Er sah auf, als wüsste er nicht, was sie meinte.

„Ich glaube Ihnen nicht“, sagte Meier.

Stocker sah sie staunend an.

„Wissen Sie auch, warum?“

Er schüttelte den Kopf.

„Weil ich das Gegenteil beweisen kann. Und wenn mir jemand erwiesenermaßen eine Lüge erzählt und noch dazu vorbestraft ist, dann macht er sich verdächtig.“

„Ich lüge aber nicht, das ist die Wahrheit“, sagte Stocker ungewöhnlich ruhig. Auch das schien Meier verdächtig. Wenn man einen Unschuldigen der Lüge bezichtigte, reagierte er normalerweise nicht so gefasst. Aber Stocker hatte viel durchgemacht in den letzten Tagen, und vielleicht war er immer noch auf Beruhigungsmitteln. Er schien neue Kraft zu schöpfen, so eine Kleinigkeit brachte ihn jetzt auch nicht mehr aus der Fassung. Sie probierte es mit einem ruhigen, versöhnlichen Ton.

„Warum geben Sie es nicht einfach zu? Jemand hat Ihnen geholfen, das Fahrzeug zu bergen."

„Nein", sagte Stocker, „das stimmt nicht."

Da sah sie es. Stocker wandte den Blick ab, war in der Defensive. Er log. Warum?

Sie überlegte, was sie tun sollte. Als sie ihn so sah, konnte sie sich beim besten Willen nicht vorstellen, dass er etwas mit dem Verbrechen zu tun hatte. Meier spürte die Blicke von Schatz im Rücken.

Verhaften konnte sie ihn nicht. Gregor Wolf hätte ihn einkassiert, das stand außer Frage, aber sie war klug genug, zu verstehen, dass es keinen Sinn hatte, einen Mann, der ganz andere Probleme hatte, unter Druck zu setzen.

„Ich habe Ihrer Frau meine Karte gegeben", sagte Meier. „Melden Sie sich bei mir, wenn Sie mir die Wahrheit sagen wollen."

„Die Wahrheit?"

„Wer mit Ihnen den Lieferwagen geöffnet hat. Und wehe, Sie verlassen die Stadt!"

In Wirklichkeit konnte sie nicht vollständig ausschließen, dass er die Wahrheit sagte.

Dass die Fingerabdrücke auf anderem Weg auf die Tür gekommen waren.

Auf der Rückfahrt rief Wilszek an.

„Caroline? Tut mir leid, ich wollte dir das schon die ganze Zeit sagen. Leider schlechte Nachrichten wegen der Fahrzeug-Identifizierungsnummer. Ich kann sie nicht lesen."

„Wie, du kannst sie nicht lesen? Hast du nicht gesagt, du bist dran?"

„Da hat jemand mit einer Flex gearbeitet. Keine Chance."

„Die gibt es doch an mehreren Stellen im Fahrzeug!"

„Genau, im Motorraum und hinter der Scheibe. Überall entfernt."

„Scheiße. Das sagst du mir jetzt? Wir hätten schon längst nach dem Fahrzeug fahnden müssen!"

„Tut mir leid. Ich dachte, ich krieg es hin."

„Besorg dir eine Liste mit allen Fahrzeugen dieses Typs, die in Österreich zugelassen wurden. Und gib die Info an Interpol weiter. Rainer soll dir helfen."

„Geht klar."

Meier grunzte undefinierbar und legte auf.

10 Uhr 30

Baumgartner erwachte vollständig bekleidet in seinem Bett. Die Bettwäsche war am Fußende schmutzig von der Erde an seinen Schuhen. Als er den Kopf hob, überkam ihn sofort Schwindel – er war immer noch betrunken. Er versuchte, die Ereignisse von letzter Nacht zu rekapitulieren, doch nur Bruchstücke tauchten auf, die er nicht richtig zusammensetzen konnte. Er war sich nicht mehr sicher, ob er manches nicht nur geträumt hatte. Vor allem die Sache mit dem Plakat erschien ihm zu verrückt.

Baumgartner stand auf und stellte seine Schuhe in den Vorraum. Dann ging er unter die Dusche und putzte sich die Zähne, bevor er sich im Bademantel an den Küchentisch setzte.

Suspendierung hin oder her, so konnte es nicht weitergehen.

Warum tust du es dann nicht?

Weil ich auf dem besten Weg bin, ein Alkoholiker zu werden? Weil mir alles egal ist?

Baumgartner fragte sich, ob das die richtigen Antworten waren. Träge kreisten seine Gedanken um Joes Frage. Die Suspendierung war ihm egal, das stimmte. Er war überrascht, wie wenig es ihn kümmerte. Das Disziplinarverfahren lief, und er konnte ohnehin nur warten. Ober er nun die Nächte durchsoff oder nicht, das kümmerte niemanden, am wenigsten ihn selbst.

Dennoch kehrten seine Gedanken immer wieder zu der Frage zurück. Er bemerkte, dass er sich rechtfertigte. Warum eigentlich? Er konnte tun, was er wollte.

Obwohl ihm alles egal war.

Obwohl er im Begriff war, Alkoholiker zu werden.

Baumgartner stand auf und begann, Kaffee zu kochen.

13 Uhr 30

Franz Baumgartner saß in einem Gasthaus am Lendplatz und trank Cola. Wann hatte er das letzte Mal in einem Gasthaus Cola getrunken? Er konnte sich nicht erinnern. Die Bedienung hatte ihn komisch angesehen, was vielleicht an den nicht ganz frischen Kleidern lag. Er hatte das Beste angezogen, das er gefunden hatte, doch er fühlte sich beobachtet. Sah man ihm seinen Zustand inzwischen so schnell an?

Jedenfalls trank er Cola, zur Abwechslung. Natürlich hätte er mehr Lust auf Bier gehabt, aber es konnte nicht schaden, einmal etwas anderes zu trinken. Zumindest um diese Tageszeit.

Vor ihm auf dem Tisch lag das Notizbuch, das er als Leiter der Mordgruppe verwendet hatte. Als er es morgens in die Hand genommen hatte, hatte er einen kurzen Stich gespürt. Die Mordgruppe, das war Geschichte. So klar hatte er das noch nie gesehen. Irgendwie hatte er immer als gegeben hingenommen, dass Sukitsch ihn unterstützte. Nun hatte er Sukitsch hinter Gitter gebracht, und im Zuge dessen hatte er selbst seinen Job verloren. Sicher, er war nur suspendiert, das Verfahren war noch im Gange. Aber insgeheim hatte er bereits mit der Polizei abgeschlossen. Irgendwie war das auch gut so. Es war immer eine Gratwanderung gewesen.

Er hatte eine neue Seite des Büchleins aufgeschlagen und die Adresse notiert. Jene Adresse, zu der er schon vor Wochen hätte gehen können. Immer neue Ausreden hatte er gefunden, doch inzwischen war er dermaßen gleichgültig, dass er auch einfach anläuten konnte. Und genau das wollte er tun, ohne Vorbereitung, ohne Idee, was er eigentlich dort wollte.

Baumgartner rief die Kellnerin herbei, um zu zahlen.

13 Uhr 50

Fast fünf Minuten war Baumgartner vor dem Haus in einer Gasse hinter dem Lendplatz gestanden und hatte versucht, beschäftigt zu wirken, bis er schließlich zur Tür ging und läutete. Das Haus war ein Altbau, direkt neben einem aufgelassenen Bordell, von denen es im Bezirk Lend einige gab, zwischen kleinen Gemeinschaftsbüros, hippen Bastelwerkstätten, alten Gasthäusern wie dem Mohrenwirt und Cafés unterschiedlichster Nationalitäten.

Baumgartner wartete. Nichts passierte.

Er läutete noch einmal. Als nach einigen Minuten immer noch niemand reagierte, war er irgendwie erleichtert. Er drehte sich um und beschloss, sich zu Hause mit einem Glas Wein zu belohnen.

Auf dem Rückweg musste er an die Katze denken, damals, 1980.

14 Uhr 20

Caroline Meier saß an ihrem Schreibtisch in der leeren Kanzlei der Mordgruppe und las den finalen Obduktionsbericht Stegers, während sie auf ihre Kollegen wartete. Sie hatte kurzfristig eine Besprechung für halb drei anberaumt.

Manche Passagen in Stegers Bericht überflog sie nun zum dritten Mal. Obwohl Steger sich wie üblich zu keinen Interpretationen hinreißen ließ, bestätigte sein Bericht ihre schlimmsten Befürchtungen. Daneben hatte sie einen Zettel mit Notizen liegen, wo sie alle Fakten zusammengeschrieben hatte. Fakten, die zum Teil keinen Sinn ergaben und die sie gerade deshalb Detail für Detail mit ihren Kollegen durchbesprechen musste.

Ein Fall für Franz Baumgartner, dachte sie. Noch nie hatte er ihr so gefehlt.

Als wenige Minuten später Hiebler, Swoboda und Lafkowits eintrudelten, gingen sie gleich in den Besprechungsraum.

„Es hat einen Kampf gegeben in dem Lieferwagen", erklärte Meier. „Genauer gesagt mehrere Kämpfe. Die Menschen waren sehr lang da drin. Was ich jetzt erzählen werde, ist harte Kost. Ich bin nicht böse, wenn jemand eine Pause braucht. Einfach sagen, okay?"

Alle nickten.

„Zuerst starb diese Frau." Meier warf ein Bild der Leiche an die Wand. „Sie war die Jüngste der fünf, um die zwanzig. Sie wurde erdrosselt, mit bloßen Händen, vermuten wir. An ihrem Arm fand man Bissspuren, dazu komme ich noch. Wichtig ist, dass die Frau etwa eine Woche vor den anderen starb."

„Wie bitte?", fragte Lafkowits. „Sie waren doch in dem Lieferwagen?"

„So ist es", bestätigte Meier.

Lafkowits sagte nichts mehr, bedeutete ihr, fortzufahren.

„Als Nächstes starb ein Mann, an die sechzig. Schädel-Hirn-Trauma. Eine Frau, etwas über dreißig, hatte ebenfalls Kopfverletzungen. Übrig bleiben zwei Männer, sie hatten keine sichtbaren Verletzungen. Sie starben zuletzt, die genaue Reihenfolge lässt sich nicht mehr feststellen."

Lafkowits schien aufgewühlt. Hiebler beobachtete ihn aus dem Augenwinkel. So hatte er ihn noch nicht gesehen. Also hatte der Mann doch Gefühle.

„Ich verstehe nicht", sagte Lafkowits, „ist der Täter über eine Woche lang immer wieder in den Laderaum gestiegen und hat einen nach dem anderen getötet? Ist es das, was Sie sagen wollen?“

Meier schüttelte den Kopf. „Denken Sie nach.“

Lafkowits wurde tatsächlich ruhig, schien in sich zu gehen. Dann sah er auf.

„Sie meinen – gegenseitig?“

„Das ist laut dem, was uns vorliegt, die plausibelste Erklärung. Die Bissspuren passen dazu, sie sind vermutlich postmortal. Jemand hat versucht, die junge Frau aufzuessen. Was er dann aus irgendeinem Grund abgebrochen hat.“

„Kann Wilszek das bestätigen? Dass all diese Dinge im Lieferwagen passiert sind?“

„So sieht es aus, ja. Das stimmt mit dem überein, was Wilszek gefunden hat. Jedenfalls ist das mit Abstand das Eigenartigste, was ich in meiner bisherigen Laufbahn erlebt habe“, schloss Meier und setzte sich. „Die Frage nach dem *Warum* ist mir völlig schleierhaft. Wie sehr müssen Menschen unter Druck stehen, dass sie sich gegenseitig so etwas antun? Welche Vergangenheit haben sie? Vielleicht hatten sie von vornherein einen kriminellen Hintergrund.“

„Spekulation“, sagte Lafkowits. „Halten Sie sich an die Fakten.“

Hiebler fand auch, dass das eine gute Idee war. Fünf Menschen in einem Laderaum, die alle überleben wollten. Das mochte er sich gar nicht vorstellen. Während er darüber nachdachte, wurden weitere Dinge besprochen. Rainer Swoboda hatte bei den Roma immer noch nichts erreicht. Schließlich wurde noch der Einbruch in die Gerichtsmedizin besprochen, zu dem es keine neuen Erkenntnisse gab.

„Steger ist fuchsteufelswild", sagte Meier. „Ich weiß aber auch nicht so recht, was wir da tun sollen. Inzwischen bin ich nicht mehr sicher, dass es einen Zusammenhang mit unserem Fall gibt. Könnte es nicht eine andere Erklärung geben?"

Die Frage blieb unbeantwortet und Meier beendete die Besprechung.

„Ich will endlich wissen, wer diese Leute sind", sagte Lafkowits zum Abschluss. „Flüchtlinge, Kriminelle? Warum waren sie eingesperrt? Wir müssen uns mehr anstrengen!"

„Tun wir doch", sagte Meier.

Was für ein Scheißfall, dachte Hiebler.

18 Uhr

Sonnleitner schwitzte und schnaufte, als Lafkowits ihn mit lockeren Bällen an der Grundlinie des Tennisplatzes hin- und herschickte. Es war eine schlechte Idee gewesen, dieses Match in der Tennishalle in Geidorf vorzuschlagen. Auch seiner Frau Waltraud erging es nicht gut, sie spielte gegen die Freundin von Lafkowits und verschlug jeden zweiten Ball, wofür sie sich jedes Mal entschuldigte.

Mit einem Schrei erwischte Sonnleitner einen Ball, der genau auf der Linie gewesen war. Lafkowits hatte Zeit, ans Netz zu kommen und Sonnleitner mit einem Winner zu erlösen.

„Genug?", fragte Lafkowits.

„Ich bin nicht im Training, tut mir leid. Vor einem Monat ..."

„Macht nichts“, sagte Lafkowits. „Komm, die Runde geht auf mich.“

Eine Viertelstunde später saßen die beiden Männer im Café und tranken Radler. Die Frauen saßen zwei Tische weiter bei Café Latte.

„Ich weiß, es ist Feierabend“, begann Sonnleitner, „aber ich bin neugierig. Wie kommst du zurecht?“

Lafkowits zögerte mit seiner Antwort. Wie immer war nicht zu erkennen, was er dachte.

„Eine schwierige Ermittlung“, sagte Lafkowits schließlich, „aber wir tun unser Bestes.“

„Du hast davon gesprochen, die Mordgruppe zu verstärken. Ist das noch aktuell?“

„Derzeit nicht, nein.“

Sonnleitner nippte an seinem Radler.

„Es gibt da erfahrene Leute“, sagte er scheinbar beiläufig. „Ich kenne ein paar.“

„Wen?“

„Zum Beispiel Ranftl. Ein sehr erfahrener Polizist. Hat schon mit Baumgartner gearbeitet, in Köflach.“

Lafkowits nickte unbestimmt.

„Ich meine auch wegen Meier“, setzte Sonnleitner nach. „Versteh mich nicht falsch, sie macht ihre Sache respektabel, angesichts ihrer schweren Verletzung. Und dafür, dass sie plötzlich die Leitung überhat.“

„Was willst du mir sagen?“, fragte Lafkowits. „Dass jemand anderes die Leitung übernehmen sollte? Wer denn?“

„Das wollte ich nicht sagen, das ist deine Entscheidung, da mische ich mich nicht ein. Ich meine nur, wenn du findest, dass Verstärkung nötig ist, ich wüsste da Leute. Frag einfach, und ich kläre das."

„Ich denke darüber nach", sagte Lafkowits.

19 Uhr 30

„Schau, das sieht aus wie dein Pullover!", lachte Gerd.

Katharina, die gerade Geschirr abwusch, versuchte, ihn zu ignorieren. Sie hasste es, wenn er im Internet surfte, während sie in der Küche zu tun hatte. Eben hatte sie ihn gefragt, ob sie kochen wollten, und er hatte ja gesagt. Doch zuerst musste die Küche aufgeräumt werden, und weil er sich nicht bewegt hatte, hatte sie damit angefangen. Er würde schon kommen, wenn er es sah.

Er kam natürlich nicht. Nie. Die Männer von heute, dachte sie. Am Stammtisch inzwischen politisch korrekt, aber mehr ist nicht dahinter.

„Komm, das musst du sehen!", sagte er.

Sie wollte sich aufregen, er solle doch verdammt nochmal helfen, die Küche fertigzumachen. Er war doch derjenige, der unausstehlich wurde, wenn er nichts zu essen bekam. Doch sie wagte nicht, das Thema anzusprechen. Sie wusste, das würde ihn in seinem Stolz verletzen und in einem Streit enden. So schluckte sie hinunter, was immer sie gerade hatte sagen wollen, und trat zum Tisch, wo er an seinem Tablet saß.

„Schau, sieht doch aus wie deiner, oder?"

Sie antwortete nicht, starrte nur das Bild an. Ein grüner Pullover mit Krausrippenmuster. Nicht irgendeiner, sondern ein selbst gestrickter.

Der Pullover, den sie Margot geschenkt hatte.

Franz Baumgartner, der inzwischen die zweite Flasche Wein geöffnet hatte, konnte nicht aufhören, über die Katze nachzudenken. Hatte er es da nicht zum ersten Mal gespürt?

Paul und er waren eigentlich bei Pauls Eltern gewesen, bei ihnen und seinem verrückten Stiefbruder Ralf, der immer wegen Kleinigkeiten ausrastete. Sie hatten Ralf genervt, weil sie wussten, dass er davon vermutlich wieder ausrasten würde. Es brauchte oft nicht viel, nur ein Wort, das er nicht mochte, oder ein paar Reiskörner, mit denen man ihn bewarf. Man musste nur hartnäckig sein, dann sprang er irgendwann plötzlich auf, schrie laut und warf Möbel um. Es war ein Spiel, das süchtig machte, nicht einmal Räuber und Gendarm machte so viel Spaß. Sie hatten es gerade wieder geschafft, Ralf hatte sie durch die Wohnung gejagt, wobei die Scheibe eines Glasschranks zu Bruch gegangen war. Da hatte Pauls Mutter den schreienden Übeltäter an den Ohren gepackt und in sein Zimmer gezerrt. Paul und Franz hatte sie zugezischt, sie sollten verschwinden.

So fanden die beiden Burschen sich bald in den Mur-Auen wieder, obwohl es schon Abend war und das Wetter nach Regen aussah.

Und da fanden sie die Katze, die mitten auf dem Weg lag. Eine gefleckte, weiß und braun und schwarz. Man sah nicht gleich, dass sie tot war. Erst Franz, der ganz nah hinging, entdeckte das Blut, das aus Maul und After sickerte.

Franz sah sich um. „Da fahren doch gar keine Autos“, sagte er.

„Das ist doch ganz klar“, sagte Paul. „Katzen haben neun Leben. Wenn eine angefahren wird, stirbt sie nicht gleich. Sie kann noch hundert Kilometer laufen. Hast du das gewusst?“

Franz schüttelte den Kopf. Er hatte es nicht gewusst. „Was machen wir jetzt?“

„Wir können sie nicht liegen lassen“, stellte Paul fest. „Sie muss beerdigt werden.“

Das sah Franz ein. „Aber wir haben keine Schaufel. Und wo sollen wir sie überhaupt hintun?“

„Beim Lager machen wir ihr ein Grab, so machen wir es. Du trägst sie dorthin, ich hole eine Schaufel.“

Das „Lager“ war ein Codename für ihr Versteck. In der Senke mit dichtem Gestrüpp würden sie nicht einmal ihre Eltern finden, wenn sie es darauf anlegten.

„Warte!“, rief Franz Paul nach, der im Begriff war, nach Hause zu laufen. „Ich kann die nicht einfach angreifen!“

„Warum nicht?“, fragte Paul. „Die tut dir nichts mehr.“

„Ich hab eine Schaufel zu Hause. Warum trägst du sie nicht zum Lager?“

„Hast du Angst?“, neckte Paul. „Kleiner Franzi Angst vor Katze?“

„Nein, aber –“

„Angsthase!“

Lachend lief Paul davon und ließ Franz allein mit der Katze zurück. Franz trat ganz nah zu dem Tier hin. Es sah nicht krank aus, war nur verletzt. Was sollte schon passieren? Vorsichtig berührte er das Fell. Er spürte, dass der Körper noch warm war. Dann gab er sich einen Ruck, griff nach dem schlaffen Katzenkörper und trug ihn zum Lager, wobei er darauf achtete, ihn von seinen Kleidern wegzuhalten, damit sie nicht schmutzig wurden.

„Komm, wir müssen ein Grab ausheben", sagte Paul, als er mit dem Spaten ankam. Franz hatte den Kadaver der Katze beim Gestrüpp des Lagers auf den Erdboden gelegt und stand mit gesenktem Kopf davor.

„Wo?", fragte er.

„Hier", sagte Paul, legte den Spaten auf den Boden und begann, dürre Äste in Form eines Rechtecks in den Boden zu stecken. „So, siehst du?" Er trat zurück, wobei er zufrieden die Hände verschränkte.

Franz nickte und hob den Spaten auf. Er begann, das Grab auszuheben. Es war schwer, den stumpfen Spaten durch das Gras zu treiben, doch bald hatte er den Graspolster fertig ausgestochen und konnte die feste Erde darunter bearbeiten.

Paul war aufgedreht und rannte immer wieder hinüber zur Katze, ohne sie zu berühren.

„Fertig", sagte Franz nach einer Weile.

Paul nahm ihm den Spaten aus der Hand. „Okay, geh auf die Seite."

Er ging hinüber und versuchte, den Kadaver mit dem Spaten aufzuheben. Es wollte ihm nicht gelingen.

„Komm, hilf mir", sagte Paul.

Franz ging um Paul herum und schob den Kadaver mit dem Schuh auf den Spaten. Paul hob ihn auf und lief damit zu der Grube, vorsichtig, als hätte er einen Topf mit heißem Wasser in den Händen. Er ließ das pelzige Etwas in das Loch gleiten, dann begann er mit feierlichem Ernst, das Grab zuzuschaufeln.

Es war Franz Baumgartners erste Begegnung mit dem Tod. Es sollte nicht lange dauern, bis weitere folgten.

Donnerstag, 7 Uhr 30

Hiebler erschrak, als Lafkowits die Kanzlei betrat. Er genoss es, etwas früher da zu sein als die anderen und noch ein paar Minuten Ruhe zu haben, bevor der Tag begann. Da er gerade in der Nase gebohrt hatte, versteckte er seine Hände schnell unter dem Tisch.

„Guten Morgen", sagte Lafkowits.

„Guten Morgen, Herr Oberst", sagte Hiebler.

„Haben Sie einen Moment Zeit?"

Hiebler erstaunte die Frage. „Natürlich, setzen Sie sich doch."

Lafkowits setzte sich tatsächlich. *Setzen Sie sich doch*, wie dämlich war das denn? Hiebler wäre am liebsten im Boden versunken vor Scham. Aber Lafkowits schien sich nicht daran zu stoßen.

„Sie waren in Köflach, bevor Sie hierherkamen, stimmt das?"

„Ja, das stimmt", antwortete Hiebler.

„Was hatten Sie für einen Eindruck von Bezirksinspektor Ranftl?"

Fangfrage, dachte Hiebler. Sei vorsichtig! „Als Polizist?"

„Ja, fachlich."

„Sehr hartnäckig. Lässt nie locker."

Hiebler überlegte, aber ihm fiel nichts Positives mehr ein. Und etwas Negatives wollte er nicht sagen.

„Glauben Sie, er wäre eine Hilfe in dieser Ermittlung?"

Hiebler rutschte fast das Herz in die Hose.

„Warum fragen Sie mich das?"

„Weil Sie mit ihm zusammengearbeitet haben. Warum sonst?"

Kevin Hieblers Hände begannen zu schwitzen. *Bitte nicht Ranftl, um alles in der Welt!*

„Eine ehrliche Antwort?"

„Sonst wäre ich nicht hier."

„Und Sie erzählen das nicht weiter."

Lafkowits sah auf seine Armbanduhr. „Wenn Sie Wert darauf legen, es bleibt unter uns. Also?"

Hiebler holte tief Luft.

„Ranftl ist ein Arschloch. Er ist unfähig, intrigant, machtgeil, frauenfeindlich und vermutlich korrupt."

„Vermutlich?", fragte Lafkowits.

„Ich kann es nicht beweisen. Aber es gibt Gerüchte, dass er Geschenke nimmt."

Lafkowits schien nachdenklich.

„Danke", sagte er schließlich und stand auf. „Und, Hiebler?"

„Ja?"

„Noch ein Tipp: Erzählen Sie solche Dinge niemandem, wenn Sie es nicht beweisen können. Auch, wenn es wahr ist."

„In Ordnung, ich werde es mir merken."

„Aus Ihnen könnte noch ein richtig guter Ermittler werden. Verspielen Sie es nicht gleich am Anfang."

9 Uhr

Lafkowits hatte gerade Sonnleitner in der Leitung, als Caroline Meier in seine Kanzlei gestürmt kam.

„Warte einen Moment", sagte er zu Sonnleitner und hielt das Mikrofon seines Mobiltelefons zu. „Was gibt's?"

„Wir haben eine der Leichen identifiziert."

Lafkowits nickte, dann hielt er das Telefon wieder ans Ohr. „Ich muss weg, es ist etwas passiert ... weiß ich noch nicht genau ... nein, derzeit brauchen wir keine Verstärkung. Ich meld mich!"

Dann sprang er auf und eilte in die Kanzlei der Mordgruppe. Dort saß eine Frau um die vierzig, die sich sichtlich unwohl fühlte.

„Sind Sie sich ganz sicher?", fragte Kevin Hiebler. „Warum?"

„Weil ich ihn selbst gemacht habe."

„Sie stricken?", fragte Meier.

„Ja, ich stricke", gab sie zurück. „Was soll die Frage?"

„Und wem haben Sie ihn nochmal geschenkt?", fragte Meier.

„Meiner besten Freundin Margot."

„Nachname?"

„Hain."

„Wissen Sie, wo Margot ist?"

Die Frau musterte Meier mit einer Mischung aus Ärger und Sorge.

„Nein, aber ich kann sie anrufen."

„Tun Sie das, bitte."

„Jetzt gleich?", fragte die Frau.

„Ja, jetzt sofort", antwortete Meier ruhig.

Die zunehmend verunsicherte Frau holte ihr Smartphone heraus und wählte. Meier, Hiebler und Lafkowits sahen ihr dabei zu, während Swoboda alles von seinem Schreibtisch aus betrachtete. Sie senkte den Blick und wartete, bevor sie auf das Display sah.

„Sie geht nicht ran", sagte sie zu Meier.

„Wann haben Sie sie zuletzt gesehen?"

„Warten Sie, das war ... Sie machen mich total nervös, wissen Sie das?"

„Tut mir leid“, sagte Meier. „Könnt ihr beide uns kurz allein lassen?“, fragte sie die Männer. Sie fügten sich, Hiebler setzte sich an seinen Schreibtisch, Lafkowits ging widerwillig zur Tür.

„Ich bin draußen“, sagte er.

„Also“, sagte Meier, „bitte denken Sie nach. Ist es schon länger her?“

„Sie war ja auf Urlaub. Zwei Monate Thailand.“

„Seither haben Sie sie nicht gesehen?“

Die Frau schüttelte den Kopf. „Glauben Sie, es ist etwas passiert?“

Meier war sich sicher, dass sie das erste Opfer identifiziert hatten. Margot Hain. Aber sie wollte es nicht aussprechen. „Vermutlich nicht. Aber wir müssen sichergehen. Haben Sie eine Adresse von ihr?“

„Ja, natürlich“, sagte die Frau.

Wenig später standen Meier und Hiebler vor einer Wohnung im Norden der Stadt und warteten. Meier drückte zum dritten Mal auf den Klingelknopf, doch nichts passierte.

„Komm, probieren wir es bei den Nachbarn“, sagte sie und ging zur Nebenwohnung, wo sofort geöffnet wurde. Ein etwa zehnjähriges Mädchen stand vor ihnen.

„Ist deine Mama da?“, fragte Meier. „Kannst du sie holen?“

Das Mädchen verschwand, und gleich darauf erschien eine Frau mit einer Schürze, die ihre Hände an einem Geschirrtuch abwischte.

„Ja?“

„Guten Tag, wir sind vom Landeskriminalamt“, sagte Meier. „Wissen Sie, ob Frau Hain zu Hause ist?“

„Nein, die ist doch im Urlaub!"

„Sollte sie nicht schon zurück sein?"

Die Frau legte die Stirn in Falten.

„Das weiß ich jetzt auch nicht sicher. Ist etwas passiert?"

Meier bemühte sich um ein beruhigendes Lächeln. „Nein, nur Routine. Wir müssen ihr ein paar Fragen stellen, das ist alles. Wissen Sie jemanden, der uns helfen könnte?"

Sie dachte nach. „Ihre beste Freundin, wie heißt die noch –"

„Katharina."

„Genau!"

„Da waren wir schon. Sonst noch jemand?"

Der Frau fiel sonst niemand ein. „Ihr Freund ist mit ihr im Urlaub", sagte sie.

Meier bedankte sich.

„Ihr Freund ist dann vermutlich auch unter den Opfern", sagte Meier auf dem Weg zum Auto. „Dann fehlen uns nur noch drei."

„Wir sollten beim Flughafen anrufen, ob sie schon zurück sind", schlug Hiebler vor.

„Gute Idee."

Während sie zurück zum Landeskriminalamt fuhren, machte Hiebler den Anruf. Die Flughafenmitarbeiterin bat ihn, zu warten. Als sie gerade durch die Einfahrt des Landeskriminalamts fuhren, bekam Hiebler die gewünschte Information: Margot Hain war sicher am Flughafen Thalerhof gelandet. Vor drei Tagen.

Meier schüttelte den Kopf. Das passte nicht zusammen.

Franz Baumgartner erschrak, als die Tür geöffnet wurde. Diesmal war die Tür zur Straße offengestanden, er war direkt hineingegangen, hatte das richtige Türschild gefunden und gleich geläutet, im Glauben, dass ohnehin wieder niemand öffnen würde. Doch diesmal wurde geöffnet, und vor ihm stand die schönste Frau, die er je gesehen hatte. Sie trug schwarze Leggins und ein Herrenhemd.

Sie sah ihn von oben bis unten an, dann lächelte sie. „Ja?"

Baumgartner räusperte sich. „Grüß Gott. Mein Name ist Baumgartner. Ich –"

Die Frau wartete.

„Ich wollte –", begann er erneut. „Wohnt hier ein Paul Novak?"

Sie nickte eifrig. „Er ist nur leider gerade nicht da. Aber kommen Sie doch herein!"

Sie hielt ihm die Tür auf, doch Baumgartner zögerte. Er war völlig durcheinander. Sie lächelte immer noch, schien sich über ihn zu amüsieren. Schließlich trat er ein.

Sie führte ihn in eine helle Wohnung, die aus einem einzigen großen Raum zu bestehen schien, Teil eines ausgebauten Dachgeschoßes. Sie bedeutete ihm, auf einem Sofa vor einem großen Bücherregal Platz zu nehmen. „Kaffee?"

Erst wollte Baumgartner reflexartig ablehnen, dann besann er sich eines Besseren. „Bitte, schwarz."

Sie stellte ihm eine große Tasse hin und schenkte ihm aus einer gläsernen Kanne ein. „Sagen Sie ‚Stopp'!"

„Danke, das reicht."

Baumgartner sah sich um. Eine schlichte, harmonische Wohnung. Ohne rustikale Verzierungen, ohne hippen Krimskrams. Idylle, dachte er. Er merkte, dass er das nicht erwartet hatte. Was hatte er eigentlich erwartet?

Zögerlich nippte er an dem lauwarmen Kaffee, der sehr bitter war und ihm nicht schmeckte.

„Hat mein Mann selbst importiert", erklärte die Frau und setzte sich gegenüber hin. „Aus Äthiopien."

„Sehr gut", sagte Baumgartner.

„Also, was führt Sie her?"

Baumgartner überlegte, wusste nicht, wie er anfangen sollte.

Die Frau lachte. „Aha."

„Es ist ...", begann er, „vielleicht sollten wir uns erst einmal vorstellen. Ich bin Franz Baumgartner."

„Annika Novak", sagte sie. Beide beugten sich vor und gaben sich über den Couchtisch hinweg die Hände.

„Die Sache ist die", gab Baumgartner sich einen Ruck, „ich bin ein Jugendfreund Ihres Mannes. Ich wollte nur sehen, wie es ihm geht."

Da wurde das Lächeln der Frau ernster, nachdenklicher. Die oberflächliche Freundlichkeit war mit einem Mal weg.

„Schade, dass Sie umsonst gekommen sind. Mein Mann ist leider im Ausland. Ich weiß nicht, wann er wieder zurückkommt. Das ändert sich oft sehr spontan, ich verliere immer so schnell den Überblick über seine Geschäfte."

„Was macht er denn beruflich?", fragte Baumgartner, der merkte, wie er sich in der Anwesenheit der Frau entspannte. Er fand sie nicht nur attraktiv, sie war ihm auch spontan sehr vertraut, obwohl er sie nicht kannte.

„Sie haben ihn wirklich lange nicht gesehen, oder?“, sagte sie.

„Nein, wir haben uns als Jugendliche aus den Augen verloren.“

„Er ist Entwicklungshelfer. *Der Mensch,* kennen Sie die Organisation?“

Baumgartner verneinte.

„Afrika, hauptsächlich. Dort haben wir uns kennengelernt. Das überrascht Sie? Oder täusche ich mich?“

Diese Annika hatte es wirklich faustdick hinter den Ohren. Baumgartner war durchschaut.

„Ja, es ist nur so, ich habe ihn eben so lange nicht gesehen. Ich habe mich oft gefragt, was er beruflich macht, aber das? Darauf wäre ich nicht gekommen. Macht er das hauptberuflich?“

Sie nickte.

„Er hat die Organisation aufgebaut. Darauf ist er sehr stolz. Zu Recht, finde ich. Möchten Sie noch Kaffee?“

„Nein, danke. Ich habe noch.“

Da fiel sein Blick auf ihre nackten Füße. Die Nägel waren nicht lackiert, auf dem rechten Fuß war ein rundes Tattoo. Plötzlich zuckte er zusammen. Am linken Fuß fehlte ein Zeh, der zweite von außen. Am Ansatz sah Baumgartner eine kleine Narbe, die Lücke wurde fast von den benachbarten Zehen ausgefüllt, die sich nach innen gekrümmt hatten. Hässlich sah es nicht aus, sonst hätte Baumgartner es schneller bemerkt, nur sonderbar.

Ihr fiel auf, dass er auf ihre Füße starrte.

„Ein Unfall“, erklärte sie und lächelte.

„Entschuldigen Sie“, sagte Baumgartner schnell, „ich wollte nicht – das war sehr unhöflich.“

„Überhaupt nicht. Ich könnte mir Schuhe anziehen, wenn es mir unangenehm wäre, aber das tue ich nicht. Es ist eben passiert, behindern tut es mich nicht. Im Laufe eines Lebens sammelt jeder irgendwelche Andenken, finden Sie nicht? Manche sind körperlich, manche unsichtbar."

„Sie haben recht", sagte er. „Trotzdem, ich wollte Sie nicht anstarren."

„Wollen Sie nicht wissen, wie es passiert ist?"

Baumgartner überlegte.

„Nein, eigentlich nicht. Ein Unfall, sagen Sie? Das genügt doch."

Sie sah ihn durchdringend an.

„Interessante Antwort", sagte sie. „Ich kann mir gut vorstellen, dass Sie sich gut verstanden haben mit Paul."

„Wie meinen Sie das?"

„Nur so", sagte sie. „Tut mir leid, dass ich Ihnen nicht helfen kann."

„Trotzdem danke. Eines würde mich noch interessieren."

„Wann mein Mann wieder zurück ist? Wie gesagt, ich weiß es nicht. Aber soll ich Sie anrufen, wenn er kommt? Er freut sich sicher, Sie zu sehen! Er ist so viel auf Reisen, trifft so viele Leute. Zu kaum jemandem hat er wirklich einen Bezug. Es würde mich freuen, wenn ich euch beide zusammenbringen könnte."

„Mich auch", sagte Baumgartner. „Soll ich Ihnen meine Nummer aufschreiben?" Die alte Visitenkarte von der Polizei wollte er ihr nicht geben.

„Dann bis bald, Herr Baumgartner!", sagte sie, als sie den Zettel mit seiner Handynummer entgegennahm.

11 Uhr 30

Die Mordgruppe saß geschlossen in ihrer Kanzlei im Landeskriminalamt und wartete. Vor zwanzig Minuten hatte eine Frau angerufen und behauptet, Margot Hain zu sein. Sie hatte versprochen, gleich herzukommen. Kevin Hiebler wusste nicht, ob er froh oder unglücklich sein sollte. Eigentlich sollte er sich freuen, dass Margot Hain wohlauf war, aber andererseits mussten sie endlich irgendeinen Anhaltspunkt auf die Identität der Toten finden. Sie traten auf der Stelle, und Hiebler war immer noch das Gespräch von heute Morgen im Gedächtnis, in dem Lafkowits plötzlich Fragen über Ranftl gestellt hatte. Wenn Ranftl wirklich zu ihnen ins Team kam, konnte Hiebler gleich das Handtuch werfen. Und was diese Ermittlung anging, half dann nur noch pures Glück.

Glück, das ihnen derzeit fehlte. Als eine braungebrannte junge Frau in Jeans den Raum betrat und ihnen ihren Pass zeigte, der auf Margot Hain ausgestellt war, schien die Sache klar. Das Opfer mit dem grünen Pullover war nicht Hain. Aber wer dann? Und wie zur Hölle kam die Tote in den Besitz des grünen Pullovers? Das war auch die erste Frage, die Meier stellte.

„Ich habe ihn zur Kleiderspende gebracht", gestand Hain kleinlaut.

Alle im Raum horchten auf.

„Zur Kleiderspende?", wiederholte Meier und zückte ihr Notizbuch. „Wann, wo?"

„Vor einem Jahr. In der Nähe meiner Wohnung gibt es einen Container."

Hain erklärte ihnen genau, wo.

Eine tote Frau, die Altkleider trägt, dachte Hiebler. Eine Obdachlose? Aber warum trägt eine von ihnen dann eine Goldkette?

„Verstehe ich das richtig?", fragte Meier schließlich. „Sie haben das Geschenk Ihrer besten Freundin zur Altkleidersammlung gegeben?"

Die Frau antwortete nicht. Es war ihr unendlich peinlich.

12 Uhr

Als Baumgartner nach Hause ging, war er euphorisch. Er hatte es getan, endlich. Er hatte es Joe gezeigt, diesem Wichtigtuer, der glaubte, ihm Ratschläge geben zu müssen.

Natürlich wusste er, dass diese Sache nichts mit seinen eigentlichen Problemen zu tun hatte. Aber er fand, dass er sich die Freude gönnen durfte. Was war schon verkehrt daran?

Und ein Bier hatte er sich jetzt auch verdient, fand er. Er nahm sich aus dem Supermarkt einen Sechser-Träger mit, den er noch im Geschäft in einen Plastiksack umpackte, damit es weniger auffällig war.

12 Uhr 30

Kevin Hiebler war nervös. Wilszek war ein alter Hase, hatte lang mit Baumgartner gearbeitet. Bisher hatten sie noch nie direkt miteinander zu tun gehabt, doch Hiebler hatte während des Gesprächs mit Margot Hain einen Gedanken gehabt, der ihn seither nicht mehr losließ. Er vermutete, dass Wilszek oder einer seiner Kollegen schon auf eine ähnliche Idee gekommen war, doch bisher hatte niemand etwas erwähnt. Vielleicht gab es einen guten Grund, warum man die Sache nicht verfolgte. Im Prinzip wollte Hiebler nur wissen, welcher Grund das war.

In der Kantine des Landeskriminalamts saß Wilszek allein an einem Tisch und aß. Hiebler gab sich einen Ruck und setzte sich zu ihm. Wilszek sah kurz auf, um sich dann wieder seinem Essen zuzuwenden.

„Herr Wilszek?"

Der Leiter der Tatortgruppe sah Hiebler an, hörte zu kauen auf. „Was?", fragte er, als Hiebler nicht weitersprach.

„Darf ich Sie etwas fragen?"

Wilszek kaute weiter und nickte.

„Wegen der DNA-Analyse. Die DNA der Toten. Haben Sie die schon analysiert?"

„Du hast ja den Bericht bekommen", sagte Wilszek. „Oder? Hast du ihn nicht gelesen?"

Hiebler nickte. „Doch, sicher. Sie haben die DNA mit der von Vermissten verglichen."

„Genau", sagte Wilszek.

„Sonst nichts?", fragte Hiebler.

Wilszek legte seine Gabel weg. Hiebler befürchtete, einen bissigen Kommentar zu bekommen, aber Wilszek sah ihn nur neugierig an.

„Worauf willst du hinaus?"

Da erzählte ihm Hiebler, was er sich überlegt hatte.

„Schlauer Bursche", grinste Wilszek. „Ich dachte schon, ich bin der Einzige, der daran denkt. Ich erwarte die Ergebnisse für morgen."

Frau Stocker schaltete den Fernseher im Schlafzimmer aus. Gerade war ein Bericht über die Toten aus dem Lieferwagen in der Schottergrube ihres Mannes gelaufen. Am Vormittag hatte ein Journalist an ihre Tür geklopft und mit Stocker sprechen wollen. Sie hatte ihm höflich zu verstehen gegeben, dass ihr Mann sich von den Folgen des Schocks erholte und nicht zu sprechen war. Schließlich hatte sie sich das Versprechen abringen lassen, dass sie sich melden würde, sobald es ihrem Mann besser ging. Hinter ihr hatte Aron hysterisch gebellt. Vor einer Stunde war dann ein blondes Püppchen mit einem Mikrofon vor der Tür gestanden, hinter ihr ein Mann mit einer Fernsehkamera, die sie an einen Raketenwerfer erinnerte. Ihr hatte sie nicht mehr so höflich geantwortet, sondern gleich klargestellt, dass sie sich schleichen sollten.

Ihrem Mann ging es indes überhaupt nicht mehr so schlecht, ihrer Einschätzung nach hatte er sich sogar vollständig erholt. Seither lag er im Wohnzimmer auf der faulen Haut, sah fern und ließ sich von ihr bemuttern. Es ging ihr zunehmend auf die Nerven. Außerdem war sie nervös. Die Polizei ließ ihn derzeit in Ruhe, aber sie war sich nicht sicher, wie lang das anhalten würde. Diese Meier sah nicht aus, als sollte man sich mit ihr anlegen. Und wenn es stimmte, was sie gerade in den Nachrichten gesehen hatte, dann würde das Interesse der Medien nicht so schnell abnehmen.

„Hast du gesehen? In den Nachrichten?“, fragte sie ihn.

Er wechselte den Kanal. Eine Doku tauchte auf, grüne Almen, ein Bauernhaus.

„Was denkst du?“, setzte sie nach.

„Ich hoffe, dass das bald ein Ende hat“, sagte er. „Der Betrieb steht still. Nächste Woche muss ich wieder aufsperren, sonst kann ich gleich Konkurs anmelden.“

Sie ärgerte sich über seine trockene Antwort. Gerade noch hatte er geschluchzt wie ein Baby, und jetzt machte er sich schon wieder Sorgen ums Geschäft.

„Die Polizei wird wiederkommen“, sagte sie nur. „Du weißt das. Die kommen nicht weiter.“

„Und?“

„Die werden merken, dass du sie anlügst“, stellte sie fest.

Die Worte taten ihre Wirkung. Stockers Miene verfinsterte sich.

„Und was soll ich tun?“

„Du musst an dich denken. An uns.“

„Ich kann nichts sagen“, erwiderte er. „Das weißt du.“

Sie sagte nichts mehr, ging zornig in die Küche, um sich einen Kaffee zu machen.

Ich kann schon etwas sagen, dachte sie. Vielleicht tue ich das auch.

15 Uhr

Lafkowits war nicht so leicht aus der Ruhe zu bringen, aber gerade hatte er den Polizeichef in der Leitung, der sich über die Fortschritte in der Ermittlung erkundigte.

„Sie haben das Angebot für Verstärkung abgelehnt. Warum?“

„Weil ich nicht glaube, dass es etwas bringen würde.“

„Aber Ihnen ist schon klar, dass Sie keine Ergebnisse haben? Fünf Tote, die noch nicht einmal identifiziert sind, keine Tatverdächtigen. Und mit den DVI-Leuten arbeiten Sie auch nicht zusammen."

„Wir haben alles im Griff, aber ich stimme Ihnen zu, dass in den nächsten Tagen Ergebnisse hermüssen."

„Da haben Sie recht. Ich verstehe es trotzdem nicht. Was spricht dagegen, die Mordgruppe zu vergrößern? Soweit ich weiß, hat Sonnleitner Ihnen konkret Leute vorgeschlagen."

Lafkowits überlegte kurz. Dann entschied er sich, die Wahrheit zu sagen.

„Ich halte sie für nicht geeignet."

„Sie kennen Sonnleitners Leute?"

„Nicht persönlich, nein."

Der Polizeichef schwieg.

„Die Mordgruppe ist eine eingespielte Truppe", erklärte Lafkowits, „mit einer ausgezeichneten Aufklärungsquote, im Spitzenfeld in Europa. Ich vertraue Caroline Meier. Sie sagt, sie will keine neuen Leute."

„Und andere Leute? Die nicht neu sind?"

„Sie will Baumgartner zurück", sagte Lafkowits resignierend.

„Den ehemaligen Chef? Der suspendiert ist wegen seiner Alkoholprobleme?"

„Genau. Wenn ich ihn irgendwie ..."

„Das ist nicht möglich, Lafkowits. Es wundert mich, dass Sie fragen."

„Dann also alles wie gehabt. Keine neuen Leute. Wir schaffen das."

„Diese Woche haben Sie noch Zeit. Wenn es bis dahin keine Ergebnisse gibt, muss es Veränderungen geben. Das ist Ihnen klar, oder?“

„Ja, ist es.“

16 Uhr

„Das lässt sich unmöglich verfolgen, wo ein bestimmtes Kleidungsstück hinkommt“, sagte die Frau vom Altkleider-Lager. Sie war in Hieblers Alter, hatte eine etwas schiefe Frisur, die selbst geschnitten zu sein schien, und strahlte auch noch Selbstsicherheit aus, nachdem Meier sich ausgewiesen hatte.

„Was passiert mit den gesammelten Kleidern?“, fragte Meier.

„Verschiedenes“, sagte die Frau. „Normalerweise geben wir darüber keine Auskunft.“

„Diese Information ist für uns sehr wichtig.“

Die junge Frau verschränkte die Hände. Ihr gefiel die Antwort nicht. Doch dann entspannte sie sich. „Tut mir leid, einmal hatten wir einen Journalisten da, der hat dann eine Reportage geschrieben und die Fakten völlig verdreht.“

„Welche Fakten?“

„Wissen Sie, der Großteil der Kleidung geht an Bedürftige. Zuerst wird alles sortiert, dann werden die Sachen nach Afrika geschickt.“

„Der Großteil?“

„Ja. Und ein Teil wird verkauft.“

„Aha“, sagte Meier. „Deshalb der Stress mit dem Journalisten.“

„Zwanzig Prozent! Was wollen Sie? Wir müssen den Betrieb ja irgendwie finanzieren."

Meier sah Hiebler an. Sie wirkte nicht sehr zuversichtlich.

„Wie groß ist Ihrer Meinung nach die Wahrscheinlichkeit, dass jemand in Afrika einen Pullover aus Österreich kriegt und dann damit wieder hierherkommt?"

Die Frau sah verdutzt aus. „Ernsthaft? Sehr klein, denke ich."

„Wenn jemand einen Pullover trägt, der in Graz gesammelt wurde, dann ist also sehr wahrscheinlich, dass diese Person in Graz lebt, oder?"

„Ja. Ein Obdachloser zum Beispiel. Die kommen manchmal hierher, dann geben wir ihnen was."

„Danke", sagte Meier. „Können Sie mir das, was Sie gerade gesagt haben, schriftlich zukommen lassen? Welcher Anteil von Kleidern wohin geht?"

Die Frau sagte zu, das zu tun, und sie verabschiedeten sich.

„Das sind keine Flüchtlinge, ich sag's dir", meinte Meier beim Hinausgehen. „Aber wer sind sie dann?"

18 Uhr

Nach dem dritten Bier hatte Baumgartner zu trinken aufgehört. Nun sah er fern. Er wusste, wenn er jetzt weitertrank, war er morgen wieder zu nichts zu gebrauchen. Dabei hatte er zum ersten Mal seit längerer Zeit das Bedürfnis, fit zu sein, seinem Körper etwas Gutes zu tun. Er hatte schon ewig keinen Sport mehr gemacht. Morgen würde er laufen gehen. Mal sehen, wie das ging.

Der Gedanke gab ihm Ruhe, die ihn das widerliche Fernsehprogramm ertragen ließ. Seit er nicht mehr regelmäßig fernsah, fand er die Leute in den Talkshows zunehmend aufdringlich. Diese routinierte Fröhlichkeit, zuerst in den Shows, dann in den Werbungen, die gleichen Leute mit dem gleichen einstudierten Lächeln. Dabei waren sie ihm früher so angenehm vertraut gewesen. Er glaubte kaum, dass sich das Programm verändert hatte. Er war es einfach nicht mehr gewohnt.

Gegen 20 Uhr schaltete Baumgartner den Fernseher aus.

Ein letztes Bier wollte er sich vor dem Schlafengehen noch gönnen.

Freitag, 8 Uhr

„Was machen Sie hier?“, fragte der Beamte. „Können Sie sich ausweisen? Passport?“

Der hagere, schmutzige Mann mit dem dunklen Vollbart sah ihn nicht an. Er saß regungslos am Ufer des Schotterteichs von Stockers Schotterwerken und blickte auf die Wasserfläche hinaus, die der Wind leicht kräuselte.

Inspektor Ladengruber sah sich um. Die Schottergrube lag verlassen da. Sie war nach wie vor polizeilich gesperrt, und jeden Morgen fuhr eine Polizeistreife hierher, um einen Kontrollgang zu machen. Er hatte den Mann schon aus der Ferne gesehen. Ladengruber winkte seinem Kollegen zu, der beim Auto geblieben war.

„Verstehen Sie, was ich sage? Do you speak English?“

Inspektor Ladengruber konnte nicht sagen, ob der Mann ihn verstand. Er zeigte keinerlei Reaktion.

„Was ist los?“, fragte Ladengrubers Kollege, als er zu ihnen trat.

„Offensichtlich verwirrt“, antwortete er. „Sollen wir die Rettung rufen?“

„Gute Idee.“

9 Uhr 15

Die Mordgruppe traf sich mit Lafkowits und Sonnleitner in der Kanzlei. Meier hatte einen Zettel mit Notizen in der Hand.

„Also?“, fragte Lafkowits.

„Ein verwirrter Mann wurde heute Morgen bei Stockers Schottergrube aufgegriffen. Er wirkte verwahrlost, hatte keinen Ausweis dabei. Auf die Fragen der Polizisten hat er nicht reagiert."

„Er hat die Auskunft verweigert?"

„Man hat ihn mir als apathisch beschrieben. Er bekommt überhaupt nicht mit, was um ihn herum vorgeht."

„Drogeneinfluss?", wollte Lafkowits wissen.

Meier schüttelte den Kopf. „Sieht nicht danach aus. Die ersten Tests sind negativ. Psychisch, sagt der Arzt."

„Warum wurde er nicht sofort festgenommen?", fragte Sonnleitner scharf.

„Aus welchem Grund?"

„Weil er tatverdächtig ist? Weil er am Tatort sitzt und betrauert, was er getan hat?"

Meier blieb ruhig. „Das reicht nicht für einen konkreten Verdacht. Und er musste ärztlich versorgt werden."

„Stimmt es, dass er aussieht wie ein Araber?", fragte Sonnleitner.

„Danach habe ich nicht gefragt", erwiderte Meier. „Und selbst wenn, viele Österreicher sehen arabisch aus."

„Wenn er uns entwischt, sind Sie verantwortlich", sagte Sonnleitner.

Hiebler sah, wie Lafkowits neben Sonnleitner die Miene verzog, so, dass dieser es nicht sehen konnte.

„Wurden seine Fingerabdrücke schon genommen?"

Meier nickte. „Sie werden gerade verglichen. Die Ergebnisse müssten jeden Moment da sein."

„Er muss es sein", flüsterte Hiebler.

„Der Täter?", fragte Sonnleitner.

Hiebler antwortete nicht.

Gemeinsam warteten sie auf die Ergebnisse. Meiers Smartphone lag auf dem Tisch wie eine scharfe Granate, die niemand zu berühren wagte. Swoboda bot irgendwann an, Kaffee zu holen, und Hiebler begleitete ihn.

„Er muss derjenige sein, der die Türen des Lieferwagens geöffnet hat."

Swoboda nickte. „Gleich werden wir es wissen. Da, halt."

Hiebler ließ sich einen Kaffeebecher in die rechte Hand geben.

„Geh voraus, ich bring die beiden anderen", sagte Swoboda.

Als Hiebler die Kanzlei betrat, bemerkte er sofort die Aufregung. Er wagte nicht zu fragen.

„Er ist es", sagte Lafkowits zu ihm.

„Die Fingerabdrücke auf dem Lieferwagen?", fragte Hiebler.

Lafkowits nickte.

Meier telefonierte gerade, zwei Beamte sollten den Mann im Krankenhaus abholen und in Untersuchungshaft nehmen.

10 Uhr

Er sieht wirklich arabisch aus, dachte Hiebler, als ihnen der Mann im Vernehmungsraum gegenübersaß.

„Hallo, hören Sie mich?", sagte Meier und wedelte mit der Hand vor den Augen des Mannes hin und her. Da reagierte er, sah sie kurz an, dann starrte er wieder geradeaus.

Friedlich wirkt er, dachte Hiebler. Nicht wie ein Mörder.

„Was denken Sie?“, fragte Meier Frau Schatz, die Psychologin von der Kriseninterventionsstelle.

„Ich kenne seine Geschichte nicht. Er könnte psychisch krank sein.“

„Niemand kennt seine Geschichte“, sagte Meier. „Beurteilen Sie bitte nur, was Sie sehen.“

„Ich sage ja, er könnte krank sein.“

„Könnte es auch etwas Akutes sein?“, fragte Meier weiter. „Dass er etwas Schlimmes erlebt hat?“

Schatz nickte. „Er könnte traumatisiert sein, wenn Sie das meinen.“

„Wovon?“

„Woher soll ich das wissen?“, antwortete Schatz.

Hiebler war plötzlich sehr aufgeregt.

„Was ist los?“, fragte Meier.

„Schau, was hat er da um den Hals?“

10 Uhr 30

Die Sonne schien Baumgartner ins Gesicht und weckte ihn aus dem Halbschlaf. Sein Kopf fühlte sich zu groß und zu schwer an, und dabei immer noch zu klein für sein Hirn, das im Takt seines Herzschlags von innen gegen die Stirn zu drücken schien.

Er rappelte sich auf und ging aufs Klo, wobei er feststellte, dass er Routine darin bekam, verkatert aufzustehen. Kurz glaubte er, sich übergeben zu müssen, danach strömte genügend Adrenalin durch seine Adern, dass es ihm fast gut ging.

Dabei war nichts gut, überhaupt nichts. Ja, er hatte Paul gefunden. Aber half ihm das irgendwie? Die Suche nach Paul war doch der Auslöser für seinen Abstieg gewesen.

Baumgartner trank ein Glas Wasser, obwohl er nicht durstig war, dann ging er in den Vorraum, um in den Schränken nach seinen alten Laufschuhen zu suchen.

11 Uhr

Der Mann hatte sich gewehrt, als die Polizisten ihm die Halskette wegnehmen wollten. Hiebler und Swoboda hatten ihn festgehalten, während Meier ihm behutsam die Kette abgenommen hatte.

Es war die Kette, die in der Gerichtsmedizin gestohlen worden war.

Nun war die Mordgruppe im Besprechungsraum versammelt und man diskutierte, was das zu bedeuten hatte. Sonnleitner war auch dabei, schien in schlechter Stimmung zu sein.

„Also für mich ist der Mann tatverdächtig“, sagte er. „Seine Fingerabdrücke sind auf dem Fahrzeug, und er hat versucht, Beweismittel verschwinden zu lassen.“

„Aber das passt doch nicht zusammen“, sagte Hiebler.

„Was murmeln Sie da? Sagen Sie es laut!“, fuhr Sonnleitner ihn an.

„Es passt wirklich nicht“, sagte Meier ruhig. „Der Mann ist traumatisiert! Schatz hat das bestätigt.“

„Oder psychisch krank“, gab Lafkowits zu bedenken.

„Eben“, sagte Sonnleitner. „Was haben Sie denn sonst? Irgendeine heiße Spur? Klären Sie mich auf!“

Meier reagierte nicht auf seinen rauen Ton. „Ich glaube, er hat die Toten gekannt“, sagte sie. „Geduld, gleich wissen wir mehr.“

Eine Viertelstunde später stand Meier mit Stocker vor dem Vernehmungszimmer. Sie blickten durch die einseitig verspiegelte Scheibe in den Raum, wo Swoboda nicht aufhörte, den Schweigenden auf Deutsch und Englisch mit Fragen zu löchern.

„Wer ist dieser Mann?“, fragte Meier. „Und verarschen Sie mich nicht, ich weiß, dass Sie ihn kennen.“

Hiebler, der danebenstand, beobachtete, wie Stocker auf den Bluff reagierte. Man sah sofort, dass er ihn erkannte.

Hiebler sah Meier an, wie erleichtert sie war, doch sie beherrschte sich. „Kommen Sie mit“, sagte sie und ging mit Stocker in die Kanzlei der Mordgruppe.

„Also noch einmal: Sein Name ist Ammar Bin Karim, er war illegal bei Ihnen in der Schottergrube beschäftigt. Er stammt aus Jordanien?“

Widerwillig nickte Stocker. Er schien zu verstehen, dass er Probleme bekommen würde.

„Er hat mit Ihnen den Lieferwagen geborgen. Richtig?“

„Ja.“

„Warum haben Sie uns das nicht früher erzählt?“

„Er ist der beste Vorarbeiter, den ich je hatte“, sagte Stocker. „Wenn der Staat ihn wie einen Kriminellen behandelt, kann ich doch nichts dafür.“

„Darum geht es hier nicht", gab Meier zurück. „Wir führen hier eine Mordermittlung!"

„Bin Karim hat niemandem etwas getan. Dafür lege ich meine Hand ins Feuer."

„Aber er hat bei der Gerichtsmedizin eingebrochen."

„Was?"

Meier beobachtete sein Staunen mit Genugtuung. „Sie hören richtig. Vielleicht kennen Sie Herrn Bin Karim doch nicht so gut?"

„Ich kann mir nicht vorstellen, warum er das getan haben soll."

„Er hat eine Goldkette gestohlen, wussten Sie das?"

Stocker blieb der Mund offen stehen. „Das ist nicht möglich."

„Doch, ist es. Seit wann ist Bin Karim in Österreich? Warum hat er keine Papiere?"

„Er ist seit zwei Jahren da, hat kein Asyl bekommen."

„Wie auch. Jordanien gilt als sicher. Und Sie haben ihn eingestellt?"

„Ich konnte ihn nicht abweisen. Er ist eines Tages vor dem Tor gestanden und hat gesagt, er will arbeiten. Ich habe ihn einen Tag Kleinigkeiten erledigen lassen und ihm fünfzig Euro dafür gegeben. Ein paar Tage später ist er wiedergekommen. Dann habe ich bemerkt, dass er Bauingenieur ist. Der Mann ist besser ausgebildet als ich! Absolut verlässlich, trinkt keinen Tropfen Alkohol. Irgendwann hat mein Vorarbeiter gekündigt, und ich habe keinen besseren gefunden."

„Günstig auch, oder? So ganz ohne Steuer ..."

„Ich hätte ihn sofort angemeldet, wenn das gegangen wäre!", ereiferte sich Stocker. „Ich habe sogar eine

Frau gefunden, die ihn geheiratet hätte, damit er bleiben kann. Aber er wollte nicht."

„Eine Scheinehe?", fragte Meier.

„Sie sollten sich überlegen, ob Sie einen Anwalt wollen", warf Hiebler ein. „Sie erzählen uns Sachen ..."

Meier bedeutete ihm, still zu sein. „Seit wann arbeitet er für Sie?", fragte sie.

„Fast ein Jahr. Aber seit der Sache mit dem Lieferwagen habe ich ihn nicht mehr gesehen. Recht hat er, überall Polizei, ich wäre auch untergetaucht an seiner Stelle."

Meier nickte.

„Warum sollte er einbrechen? Ich verstehe das nicht, ich habe ihn gut bezahlt."

Meier wirkte nachdenklich, sie schien die Worte Stockers sacken zu lassen.

„Ich glaube, er hat die Opfer gekannt", sagte sie.

Stocker erbleichte. „Glauben Sie wirklich?"

„Wenn er sprechen würde, wäre es einfacher."

12 Uhr

„Hallo, Kevin."

Hiebler war so in Gedanken, dass er zuerst glaubte, sich die Worte nur eingebildet zu haben. Meier brachte gerade Stocker nach Hause, wollte noch ein paar Worte mit seiner Frau wechseln. Hiebler kannte die Stimme, die ihn von hinten ansprach. Eine Hand klopfte ihm auf die Schulter, so fest, dass er zusammenzuckte.

Ranftl? Unmöglich! Ruckartig drehte Hiebler sich um.

„Herr Bezirksinspektor, was tun Sie denn hier?"

Ranftl grinste breit.

„Schön, dass wir uns wiedersehen! Wie geht's dir? Läuft ja ganz gut, wie es ausschaut!"

Hiebler verstand nicht, was Ranftl hier wollte, aber er vermutete, dass der Alte etwas im Landeskriminalamt zu erledigen gehabt hatte und nun die Gelegenheit nutzte, etwas Macht zu demonstrieren. Er bemühte sich, Ruhe zu bewahren.

Ranftl zog einen Sessel herbei und setzte sich vor Hieblers Schreibtisch.

„Es geht", sagte Hiebler schließlich. „Schwierig im Moment. Was machen Sie hier?"

„Hast du es noch nicht gehört?"

„Was gehört?"

Ranftl schien Hieblers Verwunderung zu genießen.

„Ihr werdet bald Verstärkung bekommen. Ich bin gefragt worden, ob ich euch helfen will. Jetzt komme ich vorbei, um mich über die Lage zu informieren. Warum erzählst du mir nicht, wo ihr derzeit steht?"

Hiebler bekam kalte Hände.

„Davon weiß ich nichts."

„Wirklich? Hat man dir nichts gesagt? Vielleicht hast du es nur überhört."

„Das glaube ich nicht. Ich muss meine Chefin fragen."

„Mit Meier habe ich das schon abgeklärt", sagte Ranftl. „Sie hat mich zu dir geschickt, du bist über alles informiert, hat sie gesagt."

Hiebler zögerte. Wenn Meier ihr Okay gegeben hatte, musste er es tun. Auch wenn es ihn wunderte. Ranftl sollte also wirklich die Truppe verstärken. Es war ein Schock.

„Derzeit haben wir noch keine Verdächtigen", begann Hiebler. Er berichtete knapp, wo sie standen.

Irgendwann kam Rainer Swoboda herein. „Was machst du da?", fragte er.

„Das ist Bezirksinspektor Ranftl. Ich gebe ihm ein Update. Caroline hat das genehmigt."

Swoboda tauschte einen Blick mit Ranftl, dann nickte er und ging wieder hinaus. Während er die Tür schloss, holte er sein Mobiltelefon aus der Tasche.

Zwei Minuten später, Hiebler erzählte gerade von dem schweigenden Mann, stürmte Caroline Meier in den Raum. „Was ist hier los?"

„Hallo, Caroline", sagte Ranftl. „Wie geht's der Gattin?"

„Kevin, was machst du da?", fragte sie scharf.

„Ich gebe Bezirksinspektor Ranftl ein Update über die Ermittlungen."

Meier sah ihn entgeistert an. „Warum?"

Kurz vergaß Hiebler zu atmen. „Das ist doch mit dir abgeklärt!"

„Nichts ist mit mir abgeklärt!"

„Der Bezirksinspektor hat gesagt ..."

„Du weißt ja, Caroline, ihr werdet Verstärkung bekommen. Ich bin gefragt worden, ob ich euch unterstützen kann. Das mach ich natürlich gerne, deshalb wollte ich mich informieren, wie es bei euch steht."

„Ich weiß von nichts", sagte Meier.

„Frag Sonnleitner."

Meier holte ihr Mobiltelefon heraus, wählte aber nicht Sonnleitners Nummer, sondern die von Lafkowits. „Hallo. Du, eine schnelle Frage: Hast du Verstärkung angefordert? ... Für die Mordgruppe, ja ... Warum? Weil Ranftl hier ist und behauptet ... Okay, danke, das wollte ich wissen."

Langsam steckte Meier ihr Telefon wieder ein.

„Ranftl, schau, dass du Meter machst."

„Warum? Es ist doch ..."

„Sofort!", schrie sie.

Ihre Wut schien Ranftl zu amüsieren. Er stand auf. „Gib es zu, ihr seid überfordert. Ihr habt die Lage nicht mehr im Griff."

„Raus mit dir", sagte sie, ging zu ihm hin und schob ihn zur Tür.

Als Ranftl die Berührung spürte, wehrte er Meiers Hände mit einer schnellen Bewegung ab. Sein Grinsen war plötzlich verschwunden. Da gab Meier ihm eine Ohrfeige, so schnell, dass Ranftl nicht ausweichen konnte. Er holte aus, um zurückzuschlagen, doch Meier duckte sich weg.

„Seid ihr wahnsinnig geworden?", sagte Lafkowits, der plötzlich in der Tür stand.

Ranftl biss die Zähne zusammen und verließ fluchtartig den Raum.

14 Uhr

Kurz nach dem Essen bekam Baumgartner eine SMS: *Sie sollten vorbeikommen!* Sonst nichts.

Wenig später stand er vor Paul Novaks Wohnungstür und hatte Angst. Wovor genau, wusste er nicht, nur, dass er am liebsten sofort nach Hause gelaufen wäre und sich ein paar Bier mit hinauf in die Wohnung genommen hätte. Doch dafür fehlte es ihm an Willenskraft. So drückte er irgendwann aus purer Verlegenheit mit feuchten Händen den Klingelknopf.

„Ja?", sagte der große Mann, der die Tür öffnete.

Er ist es wirklich, dachte Baumgartner. Er wusste nicht, warum er daran gezweifelt hatte. Das Gesicht kam ihm zu lang vor und das Kinn zu groß, aber die Augen waren unverkennbar, ebenso wie die immer leicht nach oben gezogenen Mundwinkel.

„Paul", sagte Baumgartner.

„Novak", ergänzte der Mann. „Wer sind Sie?"

„Franz Baumgartner. Erinnerst du dich?"

Es folgte eine lange Pause, dann verwandelte sich die Verwunderung des Mannes in freudiges Staunen.

„Franz Baumgartner! Was machst du denn hier?"

Paul Novak streckte die Hand aus, und als Baumgartner sie ergriff, zog Novak den um einen halben Kopf kleineren Besucher an sich und umarmte ihn. „Komm doch rein!", sagte er und schob Baumgartner durch die Tür.

„Annika, du wirst nicht glauben, wer das ist!"

Novaks Frau lachte. „Hallo, Herr Baumgartner", sagte sie. „So schnell trifft man sich wieder."

„Ihr kennt euch?", fragte Novak verdutzt.

„Er war gestern hier und hat nach dir gefragt", erklärte sie. „Ich wollte die Überraschung nicht verderben."

Novak musterte sie vorwurfsvoll, dann wandte er sich wieder an Baumgartner. „Bist du immer noch in der Stadt? Wie geht es dir?"

Baumgartner kratzte sich hinter dem Ohr.

„Gut, gut. Und dir?"

„Ausgezeichnet! Gerade wieder zurück. Tut gut, heimzukommen."

Novak sah sich um, fand den Blick seiner Frau.

„Soll ich euch allein lassen?“, fragte sie. „Damit ihr euch unterhalten könnt?“

„Nein, lass“, sagte Novak. Und zu Baumgartner: „Hast du Zeit? Gehen wir einen Kaffee trinken?“

„Gern“, entgegnete Baumgartner, dem angesichts der unerwartet herzlichen Begrüßung ganz warm geworden war. „Sehr gern.“

„Du bist wirklich Polizist geworden?“, staunte Novak, als sie wenig später in einem Café um die Ecke saßen.

„Stimmt, das war ja eigentlich dein Traum, nicht meiner“, antwortete Baumgartner.

„Als es dann so weit war, habe ich mich nicht getraut“, sagte Novak. „Ich bin beeindruckt, dass du es getan hast.“

Gerade ich, willst du sagen, dachte Baumgartner.

„Es wundert mich, dass du mich nie in der Zeitung gesehen hast.“

„Bist du so ein Star? Das wusste ich gar nicht. Gratuliere!“

Novak lachte. Baumgartner war das unangenehm.

„Das wollte ich nicht sagen, ich meinte nur, es wundert mich, dass du es nicht bemerkt hast.“

Baumgartner errötete.

Novak schien sich darüber zu amüsieren, bevor er wieder ernst wurde.

„Ich bin viel im Ausland, von den heimischen Medien kriege ich fast nichts mit. Wie ist das so als Polizist? Gefällt es dir? Versäume ich etwas?“

Baumgartner überlegte, wie er seine aktuelle Lage erklären sollte.

„Nein", sagte er schließlich. „Es gefällt mir eigentlich gar nicht."

„Um ehrlich zu sein, besonders gut schaust du auch nicht aus."

Baumgartner zuckte mit den Achseln. „Jeder hat so seine Probleme. Was ich sagen wollte, damit du mich nicht missverstehst: Ich bin gut darin, aber es ist nichts, was mir Spaß macht."

„Was macht dir denn Spaß?", fragte Novak.

„Ich sollte mir vielleicht einmal Zeit nehmen, das herauszufinden."

Wie das klingt, dachte Baumgartner. Aber es hatte keinen Sinn, jemandem wie Paul etwas vorzumachen. Dafür kannten sie sich zu gut, obwohl sie einander so lang nicht gesehen hatten. Die alte Vertrautheit war sofort wieder da, in einer reiferen Form, die Baumgartner angenehm fand. Keine kindlichen Rituale mehr, kein Eindruckschinden. Nur noch Verständnis.

Baumgartner hatte Lust, zu vergessen, warum er hier war.

„Wie lang bist du in der Stadt?", fragte er.

„Noch die ganze Woche", antwortete Paul. „Ich habe einiges zu erledigen, bevor ich wieder hinunterfliege. Wir bauen gerade ein neues Krankenhaus. Nicht ganz ohne. Schon zwei Mal hat uns jemand Baumaschinen gestohlen. Eine davon haben wir kurz darauf beim Haus des Bürgermeisters gefunden. Der baut gerade aus."

„Ich finde beeindruckend, was du da machst." Unglaublich, dachte Baumgartner. Das trifft es besser.

„Ach", sagte Paul, „ist auch nur ein Beruf wie jeder andere."

„Eben nicht", entgegnete Baumgartner.

„Genauso wenig wie Polizist."

„Ich weiß nicht, ob man das vergleichen kann."

„Warum nicht?", fragte Paul. „Wir kämpfen beide für das Gute", sagte er augenzwinkernd.

„Viele sind nicht unbedingt der Meinung, dass Polizisten für das Gute kämpfen."

„Nicht?"

„Nein, schau uns an: Wir tragen Pistolen und sind ermächtigt, im Notfall Menschen zu erschießen. Eigentlich nutzen wir Mittel, die in einer Gesellschaft aus gutem Grund verboten sind. Wir sind ein notwendiger Kompromiss, keine Helden. Freund und Helfer, blabla. In Wirklichkeit mag uns keiner, seien wir uns ehrlich. Was du machst, ist etwas völlig anderes."

Paul lachte gequält.

„Das höre ich gern, aber wir wissen beide, dass Hilfsorganisationen nur begrenzte Macht haben. Solang sich politisch nichts ändert, wird das immer zu wenig sein. Vor allem, wenn die lokale Korruption unsere Arbeit auffrisst."

„Immerhin baust du ein Krankenhaus."

„Stimmt schon. Aber manchmal ist es frustrierend. Die Politiker dort sollten das Krankenhaus selbst bauen, statt uns unsere Baumaschinen zu stehlen. Bodenschätze haben sie genug, um das zu finanzieren. Aber da sitzen große westliche Konzerne drauf, die Politiker werden geschmiert, damit alles beim Alten bleibt. Trotzdem machen wir weiter. Weil es notwendig ist. Es macht natürlich einen Unterschied. Aber ich sehe die Polizei nicht so negativ. Du hast eine Dienstwaffe, aber hast du schon einmal geschossen, im Dienst, meine ich?"

Baumgartner verneinte.

„Da hast du es. Ich glaube, es ist wichtig, dass Leute wie du bei der Polizei sind."

Ich bin suspendiert, dachte Baumgartner. Und wahrscheinlich verliere ich meinen Job. So viel zur Polizei.

Paul sah auf die Uhr.

„Franz, ich muss jetzt langsam weiter, ich habe noch einen Termin. Was hältst du davon, wenn wir die Woche einmal auf ein Bier gehen am Abend?"

„Sehr gern."

„Gut, dann meld dich, wenn du Zeit hast! Morgen zum Beispiel."

16 Uhr

Hiebler war gerade im Auto unterwegs, um die Sekretärin von Stocker nach dem illegalen Arbeiter zu befragen, als er einen Anruf von einer unbekannten Nummer bekam. Er hob ab, ohne die Freisprecheinrichtung zu aktivieren. Es war Wilszek.

„Caroline hat gemeint, du bist gerade losgefahren?"

„Ja", sagte Hiebler und erklärte, was er vorhatte.

„Am besten drehst du um, Sherlock", sagte Wilszek.

„Warum?"

„Die DNA-Analysen von den Toten sind gekommen. Sie stammten aus dem arabischen Raum."

16 Uhr 20

„Erinnert ihr euch an diese Schulung vor zwei Jahren? Neue Methoden in der DNA-Analyse?"

Meier nickte. „Da war was."

„Dann wisst ihr ja, dass man nicht nur die DNA eines bestimmten Menschen identifizieren kann, sondern auch ganz allgemein seine Herkunft."

„Und das hast du gemacht?"

Wilszek nickte. „Hiebler hatte die gleiche Idee. Man muss die Proben an ein Schweizer Unternehmen schicken. Sie haben sich beeilt. Die Suchabfrage in der DVI-Datenbank hat ja nichts ergeben, oder?"

DVI – Disaster Victim Identification. Hiebler wusste, dass der Begriff für verschiedene Forschungsgruppen stand, die überall auf der Welt verteilt waren und sich mit der Identifizierung der Opfer großer Katastrophen beschäftigten. Gemeinsam betrieben sie eine internationale Datenbank für Vermisste. Das waren Dinge, die man auf der Polizeischule lernte.

„Nein. Wir haben dafür einfach zu wenig Material. Araber, sagst du?"

„Ja, das ist die Ethnie. Das sagt uns natürlich nicht, ob es Libyer, Bahrainer, Afghanen oder eventuell Österreicher arabischer Abstammung sind, aber als Indiz ist es brauchbar, denke ich."

„Eine Frau, die einen Pullover aus der Altkleidersammlung trägt", sagte Meier, „eine arabische Frau. Die eine Halskette aus Gold trägt. Und ein Jordanier, der sie so gut gekannt hat, dass er von dieser Halskette wusste. Und dem sie so wichtig war, dass er ein großes Risiko einging, um sie zu stehlen."

Hiebler nickte. „Damit ist die Sache klar."

„Flüchtlinge", sagte Meier. „Aber klar ist mir eigentlich gar nichts."

Paul meldete sich noch am selben Abend. Ob sie etwas trinken gehen wollten? Baumgartner war ohnehin im Begriff gewesen, sich unten im Supermarkt ein Bier zu holen. Nur ein einziges diesmal. Maximal zwei. Er hatte sofort zugesagt und die Schuhe wieder ausgezogen, um stattdessen duschen zu gehen.

Zwei Stunden später trafen sie sich in einem Pub in der Innenstadt. Baumgartner war zu früh dran gewesen und hatte bereits ein Bier bestellt. Sie gaben sich die Hand. Aus den Lautsprechern erklang ein Song von Pink Floyd.

„Ewig nicht mehr gehört", sagte Paul, der verklärt den Blick hob.

Baumgartner wusste nicht, was er sagen sollte. Er hatte sich nie viel aus Musik gemacht. Manche Songs hatte er schon einmal gehört, aber er merkte sich grundsätzlich keine Titel.

Sie tranken und begannen, Kindheitserinnerungen auszutauschen. „Was ist eigentlich aus Tante Gerti geworden?" „Hast du Markus wieder einmal gesehen?" „Erinnerst du dich noch an diese, wie hat denn die geheißen ..."

Zuerst war es Baumgartner unangenehm. Aus irgendeinem Grund erinnerte er sich ungern an diese Zeit. Doch es dauerte nicht lange, bis es ihm zu gefallen begann. Das hatte mit dem Bier, aber noch mehr mit Paul zu tun. Es tat ihm gut, ihn zu sehen. Das war in Wirklichkeit das Letzte, womit er gerechnet hatte, als er ihn suchte.

„Wie sieht dein Leben sonst aus?“, fragte Paul. „Verheiratet, Kinder?“

Baumgartner schüttelte den Kopf.

„Die richtige Frau noch nicht gefunden?“

„Nein, geschieden“, antwortete Baumgartner. „Sie war es, die Kinder wollte, im Gegensatz zu mir. Deshalb ist sie fort.“

„Sorry, das wusste ich nicht. Ich wollte nicht ...“

„Schon in Ordnung. Bei dir scheint es zu passen, oder?“

Novak lächelte. „Ich hatte unglaubliches Glück. Ich verstehe immer noch nicht, wie das gegangen ist.“

Baumgartner freute sich ehrlich. Es war kein Neid dabei, nur etwas Wehmut.

„Warum Novak?“, fragte er. „Ich hätte dich fast nicht gefunden. Das war keine normale Namensänderung, oder?“

Pauls Augen wurden schmal. Er lächelte und schüttelte den Kopf.

„Das war notwendig. Ich habe mich mit ein paar Leuten angelegt, die in Afrika große Minen betreiben. Man hat ein Kopfgeld auf mich ausgesetzt.“

„Aber doch nicht in Österreich?“

„Nein. Aber eines Tages bin ich einfach mit dem neuen Pass eingereist, ging problemlos. Es hat mir gefallen, also habe ich mir gedacht, ich bleibe dabei. Ich hatte ja auch Schulden. Wenn man es damit gegenrechnet, war das sogar eine günstige Lösung.“

„So einfach ist das?“

„Natürlich nicht. Aber es ging. Und es hat mich gereizt.“

„Was ist eigentlich aus Ralf geworden?“, fragte Baumgartner.

Paul senkte den Blick und wurde ernst.

„Ralf gibt es nicht mehr. Er hat sich das Leben genommen."

„Was? Wann?"

„Gar nicht so lange her. Zehn Jahre? Er hatte immer wieder depressive Phasen. In seiner Kindheit hat sich das über Gewalt geäußert, wie wir beide wissen. Aber als Erwachsener wurde er immer verschlossener, fraß alles in sich hinein. Als ich einmal mit ihm darüber reden wollte, hat er nur Andeutungen gemacht, aber ich habe verstanden, wie schlecht es ihm ging, und ihm Hilfe angeboten. Er hat das offenbar als Beleidigung aufgefasst und ist davongelaufen. Es mag hart sein, das zu sagen, aber es hat mich nicht überrascht, als ich es erfahren habe."

„Ich fühle mich schuldig", sagte Baumgartner. „Vielleicht haben wir auch einen Anteil daran."

„Sag das nicht", entgegnete Paul. „Wir waren Kinder. Es wäre die Aufgabe unserer Eltern gewesen, darauf zu schauen. Aber ich weiß, wie schwer sich meine Mutter getan hat. Du hast ihn nicht gekannt, es ist nicht an uns gelegen. Er war ein sehr sensibler Mensch, so etwas gibt es. Da gibt es immer irgendwelche Gründe."

„Womöglich ist es auch daran gelegen, dass er adoptiert war."

Paul nickte. „Auch das denk ich mir manchmal. Jedenfalls hat er seine Entscheidung getroffen."

Sie tranken ein Glas nach dem anderen. Baumgartner merkte, wie Paul undeutlich zu sprechen begann, was seiner Laune keinen Abbruch tat. Er selbst war den Alkohol gewohnt, spürte noch kaum etwas. Ich muss die

Dosis laufend steigern, dachte er. Das ist mir noch gar nicht aufgefallen.

Irgendwann wurden sie müde vom Reden. Paul war betrunken genug, dass ihm die Stille nicht mehr unangenehm war, und so schwiegen sie, etliche Minuten lang.

„Wie machst du das?“, fragte Baumgartner schließlich.

„Was?“

„Du bist glücklich.“

Paul schmunzelte.

„Ich habe meinen Weg gefunden, das ist es.“

Neugierig musterte Baumgartner ihn. „Aber du hast mir auch gesagt, dass alles, was du tust, eigentlich zu wenig ist. Dass es politische Veränderungen braucht. Wie kommst du damit klar?“

Paul wurde nachdenklich.

„Das ist genau mein Problem“, fügte Baumgartner hinzu. „Damit komme ich nicht klar.“

„Ich habe das alles schon lang hinter mir gelassen“, sagte Paul Novak plötzlich.

Baumgartner brauchte einen Moment, um zu erfassen, was Paul gesagt hatte. Er wartete darauf, dass dieser weitersprach. Als er es tat, war sein Ton verändert, als wäre er ein anderer Mensch. Es war, als habe jemand das Licht im Raum gedimmt. Die Fröhlichkeit war wie weggeblasen, dafür glaubte Baumgartner, einen Tonfall zu erkennen, der ihn an den jungen Paul erinnerte.

„Meine Arbeit ist nichts für sensible Typen. Man sieht Dinge, die nicht einfach zu verdauen sind. Zum Teil kaum zu beschreiben. Gewalt in allen Formen, Hoffnungslosigkeit, Sinnlosigkeit.“

„Und was empfindest du dabei?“

Pauls Antwort kam so prompt, als sei sie vorbereitet.

„Erleichterung.“

„Erleichterung?“, fragte Baumgartner.

„Ich habe dort alle meine Ängste verloren.“

„Das verstehe ich nicht“, sagte Baumgartner.

„Hinter all dem, was wir hier haben, in Österreich, in dieser Stadt, hinter den Kaffeekränzchen und Sommerfesten, den Nettigkeiten unter Nachbarn, dem Verständnis unserer Liebsten, unserer geliebten Ordnung, ist ein Abgrund. So tief, dass man den Boden nicht sieht.“

Baumgartner versuchte sich vorzustellen, worauf Paul anspielte.

„Und diesen Abgrund hast du gesehen? In Afrika?“

„So ist es.“

„Ich glaube, ich weiß, was du meinst“, sagte Baumgartner. „Wir bewegen uns auf dünnem Eis.“

Paul nickte. Dann schwiegen sie.

„Was ist dein Geheimnis?“, fragte Baumgartner nach einer Weile. „Warum hast du keine Angst mehr vor dem Abgrund? Vor dem Sturz?“

„Ach Franz“, sagte Paul lächelnd, „ich bin schon vor langer Zeit gestürzt. Das ist doch der Grund, warum ich keine Angst mehr habe.“

Später ging Baumgartner noch in der Stadt spazieren. Er war zu aufgewühlt, um gleich nach Hause zu gehen, zu nachdenklich. Er glaubte nun zu verstehen, dass Paul wirklich der Grund für seinen Verfall war, aber anders, als er zuerst geglaubt hatte. Paul stand in seinem Leben für viele unerledigte Dinge, die er hinausgeschoben und mit Arbeit kompensiert hatte. Es war klar gewesen, dass das nicht ewig funktionieren würde. Deshalb war er jetzt in dieser Lage. Er musste die Dinge angehen, erst dann konnte er sein Leben wieder in den Griff kriegen.

Stürzen, dachte Baumgartner. Ein seltsames Bild. War er selbst auch schon gestürzt? Er war jedenfalls am Boden. Egal, was passierte, er wehrte sich nicht, ließ es geschehen. Es gab für ihn keine konstruierte Traumwelt, die er mit viel Aufwand aufrechterhalten musste, wie so viele Leute, die vollkommen gestresst waren, bis sie ausbrannten und ihre Illusion zerbrach.

Ihm war klar, dass er nie mit seinem Leben hätte aufräumen können, ohne Paul zu finden. Nun hatte er ihn gefunden, doch was bedeutete das? Paul schien ein ganz normaler Mensch geworden zu sein. In vieler Hinsicht besser als normal. Paul hatte vieles, was ihm fehlte. Zufriedenheit, eine schöne Frau, eine gute Arbeit. Baumgartner war in Versuchung, neidisch zu sein, wäre da nicht dieses komische Gefühl gewesen.

Ein Abgrund.

Baumgartner schüttelte den Kopf. Was willst du mir damit sagen?

Noch bis in die Morgenstunden irrte Baumgartner durch die Stadt, ohne in eines der Lokale zu gehen. Er musste an die Sache mit dem Vogel denken. Das Ereignis, das er als Kind nicht vollständig erfassen konnte und erst als Erwachsener richtig verstand.

Als die Sonne aufging, nahm er den ersten Bus und fuhr nach Hause.

Ungefähr zur gleichen Zeit bemerkte ein neugieriger Passant am Ufer der Mur bei Gratkorn Leichengeruch.

Irgendwann zwischen Freitag und Samstag

Sie schloss die Augen und öffnete sie wieder. Ein interessantes Spiel: Wenn es vollständig dunkel war, konnte man nicht sehen, ob man seine Augen offen oder geschlossen hatte. Man musste es spüren. Es fühlte sich seltsam an, als wäre man nicht von Luft umgeben, von einem unsichtbaren Raum, sondern tatsächlich von nichts. Außerdem war es vollkommen still, wenn sich nicht gerade jemand bewegte.

Mit der Zeit verlor das Spiel seinen Reiz. Hani konnte unmöglich sagen, wie lang sie nun schon hier drin saßen. Einige Tage hatten sie in dem Haus mit den verkehrten Bildern verbracht. Zuerst hatte sie sich gefürchtet, ohne zu wissen, wovor. Doch dann hatte der Mann ihnen Essen gebracht. Er war sehr freundlich gewesen, und ihre Angst war wieder verschwunden. Sie hatten wenig Platz gehabt in dem Haus, manche hatten auf dem Boden sitzen müssen, aber alles war gut gewesen. Da waren Teppiche auf dem Boden, sie hatten duschen können und Wäsche waschen.

Dann war er irgendwann aufgeregt zu ihnen gekommen. Sie müssten mitkommen, hatte er gesagt. Englisch kannte sie aus der Schule, aber sie beherrschte nur wenige Wörter.

„Come quick! You have to hide!“

Seither waren sie in diesem stockdunklen Raum, in dem es kalt war und nach Erde roch, und nach etwas anderem, süßlich. Nur sechs von ihnen, die anderen hatten keinen Platz gehabt. Irgendwann sagte jemand, dass hier Getränke gelagert worden waren, deshalb der Geruch.

„Er kommt bald wieder, du wirst sehen“, sagte ihre Mutter.

Samstag, 8 Uhr

Aus dem Waldstück an der Mur sei schon seit Wochen ein seltsamer Gestank gekommen, sollten die Anrainer später zu Protokoll geben. Da ging schon länger niemand mehr hin. Ein neuer Trampelpfad zeugte davon, auf dem Jogger der Stelle auswichen. Aber wer hätte so etwas ahnen können? Wenn man das gewusst hätte, man hätte doch längst ...

Kevin Hiebler stand in der Nähe von Meiers Dienstwagen, während sie mit dem Handy telefonierte. Wilszek war noch unten an der Uferböschung, wo sie das Fahrzeug gefunden hatten, einen alten Kastenwagen, deshalb war es bisher nur ein Gerücht.

Sie hatten wieder Tote gefunden.

Hiebler wusste, was das hieß. Ihm war schlecht.

Es war ein Albtraum.

10 Uhr 30

„Du musst mit ihnen reden!“, sagte Stocker zu seinem immer noch schweigenden Arbeiter. „Sie glauben, du hast es getan. Und mich wollen sie zum Komplizen machen. Erklär es ihnen! Wir haben die Tür aufgemacht, da haben wir sie gefunden.“

Sie saßen einander im Vernehmungsraum gegenüber. Meier und Hiebler standen hinten an der Wand und beobachteten Stocker. Der schweigende Mann, der laut Stockers Angaben Ammar Bin Karim hieß, hatte sich friedlich wie ein Schaf in den Vernehmungsraum führen lassen. Dort saß er nun mit gesenktem Blick und ließ alles über sich ergehen.

„Ich habe ja gesagt, das bringt nichts“, sagte Meier.

Stocker drehte sich um.

„So kenne ich ihn nicht“, beteuerte er. „Er würde Ihnen helfen, ich bin mir ganz sicher! Ich weiß nicht, was mit ihm los ist.“

Er wandte sich wieder dem schweigenden Mann zu.

„Bitte, du musst reden! Ich weiß, dass du mich hörst! Du bist mein bester Arbeiter, sag ihnen das. Erzähl ihnen, dass du keine Arbeitsgenehmigung bekommen hast.“

„Wenn er seine Frau erkannt hätte, würde es mich nicht wundern, dass er unter Schock steht“, flüsterte Hiebler Meier zu. „Aber wie hätte er sie erkennen sollen? In dem Zustand, in dem die Leichen waren?“

„Sie haben gesagt, seine Familie war noch in Jordanien?“, fragte Meier. „Wissen Sie etwas davon, dass er sie nachholen wollte?“

Stocker verneinte. „Davon hat er nichts erzählt.“

„Aber es wäre naheliegend“, sagte Hiebler. „Nur, warum trägt sie schon Kleidung von hier? Wenn sie aus Jordanien kommt?“

„Jetzt sag endlich was!“, rief Stocker. Doch es half nichts, der Mann schien sie einfach zu ignorieren. Es war frustrierend.

In diesem Moment kam Lafkowits herein.

„Besprechung, in fünf Minuten.“

„Du hast mit Wilszek telefoniert“, sagte Lafkowits zu Meier. „Was sagt er? Gibt es eine Verbindung?“

„Drei Leute, sie tragen gewöhnliche Kleidung. Sind erst seit ein paar Tagen tot. Sehen definitiv arabisch aus.“

„Dann ist die Sache klar." Lafkowits seufzte tief. „Diese Menschen wurden nicht einfach nur in den Fahrzeugen vergessen. Beim ersten Fall wäre das die beste Erklärung gewesen, aber nicht zwei Mal. Wenn das zwei Mal passiert, ist es Absicht. Stimmst du mir zu?", fragte er Meier.

Sie nickte.

„Was bedeutet das für uns?", fragte Hiebler.

„Wir müssen ihn finden", antwortete Lafkowits. „Oder was meinst du?"

„Wegen der Verstärkung."

„Ja, ihr werdet Hilfe bekommen."

„Auch Ranftl?"

Lafkowits antwortete nicht. „An die Arbeit", sagte er.

11 Uhr

Baumgartner wurde vom Klingeln seines Mobiltelefons aus tiefem Schlaf gerissen. Es war Paul.

„Sorry, Franz, wegen gestern. Ich bin das Trinken nicht mehr gewohnt. Ich werde da manchmal theatralisch."

„War nicht so schlimm."

„Doch, war es. Was ich gesagt habe, war lächerlich."

„Das war nicht ernst gemeint gestern, mit dem Fallen?"

Paul lachte. „Wo denkst du hin? Ich bin gesund, habe die Frau meines Lebens gefunden und einen wundervollen Job. Besser könnte ich es nicht erwischen."

Baumgartner bedankte sich für den Abend.

„Es hat gutgetan, dich wiederzusehen", sagte er. Es fühlte sich auch gut an, das auszusprechen. „Ich habe ja im Moment keine so tolle Phase."

„Habe ich gemerkt. Hast du heute Nachmittag schon was vor?"

Baumgartner konnte nicht behaupten, dass er etwas vorhatte.

„Wo wollen wir uns treffen?"

„In der Herrgottwiesgasse. Wir könnten etwas essen gehen. Einverstanden?"

Etwas später, etwa vier Stunden ohne Tageslicht

Mit der Zeit lernte sie, die Leute an ihren Stimmen zu unterscheiden. Alles war so schnell gegangen, dann war es dunkel geworden. Sie konnte nicht mehr sagen, ob sie jemanden von ihnen in den letzten Tagen bereits kennengelernt hatte, sie waren ihr alle fremd. Es waren Menschen ohne Gesichter, nur mit Stimmen und Gerüchen. Alle bis auf ihre Mutter. Da war ein Mann mit einer lauten Stimme, dem es ganz wichtig zu sein schien, dass man seine Angst nicht erkannte. „Wir müssen uns beruhigen", sagte er immer, dabei waren doch alle ruhig, nur er nicht. Er war Iraker, das hörte sie an seinem Arabisch. Eine Frau mit einer heiseren Stimme sagte ihm immer wieder, er solle leise sein, sie schien auch aus dem Irak zu kommen. Sie gehörten zusammen. Dann war da ein Mann, der sprach wie Hani selbst und ihre Mutter. Er klang sehr alt und redete nur wenig. Anfangs hatte er gemeint, dass sie in guten Händen seien. Seine Tochter sei mit ihm nach Österreich gekommen, das seien gute Menschen in diesem Land. Doch von Stunde zu Stunde war er ruhiger geworden, nun hatte er schon länger nichts mehr gesagt. Dann war da eine Frau, die man nur atmen hörte. Manchmal schneller, manchmal langsamer. Wenn der laute Mann sprach, ging ihr Atem immer schnell. Einmal begann sie zu weinen, so leise, dass man es fast nicht hörte. Da war Hani sich sicher, dass die Frau Angst hatte.

Sie waren zu sechst. Es sei denn, es gab jemanden, den sie bisher noch nicht gehört hatte. Sie war sich nicht ganz sicher. Doch da war etwas anderes, dessen sie sich immer sicherer wurde.

„Mama, ich muss aufs Klo."

„Pssssst!", sagte die Mutter.

„Auf gar keinen Fall, hörst du?", rief der laute Mann. „Wir wollen hier ja nicht ersticken."

„Was soll sie denn machen?", gab Hanis Mutter verärgert zurück. „Es zurückhalten?"

„Genau", sagte der Mann. „Jemand wird uns holen kommen. Bis dahin wird sich jeder zurückhalten, verstanden?"

„Und wenn er nicht kommt?", fragte seine Frau.

„Er wird kommen! Ich sage das, hörst du? Niemand pinkelt irgendwohin."

Es wurde wieder ruhig.

„Geht es noch?", fragte ihre Mutter.

Hani nickte, doch dann merkte sie, dass man das nicht sehen konnte. „Ich glaube schon", sagte sie.

Die Mutter strich ihr über den Kopf.

„Es wird alles gut", sagte sie.

Eine Stunde später war es der laute Mann, der als Erster in die Ecke pinkelte.

Hiebler versuchte, sich auf Meiers Worte zu konzentrieren, doch er war wie betäubt. Drei tote Menschen. Der Kastenwagen sei abgeschleppt worden, der Laderaum werde gerade im Labor untersucht. Ob die Kleidung wieder von hier stamme, ja, danach sehe es aus. Drei grobschlächtige Polizisten in Zivil saßen hinten im Besprechungsraum und lauschten mit verschränkten Händen. Polizisten aus Köflach, in ihrer Mitte Bezirksinspektor Ranftl. „Erfahrene Ermittler", hatte Sonnleitner stolz angemerkt. Als Ranftl Hieblers Blick bemerkte, zwinkerte er.

„Haben Sie noch Fragen?", beendete Meier ihren Bericht.

„Was wurde bereits unternommen?", fragte ein Kollege Ranftls, der aussah wie ein amerikanischer GI. Oder der so aussehen wollte – sein weststeirischer Dialekt zerstörte den Eindruck.

Meier musterte ihn. „Worauf bezieht sich Ihre Frage?"

„Habt ihr die Anrainer schon befragt? Wie weit ist die Tatortgruppe?"

„Es gibt dort keine direkten Anrainer, das nächste Haus ist etliche hundert Meter entfernt. Den Bauern, dem der Acker gehört, haben wir noch nicht erreicht. Ansonsten ist es besonders wichtig, dass wir alle Spaziergänger und Jogger finden, die sich im fraglichen Zeitraum dort aufgehalten haben. Den Zeitraum müssen Wilszek und Steger angeben, aber sie sind noch nicht so weit."

„Das heißt, Sie wollen inzwischen warten?"

Hiebler glaubte, einen überheblichen Unterton zu hören. Er wunderte sich nicht, dass Meier sich provoziert fühlte.

„Wir werden selbstverständlich nicht warten! Was glauben Sie denn?"

Der Mann grinste und tauschte einen Blick mit Ranftl aus.

Meier erklärte, dass eine Presseaussendung mit der Bitte um Hinweise vorbereitet werde. „Sobald wir den Zeitraum eingrenzen können, schicken wir sie sofort raus. Sie können sich inzwischen in den Fall einlesen, ich habe Ihnen alle bisherigen Berichte vorbereitet."

„Ich würde gern mit diesem Jordanier reden", sagte Ranftl. „Du hast gesagt, er spricht nicht?"

„Er ist offensichtlich traumatisiert", erklärte Meier. „Da wirst du nicht weit kommen."

„Das würde ich gern selbst beurteilen. Ich glaube nicht, dass da nichts geht. Bei mir hat noch jeder geredet."

„Weißt du was, rede mit der Schatz. Sie ist von der Kriseninterventionsstelle. Sie sagt, wir dürfen ihn nicht unter Druck setzen. Irgendwann wird er reden."

„Irgendwann ...", sagte Ranftl.

„Meier, Ihnen ist schon klar, dass Sie bald Erfolge vorweisen müssen", schaltete Staatsanwalt Sonnleitner sich ein. „Das geht alles viel zu langsam. Wenn Bezirksinspektor Ranftl helfen kann, dann lassen Sie ihn helfen."

„Das soll Schatz entscheiden."

„Nein", entgegnete Sonnleitner scharf, „Sie entscheiden das! Traumatisiert hin oder her, es muss etwas passieren."

„Wenn wir ihn unter Druck setzen, riskieren wir, dass er überhaupt nicht mehr spricht! Wir müssen warten, es hilft nichts."

„Wenn Sie das sagen."

„Nicht ich sage das, sondern eine ausgebildete Psychologin! Ich würde so etwas nie selbst beurteilen, dazu bin ich gar nicht befugt."

„Ist gut", sagte Sonnleitner. „Es ist Ihre Verantwortung, Sie haben die Leitung. Aber wir brauchen Erfolge, schnell. Es ist nicht nur meine Reputation, die hier auf dem Spiel steht."

Hiebler schluckte. War das eine versteckte Drohung? Meier ignorierte sie jedenfalls.

„Sie werden ein gutes Team sein", sagte Sonnleitner, bevor er die Besprechung für beendet erklärte.

Hiebler und Lafkowits standen als Letzte auf. Beim Hinausgehen trafen sich ihre Blicke.

„Tut mir leid", sagte Lafkowits.

15 Uhr

„Bist du schon sehr hungrig?"

Baumgartner schüttelte den Kopf. Hunger verspürte er in letzter Zeit kaum.

„Ich möchte noch kurz einen Freund besuchen", sagte Paul. „Wenn du nichts dagegen hast. Du kannst gern mitkommen."

Baumgartner hatte nichts dagegen.

Wenige Minuten später betraten sie das Gelände des Schlachthofs.

Er lag etwas nördlich des großen Gefängnisses und einer riesigen Nervenklinik. Eine Kette des Schreckens, die sich vom Zentrum nach Süden hinzog.

Paul hielt auf eine der Hallen zu. Er öffnete eine kleine Seitentür und sie betraten einen Raum, in dem Leute an Schreibtischen saßen, einer davon in einer weißen Schürze aus Planenstoff. Paul grüßte ihn, und der Mann grüßte zurück. Sie durchquerten den Raum und öffneten eine weitere Tür. Warme, feuchte Luft schlug ihnen entgegen. Es roch intensiv nach Leben, nach Stall, verbrannten Haaren und heißem Schmalz. Erst da verstand Baumgartner, dass sie den Schlachthof betreten hatten.

Sie befanden sich in einer Halle, die weiß verfliest war. Eine schwarze Mülltonne stand da, an der Wand waren Haken aus Metall, auf dem Boden Blutspuren. An der Decke verlief eine Schiene. Sonst war der Raum leer.

Paul sah sich um. „Wo sind sie denn alle?"

Sie gingen nach links und betraten den nächsten Raum. Dort standen zwei Männer an Metalltischen, die denen in der Gerichtsmedizin ähnelten, und schnitten rotes Fleisch. Paul schien einen der Männer zu kennen, und sie begannen, sich zu unterhalten, während Baumgartner einige Meter entfernt stehen blieb.

Die Schiene an der Decke verlief von einem Ende bis ans andere. Weiter hinten hingen Schweine kopfüber an den Haken. Die Hufe fehlten, ansonsten waren die Körper vollständig. Das Geräusch einer Motorsäge ertönte, ein Mann erschien und begann, ein Schwein zu zersägen. Er begann am Hinterteil und arbeitete sich langsam nach unten vor. Es schien eine schwere Arbeit zu sein, der Körper des Tiers leistete Widerstand. Noch weiter hinten sah er jemanden, der mit einem großen Messer die Bauchhöhle eines noch fast unversehrten Schweins aufschnitt. Er fasste mit beiden Händen hinein und zog mit einer einzigen Bewegung Gedärme und sonstige Innereien heraus. Ein weiterer Schnitt mit dem Messer löste alles vom Rest des Körpers. Der Mann drehte sich um und ließ alles in eine stählerne Wanne gleiten.

Baumgartner war schlecht geworden. Er hatte Angst davor, wo Paul ihn als Nächstes hinführen würde. Irgendwo in der Ferne glaubte er, Schweine quieken zu hören. Dort wollte er nicht hin.

Paul hingegen schien ganz ruhig zu sein und unterhielt sich immer noch mit dem Mann. Als er sah, dass Baumgartner sich nicht von der Stelle bewegte, verabschiedete er sich und ging wieder zu ihm.

„Paul, was wollen wir eigentlich hier?"

„Ich hab einmal hier gearbeitet, vor Jahren", erklärte Paul. „Seither komme ich ab und zu zurück, um die Kollegen von damals zu besuchen, wenn ich in der Nähe bin. Etwas seltsam zum Teil, einer von ihnen war sogar Vegetarier!" Paul schmunzelte.

„Man kann sich sicher daran gewöhnen", sagte Baumgartner, „aber ich habe erst einmal genug."

„Ich komme hierher, wenn ich auf andere Gedanken kommen will. Hat doch funktioniert, oder?"

Da musste Baumgartner Paul recht geben.

15 Uhr 30

Der Kollege an der Einfahrt zum Schwarzl-Freizeitzentrum kontrollierte Hieblers Ausweis genau, bevor er ihn durchließ. Er schien skeptisch zu sein ob Hieblers jugendlichen Aussehens, doch mit den Papieren hatte alles seine Richtigkeit, also durfte Hiebler einfahren. Er hatte sich die Lage des Büros von der Leitung des Flüchtlingslagers beschreiben lassen, zu dem diese weiße Mehrzweckhalle umfunktioniert worden war. Hier hatten einmal Bands wie Aerosmith gespielt, in letzter Zeit war hier eine Indoor-Kart-Rennbahn betrieben worden, bis die Anlage zu einem Winterlager für fast 1000 Flüchtlinge umfunktioniert worden war. Der ehemalige Schotterteich daneben war im Sommer ein beliebter Badesee, doch Hiebler erinnerte er an den Teich, in dem sie den Laster mit den Toten gefunden hatten.

Hiebler klopfte an die Tür, die ihm genannt worden war, und trat ein. In dem kleinen Raum standen zwei Schreibtische, an einem saß eine rundliche Frau, die zu ihm aufsah.

„Grüß Gott, Hiebler, vom Landeskriminalamt."

„Schneider."

Sie musterte ihn skeptisch. Hiebler musste an eine Mutter denken, die ihre Kinder verteidigen wollte. Doch als er sein Anliegen erklärt hatte, taute sie auf.

„Ich habe davon gehört. Furchtbar. Sie sind also sicher, dass es Flüchtlinge waren?"

„Vermutet haben wir das von Anfang an, inzwischen hat sich der Verdacht erhärtet."

Schneider betrachtete die farbigen Computerausdrucke mit den Abbildungen von Kleidungsstücken, darunter der Strickpullover und die Trachtenweste. Nicht die Originale, die waren in schlechtem Zustand, sondern möglichst ähnliche Substitute, die noch mit dem Computer nachbearbeitet waren. Darunter stand eine Telefonnummer des Journaldienstes, die extra dafür eingerichtet worden war. *Kennt jemand diese Kleider? Bitte melden Sie sich unter dieser Nummer!*

„Ich wünsche Ihnen viel Glück", sagte sie. „Soll ich mitgehen?"

„Glauben Sie, das ist nötig?"

„Es hilft vielleicht. Die Leute vertrauen mir. Vor der Polizei haben manche Angst. Viele sind vor Assad geflohen. Die sind sehr skeptisch, was die Polizei angeht."

Hiebler dachte an Ranftl und verkniff sich den Kommentar, dass Skepsis zum Teil auch in Österreich angebracht war.

„Dann gerne", sagte er. „Haben Sie Zeit?"

„Ja", sagte sie, nahm einen Schlüssel vom Schreibtisch und verließ mit Hiebler das Büro.

Sie gingen hinüber zu der Halle, deren Dach aus schmutzig-weißem Planenstoff bestand. Drinnen war es vergleichsweise warm. Es roch nach Menschen und nach gebrauchter Bettwäsche. Auch fremde Gerüche, die er aus Österreich nicht kannte, nahm er wahr. Orient, dachte er.

Als sie eintraten, sahen müde Gesichter zu ihnen auf. Junge Männer, die auf in Reihen angeordneten Betten saßen und warteten, manche seit Monaten. Die Ungewissheit stand ihnen ins Gesicht geschrieben.

Schneider ging an ihnen vorbei zu einem älteren Mann, der am anderen Ende der Halle stand und sich mit einer Familie unterhielt. Die Frau hatte ein kleines Kind am Arm. Schneider sprach den Mann an und unterhielt sich mit ihm auf Englisch.

„Können Sie das den anderen zeigen? Bitte rufen Sie diese Nummer an, wenn jemand eines der Kleidungsstücke wiedererkennt."

„Was ist mit diesen Kleidern?“, fragte der Mann.

Schneider sah Hiebler an, der schüttelte kurz den Kopf.

„Bitte“, sagte sie. *„It's important.“*

Der Mann nickte. „Ich kümmere mich darum.“

Beim Hinausgehen bedankte sich Hiebler bei Schneider, die ihm sympathisch war. Dennoch war er froh, von hier wegzukommen.

Wir schaffen das.

Meiers Worte gingen ihm durch den Kopf, als er zurück in die Stadt fuhr.

Er hoffte wirklich, dass sie es schafften.

16 Uhr

Als sie wenig später in einer rustikalen Gastwirtschaft saßen, studierte Baumgartner die Speisekarte und suchte nach etwas Vegetarischem, fand aber nichts außer Gemüselaibchen mit Kartoffelpüree. Er beschloss, gar nichts zu essen. Paul bestellte währenddessen ein Wiener Schnitzel.

„Du kannst jetzt wirklich Fleisch essen?“, fragte Baumgartner.

Paul lachte. „Welchen Unterschied macht es, ob ich jetzt Fleisch esse oder irgendwann sonst?“

Als er sah, dass Baumgartner mit der Antwort nicht zufrieden war, wurde er wieder ernst.

„Wenn man schon Fleisch isst, kann man es genauso gut bewusst tun“, erklärte er. „Ekel ist etwas Lächerliches.“

„Hast du deshalb hier gearbeitet?“

Paul überlegte kurz.

„Eigentlich nicht. Es war einfach Arbeit, nichts Besonderes. Schockiert dich das so sehr? Ich finde, jeder sollte ab und zu einen Schlachthof besuchen. 60 Kilo Fleisch isst jeder von uns im Jahr. Völlig legal."

„Du auch."

„Ja, ich kann nicht ohne. Hab's versucht. Ich brauche diese Portion Glück hin und wieder."

„Aber du findest es falsch."

„Findest du es falsch?"

Da musste Baumgartner einen Moment nachdenken.

„Klar", sagte er dann.

Sie schwiegen.

Baumgartner versuchte, einen Gedanken zu fassen, der in seinem Kopf herumgeisterte.

„Manchmal habe ich das Gefühl, du genießt es", sagte er schließlich.

„Ich genieße was?", fragte Paul.

„Das Elend."

Da lehnte Paul sich zurück und schien plötzlich wütend zu werden.

„Ich sage dir jetzt was: Du hast womöglich recht. Ja, so etwas geilt mich auf! Deshalb bin ich Rettungsfahrer geworden. Ich habe mich lange Zeit dafür geschämt, weißt du? Während dieser Zeit habe ich einem Dutzend Menschen das Leben gerettet. Andere haben nichts getan. Warum bin ich es, der sich schlecht fühlt?"

Baumgartner erschrak über diesen Gefühlsausbruch, doch er wollte trotzdem nachhaken. Er hatte das Gefühl, dass Paul zum ersten Mal offen zu ihm sprach.

„Empfindest du denn nichts, wenn du jemanden leiden siehst?"

„Natürlich empfinde ich etwas! Deshalb unternehme ich ja was, und es macht mich stolz, wenn ich was tun kann. Aber es fasziniert mich eben auch, und ich weiß, dass ich nicht der Einzige bin, dem es so geht. Wie viele Leute starren aus dem Fenster, wenn sie an einem Unfall vorbeikommen? Kann man das nicht einfach akzeptieren?"

Baumgartner wusste keine Antwort.

„Weißt du, die meisten Leute leben wie die Roboter. Sie bekommen eine gute oder schlechte Erziehung, erlernen dabei Verhaltensregeln und denken ihr ganzes restliches Leben lang nie wieder darüber nach. Sie bleiben in dieser Hinsicht ihr ganzes Leben lang Kinder."

„Aber du genießt es, das Unglück anderer Menschen zu sehen. Das hast du eben zugegeben."

Paul überlegte. „Genießen ist das falsche Wort. Genießt ein Extremsportler das, was er tut? Einer, der ohne Schlaf durch den amerikanischen Kontinent radelt? Ich glaube nicht. Aber trotzdem zieht es ihn immer wieder dorthin. Es gibt ihm etwas. Wenn ich wirklich schlimme Dinge sehe, und glaub mir, man kommt nicht aus, dann geht mir das schon nahe. Es erschüttert mich, es ist nicht angenehm. Aber es macht mich auch wach, aktiv. Dann spüre ich mich, verstehst du? Es gibt mir Energie, die ich kanalisieren kann."

Baumgartner nickte. Zu seiner Überraschung verstand er Paul wirklich. Und plötzlich glaubte er zu verstehen, wie dieser Mann tickte.

„Ich muss mich bei dir entschuldigen", sagte Baumgartner.

„Warum?"

„Ich habe dich nicht einfach nur gesucht, weil ich dich wiedersehen wollte", erklärte Baumgartner.

„Warum dann?“

„Erinnerst du dich an das gelbe Auto?“

Paul wurde plötzlich ernst, sah Baumgartner lange an. „Natürlich erinnere ich mich an das gelbe Auto.“

„Dann verstehst du auch, warum ich nach dir gesucht habe?“

„Räuber und Gendarm“, sagte Paul. „Wir spielen immer noch. Wir beide sind nie erwachsen geworden, oder?“

„Ich glaube nicht“, erwiderte Baumgartner.

„Das mit dem Auto ... damals habe ich etwas gelernt. Das war auch für mich eine große Sache, das musst du verstehen. Es hat mich lange beschäftigt. Und manchmal beschäftigt es mich heute noch.“

Baumgartner nickte. „Das wundert mich nicht. Ist das der Grund, warum du Entwicklungshelfer geworden bist?“

Paul sah ins Leere. „Darüber denke ich hin und wieder nach. Es ist nicht so, dass ich etwas gutzumachen habe, das nicht. Wir waren zu jung, verdammt. Aber ich glaube schon, dass ich seither intensiver über Gut und Böse nachgedacht habe. Also hatte es vielleicht einen Einfluss auf meine Entscheidung.“

Baumgartner war zufrieden mit der Antwort.

„Deshalb möchte ich mich entschuldigen. Ich habe mir Sorgen um dich gemacht. Wegen des Autos. Es beeindruckt mich, was du aus dir gemacht hast. Ich dachte ... Ich habe dir Unrecht getan.“

Da grinste Paul. „Franz, du bist immer so ernst. Du kannst denken, was du willst! Niemand wird dir deshalb böse sein. Du bist der Einzige, den ich kenne, der solche Gedanken überhaupt ausspricht, geschweige denn sich dafür entschuldigt. Also, lass gut sein, okay?“

Baumgartner nickte – und plötzlich umarmte er Paul.

„Na na, schon gut“, lachte dieser.

Er klopfte Baumgartner auf die Schulter, dann sperrte er sein Auto auf. Baumgartner bemerkte das Kennzeichen.

„G 666 FS“, las er vor. „Absicht?“

„Undercover-Gutmensch“, sagte Paul und zwinkerte. Dann stieg er ein, ließ den Motor aufheulen und fuhr los.

Noch später, etwa acht Stunden ohne Tageslicht

„Er wird nicht kommen.“

Es war die atmende Frau, die das sagte. Sie war älter, als Hani geglaubt hatte. Ihre Stimme war brüchig und dünn.

„Das ist nicht wahr!“, erwiderte der laute Mann. „Das kannst du nicht sagen.“

„Und wenn es wahr ist?“

„Es ist nicht wahr, und deshalb wird es auch niemand behaupten.“

„Jetzt beruhig dich“, sagte die Frau des lauten Mannes.

Man hörte ein dumpfes Geräusch.

„Bist du wahnsinnig? Lass das!“, rief die Frau.

„Wir werden hier rauskommen!“, schrie der laute Mann. „Er hat uns nicht vergessen. Warum sollte er uns so weit bringen, nur um uns dann in diesem Raum verrecken zu lassen?“

„Und wo ist er dann?“, fragte der alte Mann.

„Wir werden ersticken“, sagte die alte Frau.

Schritte waren zu hören, kurz darauf schrie die alte Frau. „Au, auau, lass mich los!“

„Lass sie in Frieden!“, rief der alte Mann.

Kurz war es ruhig. Dann hörte man die zittrige Stimme des lauten Mannes. „Ihr müsst aufhören, so zu reden. Er wird kommen. Wer etwas anderes behauptet, den bringe ich zum Schweigen, ich schwöre es.“

„Beruhig dich endlich, du Esel“, sagte seine Frau.

„Glaubst du, ich könnte das nicht? Ich habe gekämpft! Im Gegensatz zu euch! Ich hab uns verteidigt, was habt ihr gemacht?“

„Am Ende bist du auch davongelaufen“, sagte seine Frau. „Au!“ Wieder dumpfe Geräusche. „Lass mich in Ruhe, du Idiot!“

„Ihr respektiert mich nicht, niemand respektiert, was ich getan habe. Ich habe mein Leben für euch riskiert!“

„Wir werden ersticken“, sagte die alte Frau wieder.

Hani wartete, ob sie der Mann wieder angreifen würde, doch diesmal blieb es ruhig.

Doch wie lange?

„Es stinkt eigentlich gar nicht“, sagte Hani plötzlich.

Stille im Raum. Alle versuchten zu verstehen, in welchem Zusammenhang sie das sagte.

„Was meinst du?“, fragte ihre Mutter.

„Jetzt haben schon drei Leute Pipi gemacht, aber es stinkt nicht.“

„Also ich finde, es stinkt schon“, sagte der laute Mann.

„Aber es könnte mehr stinken.“

„Was willst du damit sagen?“, hakte ihre Mutter nach.

„Der Gestank bleibt nicht hier. Er geht nach draußen.“

„Bei Gott, du hast recht", flüsterte ihre Mutter. „Das heißt, wir kriegen Luft!"

18 Uhr

Das war es also, dachte Baumgartner. Dafür habe ich meinen Job riskiert? Meine Ehe?

Er überlegte, ob er es bereute. Dass er Paul gesucht hatte? Das bereute er nicht. Er verstand, dass diese Suche zu dem Zeitpunkt, als er sie begonnen hatte, bereits unausweichlich gewesen war. Wenn er Fehler gemacht hatte, dann davor.

In Wirklichkeit hätte er wahrscheinlich nie zur Polizei gehen dürfen. Er würde nichts Wesentliches bewirken können, hatte ihm sein alter Chef Sukitsch prophezeit, schon gar nicht bei der Polizei. „Wo, wenn nicht bei der Polizei?", hatte Baumgartner gefragt. Heute kam ihm das lächerlich vor. Natürlich hatte Sukitsch recht gehabt. Wie wollte man mit einer Schusswaffe am Gürtel die Welt verbessern? Er hätte es früher verstehen müssen, Scheuklappen aufsetzen, auf seinen eigenen Vorteil schauen, nicht versuchen, etwas Sinnvolles zu tun. Andere schafften das auch, warum hätte er das nicht schaffen sollen?

Vielleicht, weil ihn sonst nichts im Leben hielt als diese Suche nach etwas Sinnvollem. Ihm lag nichts an seinem Leben, das erkannte er in diesem Moment so deutlich wie noch nie.

Ich habe nur eine schlechte Phase, dachte er. Diese Gedanken hat jeder irgendwann, sie gehen wieder vorbei.

Doch glaubte er das wirklich? Oder betete er innerlich etwas nach, was er einmal irgendwo gehört hatte? An solche Formeln konnte man sich klammern, wenn man weitermachen wollte. Eine Zeitlang konnte man damit sicher durchhalten. Doch Baumgartner hatte keine Lust, sich an irgendetwas zu klammern. Ich will mich aber auch nicht umbringen, dachte er. Es ist ja nicht unerträglich, nur belanglos. Es wird irgendwas passieren, mir ist nur egal, was.

Er sah die leere Weinflasche vor sich an.

Ich war ein Tropfen auf dem heißen Stein, dachte er. Nun bin ich verdunstet.

Eine halbe Stunde später rief er Doris Wallner an, die Journalistin, der er vor etwas mehr als einem Jahr das Leben gerettet hatte.

Sie freute sich sehr, von ihm zu hören. Er hatte sich lange nicht gemeldet. Baumgartner fragte sich, ob man hörte, wie betrunken er war. Doch damals, als sie über Nacht bei ihm geblieben war, war er auch betrunken gewesen. Sie verabredeten sich in einer kleinen Bar in der Innenstadt, in der er schon ewig nicht mehr gewesen war. Er schlenderte durch die Wohnung und beschnupperte seine Jacketts. Schließlich legte er jenes, das ihm am frischsten vorkam, zur Seite und ging duschen.

Baumgartner sah die Freude in Doris Wallners Gesicht, als sie in die Bar kam. Er hatte sein Bier bereits angetrunken. Der Zustand hielt einige Sekunden an, bis sie ihn genauer ansah. Er spürte sofort, wie die Stimmung kippte. Diese Freude, die er so gern mit ihr geteilt hätte, von der er sich hätte mittragen lassen, sie war verloren, unwiederbringlich.

Ich wäre gern Schmarotzer an ihrer Freude gewesen, dachte er.

„Wie geht es dir?“, fragte sie.

Er zwang sich zu einem Lächeln. „Schon in Ordnung. Und dir?“

„Gut“, sagte sie und lächelte verlegen. „Ja, ganz gut.“

Er fragte sie, ob sie noch bei Graz Kompakt arbeitete, und sie erzählte ihm, dass sie aufgestiegen war, dass sie nun stellvertretende Chefredakteurin war. Er gratulierte ihr, fand, dass es geheuchelt klang, und wusste nicht, wo er hinsehen sollte.

„Und bei dir?“, fragte sie irgendwann. Es war Mitleid in ihrem Blick.

Mitleid, dachte er, dabei habe ich noch kein Wort gesagt. Das ist unfair. Gib mir wenigstens eine Chance.

„Erinnerst du dich an den Mann, von dem ich dir erzählt habe? Den ich gesucht habe, als ich so lang verschwunden war?“

„Ja, weiß ich noch. Was ist mit ihm?“

„Ich habe ihn gefunden.“

In ihrem Gesicht spiegelten sich ehrliche Überraschung und Neugierde.

„Willst du es erzählen? Ich sage es auch nicht weiter, niemandem, versprochen!“

Da musste er lächeln. „Es ist egal“, sagte er, „weil nichts dabei rausgekommen ist.“

„Wie, nichts?“

„Ich habe ja gesagt, dass ich mir Sorgen mache. Dass er auf die schiefe Bahn geraten könnte.“

„Ja.“

„Nun, er ist Entwicklungshelfer geworden. Der netteste, rechtschaffenste, ausgeglichenste Typ, den du dir vorstellen kannst. War alles nur in meinem Kopf.“

„Also keine schiefe Bahn?“

„Nur Kleinigkeiten, und auch nur, um seine Arbeit zu machen. Robin Hood, wenn du so willst. Was in Wirklichkeit auch konsequent ist. Im Gegensatz zu dem, was ich gemacht habe.“

„Na na, du bist aber negativ heute.“

„Nicht heute“, sagte er, „immer schon. Ich rede nur nicht immer darüber.“

„Das bildest du dir ein.“

„Möglich“, gab Baumgartner zu.

Sie schwiegen eine Weile.

„Ich hab unlängst wieder an diese Nacht denken müssen“, sagte er.

Sie lächelte flüchtig, ohne ihn anzusehen. Er wartete auf eine Erwiderung, doch es kam nichts. Sie ließ das Thema vorbeiziehen.

„Was macht die Liebe?“, fragte er.

„Nichts Neues. Und bei dir?“

Er schüttelte den Kopf.

Sie wollte nicht mit ihm darüber reden. Das ärgerte ihn. Er bemühte sich, es sich nicht anmerken zu lassen. So wenig hat dir das also bedeutet?

„Weißt du, ich habe noch Wein zu Hause. Wenn du möchtest ...“

„Leider, heute nicht. Ich muss morgen früh raus. Wir haben eine Besprechung mit einem neuen Mitarbeiter.“

„Du musst ja nicht bleiben, nur ein Glas Wein.“

„Nein danke.“

Sie bemühte sich um ein Lächeln, aber es war distanziert.

„Aha“, sagte er.

„Was heißt aha?“, entgegnete sie.

„Franz ist schlecht drauf, da halten wir uns besser fern“, sagte er.

Nun schien sie völlig perplex. „Was soll denn das heißen?“

„So sehr hast du dich gefreut, als ich mich gemeldet habe. Und was ist jetzt?“

„Ich habe mich auch gefreut! Ich will nur nicht zu dir nach Hause was trinken gehen, ist das ein Problem?“

„Nein, kein Problem. Ich weiß dann eben in Zukunft, dass ich mich bei dir nur melde, wenn ich gut drauf bin, das ist alles.“

„So ein Schwachsinn, Baumgartner, das ist nicht dein Ernst! Du und dein Selbstmitleid!“

„Ja, ich versinke darin. Hast du das nicht gewusst, als du mit mir ins Bett gegangen bist? Bereust du es schon?“

„Du bringst mich noch dazu, es zu bereuen!“

„Gut! Das ist gut. Wenn ich dich so leicht dazu bringen kann, dann kann es dir nicht viel bedeutet haben. Dann kannst du es von mir aus auch gleich bereuen.“

Sie wollte noch etwas sagen, doch dann seufzte sie laut.

„Franz, du bist normalerweise ein lieber Kerl. Aber du bist echt richtig schlecht drauf, weißt du das? Vielleicht solltest du dir helfen lassen. Ich meine, professionell.“

„Da war ich schon, danke. Hat nichts geholfen.“

„Gute Nacht, Franz.“

Die Euphorie hatte sich inzwischen gelegt.

Zuerst hatten sie gefeiert, soweit das in völliger Dunkelheit möglich gewesen war. Hani und ihre Mutter hatten sich umarmt, die Frau des lauten Mannes hatte gelacht und gesagt: „Siehst du?“ Auch der alte Mann hatte gelacht, und als es wieder ruhig geworden war, hatte die leise Frau langsamer geatmet. Dann waren sie eingeschlafen, jemand hatte geschnarcht. Doch irgendwann war einer nach dem anderen wieder aufgewacht und Ernüchterung hatte sich breitgemacht.

Der Mann war noch immer nicht gekommen.

„Dann verdursten wir eben“, hatte der laute Mann gesagt, und damit waren sie wieder dort angelangt, wo sie vorher gewesen waren.

„Warum versuchen wir nicht, die Tür zu öffnen?“, fragte Hani.

„Pssst“, machte die Mutter.

„Die Tür?“, sagte der laute Mann. „Hast du sie gesehen, beim Hineingehen? Ich schon. Das ist eine massive Tür, die kannst du nicht aufbrechen. Niemals!“

Du bist der Stärkste, dachte Hani. Wenn du es nicht versuchst, wer dann?

„Wo kommt eigentlich die Luft her?“, fragte der alte Mann. „Wohl kaum durch die Tür.“

„Glaubst du, es gibt ein Belüftungssystem?“, fragte die Frau des lauten Mannes.

„Wir müssen den Raum absuchen!“, antwortete der alte Mann.

Zehn Minuten später wussten sie immer noch nicht, woher die Luft kam, aber sie hatten etwas anderes entdeckt. Ein Loch in der Wand, weniger als einen halben Meter im Quadrat, das mit einer Holzwand verschlossen war. Ein Türchen, so schien es, doch es hatte keinen Riegel und ließ sich nicht öffnen.

„Ich habe ja gesagt, wir werden verdursten."

Hani hatte sich das bisher nicht vorstellen können, aber inzwischen war auch sie sehr durstig. Sie fragte sich, ob Verdursten ein sehr schlimmer Tod war.

„Vielleicht bekommen wir es auf", sagte der alte Mann. „Wir müssen es versuchen."

„Und dann?", gab der laute Mann zurück. „Das ist doch viel zu klein. Wie sollen wir da durchpassen?"

„Trotzdem. Was ist denn die Alternative? Vielleicht können wir rufen."

Niemand antwortete.

„Du musst probieren, ob du es aufkriegst", sagte der alte Mann.

„Hab ich doch schon", sagte der laute Mann.

„Probier es noch einmal."

Der laute Mann antwortete nicht mehr. Da begann die Frau mit dem schnellen Atem zu weinen.

Sonntag, 8 Uhr

Der Besprechungsraum war gut gefüllt. Die drei neuen Mitglieder der Mordgruppe saßen nicht mehr im Hintergrund, sondern hatten sich Plätze neben Lafkowits und Sonnleitner gesichert.

„Also, der Stand der Dinge ist folgender“, begann Meier. „Der Bauer hat das Auto natürlich bemerkt und auch Anzeige erstattet, doch passiert ist noch nichts. Hat ja auch niemand damit rechnen können, dass da jemand im Laderaum liegt. Und wenn Nummerntafeln drauf sind, geht es uns eigentlich nichts an. Dann ist es eine zivilrechtliche Geschichte.“

„Das Auto hat Nummerntafeln? Wer ist der Fahrzeughalter?“, fragte Ranftls Kollege, der GI.

„Der Besitzer des Fahrzeugs ist ein österreichischer Staatsbürger türkischer Herkunft. Zuerst gab er an, das Auto sei ihm gestohlen worden. Erst als wir ihm den Ernst der Lage erklärt haben, hat er zugegeben, dass er den Wagen an der S35 abgestellt hat.“

„Das heißt, wir haben ihn?“

„Er ist in Untersuchungshaft, ja. Aber es spricht einiges gegen ihn als Täter. Er wurde von einer Polizeikontrolle erwischt und durfte nicht weiterfahren, weil seine Zulassung seit zwei Jahren abgelaufen war. Er hat die Beamten überredet, dass er das Fahrzeug stehenlassen darf. Sie wollten es gleich abschleppen lassen, aber er hat gemeint, sein Schwager holt es, er kann sich das sonst nicht leisten. Die Kollegen haben das bestätigt. Natürlich hat niemand das Fahrzeug geholt, es stand zwei Wochen lang einfach da. Unversperrt, der Schlüssel steckte. Und eines Tages war es plötzlich weg.“

„Und er sagt, er war es nicht?“

„So ist es.“

Sonnleitner räusperte sich.

„Also, wenn Sie mich fragen, ist das unser Hauptverdächtiger. Checken Sie ihn durch!“

„Tun wir“, sagte Meier. Aber ihr war anzusehen, dass sie sich keine großen Hoffnungen machte.

„Wie wäre es mit etwas mehr Motivation?“

„Er hat kein Motiv“, erklärte Meier geduldig.

„Der Mann ist doch offensichtlich ein Schlepper!“

„Das habe ich überprüft, gegen ihn liegt nichts vor. Auch seine Reisetätigkeit habe ich mir angesehen. Er hat das Land im letzten Jahr nur ein einziges Mal verlassen, und da war er in Anatolien, wo seine Verwandten leben.“

Sonnleitner schien das widerwillig zu akzeptieren. „Ranftl? Bitte checken Sie das persönlich noch einmal. Wir müssen absolut sichergehen. Und überprüfen Sie alle Leute, mit denen er zu tun hatte.“

Meier schien kurz die Luft anzuhalten. Dann sprach sie weiter, erklärte, dass die Anrainer nichts gesehen hatten und sie noch auf Hinweise von Joggern und Radfahrern warteten.

„Irgendetwas Neues, was die Identität der Opfer angeht?“

„Noch nicht. Aber vielleicht haben wir diesmal mehr Glück mit der DVI-Datenbank. Ich bezweifle zwar, dass alle verschollenen Flüchtlinge dort eingetragen werden. Aber wir bleiben dran. Hiebler ist ja in Kontakt mit den Organisationen, die die Flüchtlingscamps betreuen.“

Lafkowits sagte während der gesamten Besprechung kein Wort. Am Ende wurden Aufgaben verteilt und man vereinbarte einen Text für eine neue Presseaussendung.

Zum ersten Mal sah Hiebler so etwas wie Betroffenheit in Sonnleitners Blick.

„Haben sie auch diesmal wieder ... Sie wissen, was ich meine. Gab es Verletzungen?"

Meier nickte. „Sieht danach aus. Einer starb vor den anderen."

Sonnleitner sah zu Boden und schüttelte den Kopf.

„Wir müssen ihn bald finden", sagte er. „Sonst machen uns die Medien fertig."

Seufzend stand Meier auf. „Ja, das müssen wir."

Erst nun bemerkte Hiebler, dass er keine Aufgabe zugeteilt bekommen hatte.

„Du, Caroline, was ist mit mir?"

Sie drehte sich zu ihm um, während sie ihre Tasche schulterte. „Wie weit bist du mit den Flüchtlingen?"

„Ich habe die Flugblätter verteilt, wie wir es besprochen hatten."

„Hast du mit ihnen geredet?"

„Mit einigen. Das sind ja einige Tausend."

„Probier es weiter", sagte Meier.

9 Uhr

Schweigend ging Karl Miklautz neben seinem Kollegen her und versuchte, Ruhe und Souveränität auszustrahlen. Das war die Hauptfunktion der neuen Bürgerwehr: ein Gefühl von Ordnung und Sicherheit zu vermitteln. Kompetenzen hatte er trotz seiner Uniform, die jener der Polizei nachempfunden war, keine. Er durfte genau das, was jeder normale Bürger durfte: jemanden anhalten, der im Verdacht stand, eine strafbare Handlung begangen zu haben. Er hatte keine Schusswaffe und keinen Schlagstock. Eine Pistole hätte er eh nicht gewollt, die Dinger waren ihm unheimlich, und er hatte keine Lust, in ein Feuergefecht zu geraten. Aber einen Schlagstock hätte er gern gehabt, das musste er zugeben. Wenigstens irgendeine Waffe. Damit wäre es leichter gewesen, Ruhe zu vermitteln.

Er wusste zu gut, dass manche Leute sich über die neu gegründeten Bürgerwehren lustig machten, eben weil sie keine Macht hatten. Deshalb wünschte er sich den Schlagstock, nicht, um ihn zu benutzen, nur, um ihn am Gürtel zu haben und zu wissen, dass er da war. Das würde ihm ein Gefühl von Überlegenheit geben, gegenüber den Leuten, die ihn belächelten.

Aber so musste eben die Uniform reichen. Viele waren froh über die Bürgerwehr, seit der Sache mit den Flüchtlingen. Vor allem alte Leute fühlten sich sicherer, wenn Männer in Uniform patrouillierten. Wegen all der Übergriffe, von denen Miklautz gehört hatte, die aber von den Medien totgeschwiegen wurden. Ein Freund von ihm kannte jemanden, der hatte es selbst gesehen. Wie sie einen Supermarkt geplündert hatten. Wenn die Politik nichts unternahm, mussten Bürger wie er das Recht eben selbst in die Hand nehmen, um ein Gegengewicht zu bilden. Zeigen, dass sie noch Herren im eigenen Haus waren. *Hallo, wir sind auch noch da! Ihr seid hier nur zu Gast, verhaltet euch entsprechend.*

Eigentlich wäre Karl Miklautz gern Polizist geworden, aber er hatte sich die Aufnahmeprüfung nicht zugetraut. Schon in der Schule nur schlechte Noten; er hätte es nicht geschafft, es wäre nur peinlich geworden. Die Bürgerwehr war ihm ein willkommener Ersatz. Weniger Rechte, aber auch weniger Pflichten. Und er konnte den Ausdruck von Souveränität zur Schau tragen, den er vor dem Spiegel geübt hatte. Er hätte auch als Polizist gute Figur gemacht, das wusste er.

Während er so in Gedanken versunken war, entdeckte sein Kollege den Obdachlosen auf der Parkbank. Sie gingen zu ihm hin.

„So, aufstehen, genug geschlafen."

„Tagwache!", sagte Miklautz und lachte innerlich über den Witz. „Sind wir munter, ja? Dann ab nach Hause, huschhusch!"

Der Mann bewegte sich, machte aber keine Anstalten, sich aufzusetzen oder gar seine Parkbank aufzugeben.

„Na, wird's bald?" Miklautz trat näher zu dem Mann hin.

„Schupf ihn", sagte sein Kollege.

„Sicher nicht! Ich greif den doch nicht an! Kannst du ihn ja schupfen, wenn du magst."

„Was ist jetzt?", sagte Miklautz lauter und beugte sich zu dem Mann hinunter.

Da drehte sich dieser um und starrte ihn verwirrt an.

„Los, aufstehen. Schau, dass du weiterkommst!"

Langsam setzte sich der Mann auf.

„Der ist ja noch total weg", stellte der Kollege fest. „Sollen wir die Rettung rufen?"

„Aber geh, dem geht's gut. Muss nur munter werden. Gell?"

Da sah Karl Miklautz den Mann genauer an.

„Ich glaub, ich spinn!", sagte er.

„Was?"

„Weißt du, wer das ist?"

„Nein, wer?"

Miklautz lachte. „Schau doch! Das ist Franz Baumgartner."

„Ach geh, Baumgartner, ehrlich?“

Gregor Wolf stand vor seinem ehemaligen Chef, den die beiden Männer der Bürgerwehr schließlich doch zu ihrem Auto geschleppt und zur Zentrale gebracht hatten. Dort saß er nun auf einem Sessel im Vorraum und hielt den Kopf gesenkt. Bisher hatte er noch kein Wort gesprochen. Miklautz war sich nicht sicher gewesen, ob das nur am Alkohol lag. Sie hatten überlegt, was sie tun sollten, und waren auf die Idee gekommen, Gregor Wolf anzurufen, den sie von einer Wahlveranstaltung kannten. Sie waren begeistert von ihm, wollten ihn beide wählen. Und natürlich wussten sie, dass er mit Baumgartner in der Mordgruppe gewesen war. Deshalb hatten sie ihn angerufen, um zu fragen, was sie mit Baumgartner machen sollten. Wolf hatte angeboten, zu kommen. Nun war er da und schien selbst nicht so recht zu wissen, was er mit diesem Wrack anfangen sollte.

„Habt ihr ihm schon was zu trinken gegeben?“, fragte Wolf.

„Will er nicht, kein Wasser, keinen Kaffee.“

Wolf trat zu Baumgartner und ging in die Knie. Er nahm ihn an den Schultern und richtete ihn auf.

„Franz, hörst du mich? Geht es dir gut?“

Da hob Franz Baumgartner den Kopf und sah Wolf durch halb geöffnete, gerötete Augen an.

„Schau ich so aus?“

Wolf lachte. „Nein, ehrlich gesagt nicht! Sollen wir die Rettung rufen?“

Baumgartner schüttelte den Kopf.

„Willst du nach Hause?“, fragte Wolf.

Baumgartner schien zu überlegen. Kurz glaubte Wolf, er würde gar nicht mehr antworten, dann nickte er plötzlich.

„Sollen wir ein Taxi rufen?", fragte Miklautz.

„Nein", entgegnete Wolf, „ich mach das schon. Gut, dass ihr angerufen habt!"

„Kein Problem", sagte Miklautz stolz. „Bis bald, Herr Wolf. Sie wissen ja, wir werden beide für Sie stimmen!"

„Das ist gut", sagte Wolf und zeigte das Lächeln, das auch auf den Plakaten abgebildet war. „Könnt ihr mir helfen, ihn zum Auto zu bringen?"

„Jetzt im Ernst, Franz", sagte Wolf, als sie durch die Stadt fuhren, „wie geht's dir? Kann ich dir irgendwie helfen?"

„Bist du jetzt auf einmal mein Freund?", fragte Baumgartner.

Wolf lachte. „Ich glaube nicht! Aber ein alter Kollege."

„Was fällt dir ein, diese Slogans zu verwenden? Du hast kein Recht dazu."

„Recht und Ordnung für mehr Menschlichkeit", sagte Wolf. „Ich weiß, das hast du gesagt, so ähnlich. Darüber habe ich lange nachdenken müssen. Und du hast recht, finde ich."

„Dass du es wagst", sagte Baumgartner.

„Was?"

„Menschlichkeit ist für alle da, nicht nur für die arische Rasse."

„Ach komm, Baumgartner, denkst du, es geht mir um die arische Rasse? Ich glaube eben, dass die Welt menschlicher ist, wenn alle dort bleiben, wo sie herkommen. Dann gibt es viel weniger Konflikte."

„Wer in einem Kriegsgebiet ist, kann nicht dort bleiben."

„Doch, kann er! Er kann sein Vaterland verteidigen, statt davonzulaufen."

„So funktioniert die Welt nicht mehr", sagte Baumgartner. „Das war einmal."

„Es funktioniert nur nicht, weil wir es nicht konsequent durchziehen. Weil Gutmenschen wie du immer alles durcheinanderbringen. So kommt ein Stückwerk raus, das auch nicht funktioniert. Weniger menschlich als die Lösungen, die ich propagiere. Komm, Franz, das weißt du doch selbst, oder? Dass deine Hoffnungen illusorisch sind. Du bist nur so stur, dass du das nicht wahrhaben willst."

„Ich kann es immer noch nicht glauben, dass du mit diesem Nazi-Pack kooperierst."

„Jetzt lenkst du aber vom Thema ab, Franz. Merkst du das? Das tut ihr immer, wenn ihr nicht mehr weiterwisst."

Baumgartner schwieg.

„Endlich habe ich dich so weit", sagte Wolf. „Du musst mir recht geben, weil dir die Argumente ausgehen. Auf diesen Moment habe ich lang gewartet."

„Ich bin nur zu betrunken", murmelte Baumgartner.

„Dann eben nicht. Ich bin dir nicht mehr böse, das wollte ich dir noch sagen. Die Arbeit bei der Mordgruppe war nicht schlecht, aber hier kann ich wirklich etwas bewegen. Es war eine gute Entscheidung, in die Politik zu gehen."

„Lass mich aussteigen", sagte Baumgartner.

„Wir sind gleich da“, erwiderte Wolf. „Zwei Minuten.“

Sie schwiegen diese zwei Minuten lang, dann hielt Wolf vor Baumgartners Haus.

„Soll ich dich raufbringen?“

Doch Baumgartner antwortete nicht, schälte sich aus dem Auto und wankte zur Tür.

„Gern geschehen!“, rief Wolf ihm nach, dann fuhr er davon, ein Lächeln im Gesicht.

Etwa anderthalb Tage ohne Tageslicht

Klonk. Klonk.

Immer langsamer kamen die Laute, die Abstände vergrößerten sich, das Schnaufen des alten Mannes wurde schwächer.

Inzwischen reichte die Luftzirkulation, von der sie immer noch nicht wussten, wie sie zustande kam, nicht mehr, um genügend frische Luft in den Raum zu bringen. Alle hatten ihr Geschäft verrichten müssen, manche mehrmals, und der Gestank breitete sich aus. Dazu kam der Durst. Man atmete durch den Mund, der zunehmend trockener wurde. Speichel wurde zu zähem Schleim, man räusperte sich, wagte nicht auszuspucken. Die Stimmung war am Tiefpunkt, doch es fehlte allen an Kraft, um der Frustration Luft zu machen.

Nur der alte Mann schien einfach nicht aufgeben zu wollen.

Seit vielen Stunden lag er vor der kleinen Öffnung in der Mauer auf dem Rücken, mit einem Fuß im Loch, und trat gegen die Holzabdeckung, mit der es außen verschlossen war. Niemand machte sich Hoffnungen, dass es funktionieren könnte.

„Du machst mich wahnsinnig“, sagte die Frau des lauten Mannes. „Warum hörst du nicht endlich auf?“

Statt einer Antwort trat er nur lauter und heftiger gegen das Holz. Ihre Worte schienen ihm Kraft zu geben.

„Hörst du mir zu?“

„Nein“, sagte er.

Klonk-klonk-klonk.

„Hör endlich auf damit, sage ich!“

Klonk. Klonk-klonk.

„Nizar, tu etwas!“, flehte die Frau. „Mach, dass er aufhört!“

„Hör auf“, sagte der laute Mann, der gar nicht mehr so laut war.

Da begann der alte Mann zu schreien, als ob er Schmerzen hätte. Was nicht ganz abwegig war, denn er trat nun schon lange gegen das Holz. Doch er schien nicht aufhören zu wollen, stattdessen schrie er und trat nur noch heftiger.

„Aufhören!“, rief die Frau des lauten Mannes. „Lass uns endlich in Frieden!“

Ein Tumult entstand, Hani zog den Kopf ein. Und plötzlich zerriss ein Schwert aus weißem Licht den Raum. Es sah aus, als würde der Blitz einschlagen, doch kein Geräusch begleitete die Erscheinung, und der Blitz hörte nicht auf. Dunkle Gestalten hielten sich die Hände und Unterarme vors Gesicht. Keine Farben, nur Konturen, wie eine Tuschezeichnung. Der Lehrer hatte Hani solche gezeigt, damals in Aleppo, mit sonderbaren, albtraumhaften Szenen. Von einem Zeichner aus Österreich, von dort, wo sie jetzt waren.

Erst als sie die frische Luft roch, verstand sie, was passiert war.

12 Uhr

Franz Baumgartner hatte sich Tee gekocht, den er in kleinen Schlucken zu trinken versuchte, und blätterte am Küchentisch das Material durch, das er über Paul gesammelt hatte. Er notierte, was er erfahren hatte, und sammelte es in einer Mappe. Dies war vielleicht sein letzter Bericht als Ermittler, und er hatte das Bedürfnis, diese Sache abzuschließen. Alles, was Paul gesagt hatte, ergab Sinn und deckte sich mit den Informationen Baumgartners. Paul hatte nicht ein einziges Mal gelogen. Baumgartner wusste, dass er Paul Unrecht getan hatte, gerade deshalb wollte er die Fakten vollständig darlegen. Dies war Pauls Entlastungszeugnis, das Protokoll seiner eigenen Vorurteile, seines Scheiterns.

Wie hatte er sich dazu hinreißen lassen können? Er verstand es selbst nicht. Es gab nicht einen einzigen konkreten Hinweis auf ein Verbrechen.

Nur ein ungutes Gefühl. Das blieb, auch wenn die Fakten dagegen sprachen. War es Einbildung?

Noch einmal ging Baumgartner Schritt für Schritt jedes Detail durch. Wo Paul wann gesehen worden war. Dinge, die mit seinem alten Namen verknüpft waren, und alles, was er unter seinem neuen Namen getan hatte. Leute, die er getroffen und mit denen er Geschäfte gemacht hatte. Das Material hatte zum Teil er selbst zusammengetragen, zum Teil ein Privatdetektiv, den er aus seinen Ersparnissen bezahlt hatte.

Und da erkannte Baumgartner, woher das komische Gefühl kam. Er setzte die Fakten zusammen wie ein Puzzle, und plötzlich erschien ein vages Bild.

14 Uhr

Nach dem Mittagessen saß Kevin Hiebler allein in der Kanzlei der Mordgruppe und war frustriert. Nach der morgendlichen Besprechung hatte er eine neue Runde durch die Flüchtlingsunterkünfte gemacht und sich bei einigen jungen Syrern erkundigt, ob sie schon etwas gehört hatten, aber nichts Neues erfahren. Die Chefin des Lagers im Schwarzl-Freizeitzentrum hatte ihn mitleidig angesehen und mit den Schultern gezuckt. „Ich rufe sofort an, wenn ich etwas höre."

Er hatte sich vorgenommen, nach dem Essen wieder hinauszufahren, doch er zögerte. Zwar war er froh, nicht mit Ranftl zusammenarbeiten zu müssen, doch stattdessen hatte man ihn aufs Abstellgleis geschoben. So fühlte es sich an.

Eine halbe Stunde lang klickte er sich durch Webseiten im Internet, dann bekam er einen Anruf von einer unbekannten Nummer.

„Kevin! Alles klar?"

Er erkannte Ranftls Stimme sofort.

„Hast du gerade etwas Wichtiges zu tun?"

Hiebler war sofort alarmiert. Natürlich hatte er nichts Wichtiges zu tun, aber er war auch nicht bereit, das Ranftl gegenüber zuzugeben. Auch wenn Ranftl heute überraschend freundlich war.

„Ich werde gleich noch eine Runde durch die Flüchtlingscamps machen, warum?"

„Flugblätter verteilen, richtig?“ Ranftl lachte. „Du, ich hab gerade einen Anruf bekommen von den Kollegen aus Niederösterreich. Auf dem Semmering haben sie eine Tote gefunden. Kannst du dich darum kümmern?“

„Sind die Niederösterreicher nicht zuständig?“

„Doch, sie haben den Fall übernommen. Aber die Leiche liegt nahe der Grenze in einem Waldstück, und sie wollen mit uns zusammenarbeiten. Und du weißt ja, wie es bei uns rundgeht im Moment.“

„Ist es mit Caroline abgesprochen?“

„Nein. Aber ich klär es gleich mit ihr. Könntest du das machen?“

Nein, dachte Hiebler. Ich will das eigentlich nicht machen.

„Wenn Caroline das Okay gibt?“

„Wird sie. Du kannst dich schon einmal bei den Niederösterreichern melden. Hast du was zu schreiben?“

„Warte.“

Hiebler schrieb einen Namen und eine Telefonnummer auf. Dann beendeten sie das Gespräch.

Kevin Hiebler dachte überhaupt nicht daran, gleich diese Nummer anzurufen. Meier würde ihn doch nicht von diesem Fall abziehen, das wäre lächerlich. Also wartete er. Als nach zwanzig Minuten immer noch nichts passiert war, rief er Caroline an. Beim zweiten Versuch erreichte er sie.

„Kevin. Was gibt's?“

„Hat Ranftl dich gerade angerufen?“

„Nein, wieso?“

Hiebler wurde plötzlich heiß.

„Ist es dringend?“, fragte Meier.

„Ja, es ist nur so, Ranftl hat mir eine Nummer gegeben. Er sagt, die Kollegen in Niederösterreich haben eine Tote gefunden."

„Ja, die haben mich angerufen. Ich habe Ranftl gesagt, er soll das erledigen."

Hiebler war erleichtert und wütend zugleich.

„Davon hat er mir nichts erzählt. Er hat nur gemeint, ich soll es machen, und er klärt das mit dir."

Er hörte Meier seufzen.

„Dafür hab ich jetzt echt nicht die Nerven", sagte sie.

„Was soll ich tun?", fragte Hiebler.

„Kannst du es machen?"

„Natürlich kann ich es machen, aber –"

„Dann kümmer dich bitte drum. Wir sprechen später darüber."

Als sie auflegte, musste Hiebler sich beherrschen, um sein Handy nicht quer durch den Raum zu werfen.

Eine Stunde mit Tageslicht

Der laute Mann war der Erste gewesen, der sich vor die Öffnung gedrängt hatte, um die frische Luft von draußen zu atmen. Nach einer gefühlten Ewigkeit hatte er Platz für seine Frau gemacht, die dann Hani herbeigewunken hatte. Dann war die alte Frau herangekrochen. Sie hatte geweint, deshalb hatte man sie vorgelassen. Als man sie wieder wegzerrte, weinte sie noch heftiger, aber auch Hanis Mutter durfte einige Sekunden den Kopf in die kleine Öffnung halten, bis der laute Mann sie wieder wegdrängte. Nur der alte Mann hielt sich im Hintergrund.

„Warum willst du nicht?“, fragte Hani ihn.

Er lächelte. Als er sich bewegte, verzerrte sich sein Gesicht vor Schmerzen.

„Tut ihr nur. Ich kann später noch, wenn ihr genug habt.“

„Danke“, sagte Hani und umarmte ihn. „Ich habe gewusst, dass du es schaffst.“

Er nickte, schien mit den Tränen zu kämpfen.

Er wusste, eigentlich hatten sie nichts erreicht. Die Öffnung war zu klein, und sie hatten immer noch kein Wasser. Es war nur eine Frage der Zeit, bis jemand es aussprach.

Anderthalb Stunden mit Tageslicht

Hanis Mutter musste rufen.

„Hellooooo! Please help!“

Der laute Mann hatte erklärt, dass sein Hals völlig wund war vom Durst. Seine Frau hatte gemeint, sie könne kein Englisch. Den alten Mann und die alte Frau hatte man gar nicht gefragt, also war sie übrig geblieben.

„So wird das nichts. Du musst lauter rufen!“, sagte die Frau des lauten Mannes.

Sie ruft, so laut sie kann, dachte Hani. Ruf doch selber.

Ihre Mutter versuchte es, doch nichts passierte. Man hörte ihre Rufe im Nebenraum widerhallen, doch es gab keine Reaktion. Genau genommen war gar nichts zu hören, was verwirrend war, denn der Raum schien immerhin Fenster zu haben. Doch sie hörten keine Autos und keine Menschen. Dabei waren sie in einer Stadt, das hatte Hani gesehen, als sie hergebracht worden waren. Was waren das für seltsame Städte in Österreich, wo es keine Menschen gab? Sie hatte viel über Europa gehört, aber das war ihr neu.

„Jetzt weiß ich es", sagte der laute Mann plötzlich. Dann lachte er. Es war ein irres, beängstigendes Lachen. „Bei Gott, warum bin ich nicht gleich draufgekommen?"

Er sah Hani an.

„Du", sagte er. „Du musst durch das Loch kriechen!"

Als Hanis Mutter verstand, was er gerade gesagt hatte, zog sie den Kopf aus dem Loch, wodurch es im Raum heller wurde, und rannte zu ihrer Tochter, um sie schützend in den Arm zu nehmen. Gerade rechtzeitig, denn der laute Mann, der eine Glatze hatte und sehr groß war, baute sich vor ihr auf. Er zeigte mit dem Finger auf sie.

„Du passt durch das Loch!", sagte er triumphierend.

„Niemals", sagte Hanis Mutter. „Hast du nicht gesehen, wie klein das ist? Sie passt da nie durch!"

„Sie muss da durchpassen!", sagte der Mann. „Sie muss einfach, es gibt keine Alternative!"

„Schick doch deine Frau durch", sagte Hanis Mutter.

Der Mann holte aus und gab ihr eine Ohrfeige. Es ging so schnell, dass sie sich nicht wehren konnte.

„Hör auf damit!", rief der alte Mann.

Der laute Mann drehte sich drohend zu ihm um.

„Habt ihr immer noch nicht verstanden, was hier los ist?" Er deutete auf die alte Frau, die an die Wand gelehnt dasaß und mit halb geschlossenen Augen döste. Ihr Atem ging rasselnd und schwer. Alle sahen, dass es ihr nicht gut ging. „Wir haben kein Wasser. Wir werden sterben, wenn niemand Hilfe holt."

Der alte Mann rappelte sich auf. „Warum hältst du nicht den Mund? Du machst allen Angst, das hilft uns überhaupt nicht weiter."

Der laute Mann trat zu ihm hin und schubste ihn mit der Brust zur Wand. Er überragte den Alten um einen Kopf.

„Was hast du denn hier zu melden? Ha?"

„Ich habe die Luke eingetreten. Was hast du gemacht?"

Der laute Mann atmete schwer. Seine Hände zitterten. Er schien drauf und dran, den alten Mann niederzuprügeln. Da kam seine Frau von hinten auf ihn zu und fasste ihn beruhigend an den Armen. Er ließ sich von ihr zur Seite führen. Dann sprach sie den Alten an.

„Er hat recht", sagte sie zu ihm. „Wir müssen es versuchen. Sonst sterben wir."

„Lasst die Finger von meiner Tochter!", rief Hanis Mutter. Sie hielt das Mädchen fest in ihren Armen und flüsterte ihr ins Ohr.

„Mach dir keine Sorgen. Ich lasse nicht zu, dass sie dir etwas tun."

Der alte Mann schob die Frau mit einer Geste beiseite und ging zu Hanis Mutter.

„Sie haben recht", sagte er. „Das weißt du, oder?"

„Aber sie passt da doch nicht durch! Schau dir das Loch an!"

„Darf ich mit ihr reden?", fragte er.

Sie schüttelte energisch den Kopf.

„Mama", sagte Hani. „Vielleicht passe ich ja wirklich da durch."

„Nein, du musst das nicht machen."

„Darf ich mit ihr reden?", fragte der alte Mann noch einmal. Als sie nicht antwortete, nahm er Hanis Hand und zog sie vorsichtig aus der Umarmung ihrer Mutter.

„Du bist eine mutige kleine Dame", sagte er. „Du hast keine Angst, oder?"

Sie schüttelte den Kopf.

„Aber Durst habe ich", sagte sie.

Er lächelte. „Ich habe auch Durst. Eine Weile müssen wir schon noch durchhalten. Kannst du das?"

Sie nickte.

„Gut. Komm, gehen wir zum Licht."

Er nahm sie bei der Hand und führte sie zu der Öffnung.

„Die ist sehr klein, oder?"

Sie nickte.

„Glaubst du, du könntest da durchkriechen?"

„Was, wenn er ihr was tut? Der Mann, der uns eingesperrt hat?", sagte Hanis Mutter hinter ihnen.

„Warum lässt du nicht sie entscheiden?", antwortete der alte Mann streng. „Sie scheint die Einzige zu sein, die noch bei Verstand ist in diesem Raum."

„Du setzt sie unter Druck!"

„Ich setze sie überhaupt nicht unter Druck! Aber wenn sie hier bleibt, stirbt sie mit uns. Ist es das, was du willst? Findest du nicht, sie hat ein Recht, das selbst zu entscheiden?"

Da schwieg Hanis Mutter.

„Ich könnte es versuchen", sagte Hani.

„Würdest du?", sagte der alte Mann. „Wir wären alle sehr stolz auf dich."

„Ja", säuselte der laute Mann hinter ihnen. „Du musst es versuchen!"

„Halt den Mund", sagte seine Frau.

„Soll ich jetzt gleich?", fragte Hani.

„Du musst das nicht tun!", sagte ihre Mutter.

„Es ist gut, Mama. Wenn ich nicht durchpasse, komme ich einfach wieder zu dir zurück."

Dann wandte sie sich dem Loch zu und ballte die Fäuste, wie eine kleine Kriegerin. Der alte Mann stand daneben und trat einen Schritt zurück.

„Mit den Füßen zuerst?", fragte sie.

„Könnte gehen", sagte der alte Mann.

Als Hani in das Loch kroch, wurde es dunkel im Raum. Nur noch Konturen waren sichtbar. Man hörte, wie ihre Kleidung über das Mauerwerk kratzte.

„Meine Beine sind schon draußen", rief sie.

„Gut!", sagte der alte Mann. „Du machst das sehr gut!"

„Großartig, kriech weiter!", sagte der laute Mann.

„Psssst!", zischte seine Frau.

Dann wurde es noch finsterer, und Beklommenheit erfasste die Menschen im Raum.

„Ich glaube, ich habe Angst", sagte Hani.

„Ja?", sagte der alte Mann.

„Meine Schultern. Sie sind zu breit. Ich kann mich nicht bewegen."

„Dann komm zurück", sagte der alte Mann. „Warte, ich helfe dir."

Ein Poltern war zu hören.

„Komm zurück?", rief der laute Mann. „Was soll das heißen? Sie ist doch fast durch!"

„Ihre Schultern bleiben stecken. Lass sie erst einmal zurückkommen. Wir können es doch später noch einmal probieren."

„Schwachsinn, später“, zischte die Frau des lauten Mannes, die plötzlich neben den beiden stand. „Kriech weiter, du Gör! Du kannst jetzt nicht umdrehen!“

„Lasst sie in Ruhe!“, rief Hanis Mutter, die hinter den dreien aufgetaucht war, und versuchte, sie zur Seite zu stoßen. Doch der laute Mann drängte erst sie, dann den alten Mann weg. Er kniete sich vor die Öffnung und versuchte, Hani tiefer in das Loch zu stoßen.

Hani begann zu schreien. Ihre Mutter stimmte ein, der alte Mann rief etwas, das niemand verstand, und die alte Frau winselte.

Dumpfe Schläge waren zu hören.

„Geh! Jetzt! Endlich! Durch!“, rief der laute Mann im Rhythmus der Schläge.

Und plötzlich, mitten in dieser Kakophonie, wurde es wieder hell. Fassungslos standen sie im Licht.

„Sie hat es geschafft!“, staunte der alte Mann, um gleich darauf zu rufen: „Geht es dir gut?“

Von draußen war nichts zu hören.

„Verdammt, sie läuft uns davon! Das kleine Biest lässt uns im Stich!“, rief der laute Mann. „Was tun wir jetzt?“

Er streckte seinen Arm in das Loch, als wollte er sie draußen zu fassen kriegen.

„Sie wird nicht davonlaufen“, sagte der alte Mann. „Jetzt geh endlich weg von der Öffnung!“

Der laute Mann drehte sich um und schlug dem Alten mit der Faust so heftig ins Gesicht, dass dieser zu Boden ging.

„Deine Mutter ist noch hier drin!“, schrie der laute Mann. „Wenn du nicht zurückkommst, tu ich ihr weh!“

Der alte Mann war zu benommen, um etwas zu entgegnen, und alle anderen im Raum waren wie erstarrt und warteten, was als Nächstes passierte. In der Stille war plötzlich eine leise Stimme zu vernehmen.

„Ich bin draußen. Was soll ich tun?"

16 Uhr

„Franz, das ist aber eine Überraschung! Freut mich, wieder von dir zu hören! Alte Kollegen sollten Kontakt halten, ich finde das toll."

Baumgartner fand die gute Laune Wolfs verwirrend.

„Gregor, darf ich dich was fragen?"

„Schieß los", sagte Wolf, nun ernster.

„Bei der Fremdenpolizei ..."

„Ja?"

„Hast du da jemals mit einer Organisation namens *Der Mensch* zu tun gehabt?"

Da schwieg Wolf eine Weile.

„Gregor?"

„Ja, kenne ich. Warum willst du das wissen?"

„Woher kennst du die?"

„Ich darf das eigentlich nicht weitergeben, das ist dir bewusst, oder?"

„Ja."

„Du weißt, ich bin jetzt Politiker. Ich werde nicht meine Karriere wegen dir riskieren."

„Du riskierst nichts. Ich werde nicht sagen, woher die Information kommt."

„Was hast du vor? Du bist doch suspendiert."

„Es ist schwer zu erklären. Aber ich habe einen Verdacht, einen schlimmen Verdacht, und ich muss sichergehen, dass ich mich irre."

Wolf lachte.

„Franz, du bist schon ein Vogel."

„Du warst ein guter Polizist, Gregor. Du hast an deine Arbeit geglaubt. Deshalb musst du mir helfen."

„Du bist doch auch kein Polizist mehr! Warum sollte ich gerade dir helfen?"

„Ich meine es ernst."

„Das ist mir klar."

„Also?"

Gregor Wolf seufzte vernehmlich.

„Bitte mach keinen Blödsinn, Franz. Rede nicht mit deiner Freundin, der Journalistin, okay? Es läuft richtig gut bei mir, ich kann derzeit echt keine Probleme brauchen."

„Du wirst keine Probleme bekommen."

„Wenn ich dir das nur glauben könnte! Also, die Organisation, *Der Mensch* ... Es gab einmal Ermittlungen gegen sie, wurden aber eingestellt."

„Welche Ermittlungen?"

„Wegen Schlepperei."

„Wie Schlepperei? Entwicklungshelfer? Verstehe ich nicht."

„Was verstehst du nicht? Du bist in armen Regionen gut vernetzt und willst Geld für die gute Sache verdienen. Anfangs waren es Afrikaner, mit der Syrien-Krise wurden sie auch dort aktiv. Eine klare Sache, aber wir konnten es nicht nachweisen. Für eine Anklage reichte es nicht."

Plötzlich fügte sich in Baumgartners Kopf alles zusammen.

„Danke, Gregor, du hast mir sehr geholfen.“

Wieder lachte Wolf. „Mach’s gut. Falls wir uns nicht mehr sehen: Schönes Leben noch.“

Dann wurde die Verbindung unterbrochen.

Später, etwa zwanzig Minuten nach der Befreiung

Hani hatte immer noch Schmerzen dort, wo der laute Mann sie getreten hatte, aber sie versuchte, nicht ständig die Stellen auf ihrem Kopf und ihren Schultern zu betasten, als sie das Haus durchsuchte. Alles war leergeräumt, auf dem Boden lag Staub und Mäusekot. Den Modergeruch bemerkte sie erst jetzt, da der Geruch von Fäkalien langsam aus ihren Kleidern wich.

Im Kopf ging sie immer wieder die Worte durch, die sie mit den anderen vereinbart hatte. Sie konnte kein Englisch, deshalb hatte sie nur ein paar Worte in dieser Sprache gelernt. *Please Help, Police.* Den Rest würde sie auf Arabisch erklären müssen. Das war nicht ideal, hatte der alte Mann gemeint, aber es würde schon funktionieren.

Zuerst hatte sie die Tür zu dem Raum gesucht, in dem die anderen gefangen waren, und versucht, sie zu öffnen. Doch sie war mit einem großen Vorhängeschloss versperrt, und es sah nicht so aus, als ob der Schlüssel hier im Haus war. Sie musste also Hilfe von außen holen, in dieser fremden Stadt, wo es keine Menschen zu geben schien. Doch zuvor musste sie unbedingt ihren Durst stillen. Sie fand ein Waschbecken und drehte den Hahn auf. Es gluckerte, eine dicke, rostig braune Suppe tropfte aus dem Hahn, doch nach einer

Minute lauten Gluckerns wurde das Wasser klarer und lief gleichmäßig. Hani fand ein Regal mit Gläsern, füllte ein staubiges Glas mit Wasser und trank einen Schluck. Dann trug sie es zu der Öffnung, wo sie es vorsichtig hineinstellte. Sie fürchtete, dass der laute Mann wieder nach ihr greifen könnte, doch er krallte sich einfach nur das Glas. Hani ging zurück, holte ein neues Glas und wiederholte die Prozedur. Sie fand einen Krug, den sie ihnen hinstellte, und eine halbe Stunde später schienen alle ihren Durst gestillt zu haben.

Danach debattierten sie, ob Hani sonst noch etwas bringen sollte, aber sie kamen überein, dass es an der Zeit war, endlich Hilfe zu holen.

Doch das war nicht so einfach, denn auch die Vordertür war versperrt. Es gelang ihr, einen Sessel vor eines der Fenster zu schieben und den Riegel zu öffnen. Dann ging sie noch einmal zu der Öffnung, die hinter einer großen Theke versteckt lag.

„Ich klettere jetzt durch eines der Fenster", sagte sie. „Mama, hörst du mich?"

„Lasst sie durch", erklang es von innen.

Dann erschien das Gesicht ihrer Mutter in der Öffnung.

„Geht es dir gut?"

Hani nickte.

„Du musst keine Angst haben", sagte Hanis Mutter. „Die Leute hier sind gut zu uns."

„Ich habe keine Angst", entgegnete Hani.

„Ich bin stolz auf dich", sagte ihre Mutter und Tränen stiegen ihr in die Augen.

„Bis bald, Mama. Ich gehe jetzt los."

„Bis bald!"

16 Uhr 30

Auf dem Semmering, dem Grenzberg zwischen der Steiermark und Niederösterreich, war es sehr windig. Als Hiebler aus dem Auto stieg, musste er sich an der Tür festhalten, so heftig traf ihn eine Böe. Wirklich kalt war es aber auch hier nicht.

Er war der Stimme aus seinem Navi in eine kleine, asphaltierte Nebenstraße gefolgt, die durch dichten Wald führte. Mit einem Mal hörte der Wald auf, und auf einer Wiese sah er zwei Polizeiautos. Hiebler parkte daneben. Zuerst wirkte alles verlassen, doch dann entdeckte er im Wald hinter sich ein flatterndes Absperrband. Der Wind hatte es zerrissen, ein uniformierter Polizist war gerade dabei, es zu erneuern.

„Grüß Gott", sagte Hiebler. „Ich bin vom LKA aus Graz. Ich suche Major Tippler."

„Da hinten!", sagte der Polizist und deutete über seine Schulter. „Beeilen Sie sich, sie wollte gerade fahren."

Hiebler ging tiefer in den Wald und kam zu einer Bahntrasse mit glänzenden Schienen. Er stieg über die Gleise, und nach wenigen Metern erblickte er vor sich zwei Menschen in weißen Overalls. Spurensicherung. Daneben stand eine Frau mit einem Pferdeschwanz.

„Major Tippler?"

Sie drehte sich um, nickte.

„Ja?"

„Hiebler aus Graz. Ich sollte hierherkommen."

„Hat Ihnen niemand Bescheid gesagt?"

„Was Bescheid gesagt?"

Verwundert schüttelte Tippler den Kopf.

„Liegt auf unserer Seite. Die Ländergrenze verläuft da drüben", sagte Tippler und zeigte nach rechts. „Sind also eindeutig wir zuständig. Ich nehme an, das ist Ihnen ganz recht, oder?"

„Das heißt, ich bin umsonst hierhergekommen?"

Tippler zuckte mit den Schultern. „Tut mir leid. Hiebler, richtig? Grüß Gott."

Sie gab ihm die Hand.

„Die Tote ist nicht mehr hier, oder?", fragte Hiebler.

„Wurde schon vor einer Stunde abgeholt. Wir haben sie bereits identifiziert."

„Das ging ja schnell."

„Sie hieß Eva Brandner, war seit dem Sommer abgängig."

Brandner, der Name sagte ihm etwas.

„Ihr Lebensgefährte hat das damals gemeldet", fuhr Tippler fort. „Wird gerade in Wien vernommen. Ziemlich schräger Typ. Wirft mit Verschwörungstheorien um sich."

„Todesursache?"

„Wissen wir noch nicht. Die Leiche war bereits skelettiert, ich bin neugierig, ob sich das überhaupt feststellen lässt. Hier kommt normalerweise niemand hin, dieses Waldstück wird auf der einen Seite von der Zugtrasse und vor uns von einem steilen Abbruch begrenzt. Kein Wunder, dass man sie so lang nicht gefunden hat."

Tippler wandte sich von den Spurensicherern ab und stapfte zurück in Richtung Bahntrasse.

„Kommen Sie, hier gibt es nichts mehr zu tun."

Hiebler folgte ihr.

„Frisches Blut für die Grazer Mordgruppe, wie?", sagte Tippler. „Sie sind noch nicht lang dabei, oder?"

Hiebler überlegte, ob ihm dieser Ton gefiel. Er zeugte nicht unbedingt von Respekt. Andererseits war ihm die Frau sympathisch.

„Ein paar Wochen", antwortete er.

„Eine Schande, die Sache mit Baumgartner."

„Ich habe ihn leider nie getroffen. Aber natürlich viel von ihm gehört. Eine Legende."

Bei dem Wort musste Tippler schmunzeln. „Stimmt schon", sagte sie. „Eine Legende, so muss man es sehen."

Zum Abschied gaben sie sich die Hand.

„Tut mir leid, dass Sie umsonst hergefahren sind", sagte Tippler. „War trotzdem nett, Sie kennenzulernen."

„Finde ich auch. Viel Glück mit dem Fall."

Sie stiegen in ihre Autos und fuhren in entgegengesetzte Richtungen davon.

Erst auf halbem Weg nach Graz fiel Hiebler ein, woher er den Namen Eva Brandner kannte.

Später Nachmittag, laut dem Stand der Sonne

Hani hatte sich getäuscht, hier gab es natürlich Menschen. Es war eine ganz normale Stadt.

Gut, normal war vielleicht übertrieben: Die Frauen trugen keinen Schleier, hatten helle Haut, und manche trugen sehr eigenartige Hosen und Schuhe. Niemand hier schien sie zu beachten.

Ich muss jemanden ansprechen, dachte Hani. Jemand wird mir helfen.

Ein Mann mit einem lustig aussehenden Helm kam auf einem Fahrrad mit sehr schmalen Reifen vorbei.

„Plis help", sagte Hani.

„Ja ja, du mich auch, Police. Raus jetzt!"

Noch immer starrte der Mann mit den blonden Haaren Hani an.

Als Hani wenige Meter neben dem Lokal mit dem roten Licht auf der Straße stand, weinte sie zum ersten Mal. Die Tränen kamen ganz plötzlich, und als sie erst einmal zu rinnen begonnen hatten, wollten sie gar nicht mehr aufhören. Hani dachte an ihre Mutter, an den alten Mann, an die alte Frau, die sich so fürchtete, und sogar an den lauten Mann und seine Frau. Sie warteten darauf, dass Hani mit Hilfe zurückkam, dass sie endlich aus diesem stinkenden Loch befreit wurden. Doch sie schaffte es nicht, den Menschen zu erklären, dass sie Hilfe brauchte. Alle setzten ihre Hoffnungen in sie, doch sie versagte.

„Hey, Kleine, ist dir kalt?", sagte eine Stimme hinter ihr.

Sie gehörte dem blonden Mann, der unbemerkt aus dem Lokal gekommen war.

„Hast du Hunger? Willst du was zu essen?"

Hani wischte sich die Tränen aus den Augen und sah zu ihm auf.

„Plis help. Poliz!"

„Ja, ich kann dir helfen. *Help*." Er zeigte mit dem Finger auf seine Brust. *„Me help."*

Hani freute sich so sehr, dass ihr abermals die Tränen kamen. Sie nickte.

„Dann komm mit! Ich hab was zu essen. Cam wiss me!"

Er deutete ihr mit der Hand und ging los.

Hani nickte und lief ihm nach. Sie nahm seine Hand, und so gingen sie zur Wohnung des Blonden.

In der Wohnung des Mannes war es kühl und roch wunderlich. Er schien kurz zu zögern, als ob er nachdachte, dann schüttelte er den Kopf und ließ Hani ein, bevor er die Tür absperrte. Der Gang, in dem sie sich befanden, war schmal und wurde von einer schummrigen Deckenlampe aus braunem Glas nur schwach ausgeleuchtet. Der Mann zwängte sich an Hani vorbei, ohne sie zu berühren, und schaltete im nächsten Raum das Licht ein. Ein Tisch aus braunem Holz wurde sichtbar, eine Küche, eine Tapete mit senkrechten Streifen. Hani folgte ihm.

Der Mann sah in den Kühlschrank, schüttelte wieder den Kopf. Dann nahm er sich eine Dose, die er zischend öffnete, und trank daraus. Er vermied es, Hani anzusehen, starrte stattdessen auf den Boden.

„Nichts zu essen“, sagte er.

War der Mann nervös? Sie verstand es nicht. Schließlich setzte er sich auf die Sitzbank am Tisch, ganz am Ende des Raumes.

„Durst“, sagte Hani auf Arabisch. „Ich hab Durst.“

Der Mann antwortete nicht. Schüttelte noch einmal den Kopf, bevor er Hani unvermittelt ansah.

Eine Weile starrte er einfach nur so, bevor er zu lächeln versuchte.

„Du willst was Süßes, nicht wahr? Ich hab leider nichts. Aber ich hab vielleicht was anderes für dich. Willst du es sehen?“

Hani, die nichts verstand, musterte ihn neugierig. Das Lächeln beruhigte sie.

„Ich zeig’s dir, warte.“

Er stand auf und ging in den Nebenraum, wo plötzlich Rumpeln zu hören war. Als er wiederkam, hatte er etwas Rotes in der Hand.

„Da, schau“, sagte er.

Er hielt ein kleines rotes Kleid hoch, das alt aussah und ein fransiges Loch hatte.

Der Mann lächelte und wartete auf Hanis Reaktion.

„Na, gefällt es dir?"

Sie war verwirrt. Nein, sie brauchte kein Kleid, ihr war nicht kalt. Nur Durst hatte sie. Und ihre Mutter war in einem dunklen Loch gefangen.

„Plis help. Poliz."

Der Mann schien enttäuscht, dass sie gar nicht auf das Kleid reagierte.

„Vielleicht magst du es anziehen?", fragte er. „Ich schau auch weg, versprochen!"

Hani, die nichts verstand, verließ abermals der Mut. Der Gedanke an ihre Mutter trieb ihr neue Tränen in die Augen.

Dem Mann schien das gar nicht zu gefallen. „Was denn? Ich tu dir doch nichts! Hab ich dir irgendwas getan? Ich schenk dir ein Kleid!"

Mehr Tränen liefen über Hanis Wangen. Sie fühlte sich so hilflos wie nie zuvor in ihrem Leben. Da war ein Mann, der freundlich zu ihr war, doch er verstand nicht, was sie wollte, sie konnte es ihm nicht erklären. Sie fand den Mann sehr seltsam, und warum er ihr dieses zerrissene Kleid geben wollte, war ihr ein Rätsel, aber er war der Erste, der sie nicht sofort abgewiesen hatte. Sie war sich sicher, dass er geholfen hätte, wenn sie seine Sprache gesprochen hätte.

Als der Mann das Kleid zusammenknüllte und in eine Ecke des Raums warf, erschrak Hani. Sie sah Enttäuschung in seinem Gesicht.

„Undankbare Bagage. Ihr seid alle gleich, wollt uns doch nur ausnutzen. Nehmen, aber nichts geben. Wie wär's mit ein bisschen Dankbarkeit?"

Da bekam Hani plötzlich schweißnasse Hände. Sie verstand nicht, was der Mann da redete, aber ihr Instinkt sagte ihr, dass sie von hier wegmusste, und zwar schnell.

Hani wich zurück und folgte dem Gang, durch den sie gekommen waren, ohne dem Mann den Rücken zuzuwenden. Er sah ihr nach. Als Hani die Tür hinter sich spürte, drehte sie sich um und rüttelte an der Türschnalle. Da erst erinnerte sie sich, dass der Mann abgesperrt hatte. Die Tür war verschlossen, sie gefangen. Sie realisierte das auf einmal in aller Klarheit. Sie dachte an die anderen. Daran, was mit ihnen passieren würde, wenn sie ihnen nicht half. Der Gedanke schnürte ihr den Hals zu.

Sie sah, wie der Mann vom Ende des Gangs auf sie zukam, ganz langsam, ohne Eile. Er wusste, dass sie nirgendwohin konnte. Als er sie erreichte und über ihr war, sank Hani zusammen und nahm die Hände über den Kopf, um sich zu schützen. Was jetzt passieren würde, wusste sie nicht, aber sie hatte das Gefühl, dass es bereits egal war. Sie würde die anderen nicht retten können.

Sie hatte versagt.

20 Uhr

An diesem Abend betrank sich Franz Baumgartner hemmungslos. Seine Arbeit war beendet, das letzte Kapitel der Entlastungsschrift für Paul war abgeschlossen.

Schlepperei. Es war so naheliegend, er hätte selbst darauf kommen können. *Den Menschen vor Ort helfen* – gerade er, Baumgartner, war auf die rechte Rhetorik hereingefallen. Wer armen Menschen wirklich helfen wollte, musste sie dorthin bringen, wo sie Chancen hatten, menschenwürdige politische Bedingungen und eine vernünftige soziale Absicherung. Natürlich war es umstritten, natürlich war es illegal. Aber trotzdem verstand Baumgartner, warum Paul neben seiner Entwicklungshilfe-Arbeit begonnen hatte, Menschen nach Europa zu schleusen. Gerade in der aktuellen Situation, wo so viele Menschen von Schleppern abhängig waren, die sich mit dem Elend der Menschen eine goldene Nase verdienten und ganz bewusst Menschenleben aufs Spiel setzten. Es war eigentlich nur eine Frage der Zeit gewesen, dass echte Idealisten sich dieser Aufgabe annahmen.

Paradoxerweise war es gerade die Illegalität dieser Aktivitäten, die Baumgartner besonders beeindruckte. Paul war immer ein freierer Mensch gewesen als er. Baumgartner, der Befolger von Regeln, der Brave, der an das System glaubte und meinte, wenn nur alle ihren Platz darin fanden und ihre Aufgabe gewissenhaft erfüllten, würde alles gut werden. Ein Idealist, der an ein System glaubte, das nicht von Idealisten stammte. Baumgartner schämte sich plötzlich wie nie zuvor in seinem Leben. Paul hatte das einzig Konsequente getan, war innerhalb der Regeln des Systems geblieben, wo es hilfreich war, und hatte die Regeln gebrochen, wo sie das Wohl der Menschen behinderten.

Baumgartner hatte über Jahre hinweg das Gefühl gehabt, dass er sich Sorgen machen musste um Paul. Dass es für ihn keine Regeln zu geben schien. Es war kein konkreter Verdacht gewesen, dass Paul etwas Böses tun könnte, sondern eher das Wissen, dass er an keine Regeln glaubte, die ihn davon abhielten, Böses zu tun. Dass gerade diese Freiheit es ihm ermöglichte, Positives zu bewirken, sogar mehr als Baumgartner selbst, war ein Schock.

Baumgartner wurde klar, dass es diese Freiheit war, die ihm Angst gemacht hatte. Angst davor, dass die Welt zerbrechen könnte, wenn man aufhörte, sich an die Regeln zu halten. Dabei brauchte es nur Menschen, die genug Mut hatten, die Richtung selbst zu bestimmen.

Menschen wie Paul.

Baumgartner nahm einen Schluck aus der Schnapsflasche. Von Schnaps hatte er bisher die Finger gelassen, aber heute Abend machte selbst das keinen Unterschied mehr. Er war an einem Punkt angekommen, wo er verstand, dass er nicht mehr gebraucht wurde. Solange es Menschen wie Paul gab, bestand die Chance, dass alles gut ausging.

Baumgartner hatte plötzlich das Bedürfnis, das Paul mitzuteilen. Er musste diese Gedanken festhalten. Ein Brief, das war eine gute Idee.

Papier? Wo hatte er einen Bogen weißes Papier?

Schwankend ging Baumgartner von der Küche ins Schlafzimmer und sah sich um. Als er dort stand, wurde ihm so schwindlig, dass er sich am Bett abstützen musste.

Nein, hier war kein Papier. Vielleicht im Vorraum?

Baumgartner ließ das Bett wieder los und wollte einen Schritt nach vorne machen, doch er verlor das Gleichgewicht und fiel der Länge nach hin. Als er dort lag, drehte sich alles um ihn und er hatte keine Lust mehr aufzustehen. Der Parkettboden fühlte sich kühl an auf seiner Wange. Nur Sekunden später fielen ihm die Augen zu.

Wenig später, nach Einbruch der Dunkelheit

Als Hani einen kalten Luftzug spürte, verstand sie zuerst gar nichts. Das Geräusch des Schlüssels im Schloss war nicht bis in ihr Bewusstsein vorgedrungen. Erst als die Tür aufschwang, realisierte sie, dass der Mann sie gehen ließ. Sie lief hinaus ins Stiegenhaus. Als sie sich ein letztes Mal umdrehte, sah sie den Mann, wie er in der Tür stand und ihr nachblickte.

Sie fühlte sich wie in Watte gepackt, als sie wieder auf der Straße war und sich mit schnellen Schritten vom Haus des blonden Mannes entfernte. Das Blut pochte in ihren Ohren.

Leise weinend ging sie tiefer in die fremde Stadt hinein, in der es inzwischen Nacht geworden war. Nach einiger Zeit hörte sie vor sich laute Stimmen. Jemand lachte kehlig. Die Sprache, in der sich die Leute unterhielten, verstand sie nicht, aber sie klang ganz anders als das, was sie bisher gehört hatte, schneller, und die Stimmen waren tiefer.

Vor sich sah sie Männer mit kleinen Glasflaschen in den Händen. Sie trugen dicke Jacken und Hauben und ihre Gesichter waren sehr dunkel, fast schwarz. Das verwirrte sie, bisher hatte sie gedacht, dass die Menschen hier alle hellhäutig waren. Doch diese hier stammten offensichtlich aus Afrika, so viel verstand sie. Auch sie schienen einen weiten Weg hinter sich zu haben. Als kleines Kind hatte sie sich vor diesen dunklen Menschen gefürchtet, aber inzwischen war sie alt genug, zu verstehen, dass die Farbe der Haut nichts zu bedeuten hatte. Also trat sie näher.

„Plis help. Poliz."

Einer der Männer sah sie an, dann trank er einen Schluck aus der kleinen Flasche und setzte sein Gespräch fort.

„Plis help."

Nun sahen auch die anderen auf sie herab. Es waren vier, die alle sehr groß und stark aussahen.

„Hey, Mädchen", sagte einer, der eine rote Haube trug, in stark gefärbtem Englisch, „du bist wohl falsch abgebogen! Deutschland ist weiter im Norden."

Die vier lachten. Hani hatte nichts verstanden.

„Plis help!"

„Wo sind deine Eltern, Kleine? Du solltest hier nicht allein unterwegs sein um diese Zeit, das ist keine gute Gegend!"

„Ich glaube nicht, dass sie uns versteht", sagte ein anderer. „Sollen wir Hope Bescheid sagen?"

Der Mann mit der roten Haube nickte. „Holst du sie?"

Einer der Männer verschwand durch eine Tür.

„Gleich kommt jemand, Kleine. Willst du inzwischen ein Bier?"

Der Mann lachte und hielt ihr seine Flasche hin.

Hani wusste nicht recht, wie ihr geschah, aber sie war sehr durstig, also griff sie nach der Flasche und nahm einen Schluck. Die Flüssigkeit schäumte in ihrem Mund und war so bitter, dass Hani sie am liebsten gleich wieder ausgespuckt hätte. Doch sie wollte den Mann nicht beleidigen, also schluckte sie alles hinunter. Die drei Männer sahen, wie sie damit kämpfte, und lachten wieder.

„Genug?", sagte der Mann mit der roten Haube und nahm seine Flasche zurück.

Hani wurde auf einmal ganz schwindlig, was die Männer nur noch mehr amüsierte. In diesem Moment trat eine sehr dicke Frau ins Freie, die noch dunklere Haut hatte als die Männer.

„Was ist hier los?", fragte sie auf Englisch. „Hey, Kleine! Was machst du denn da ganz allein?"

„Plis help", sagte sie, dann bekam sie plötzlich Schluckauf.

„Was habt ihr denn mit ihr gemacht?", fragte die dicke Frau.

„Gar nichts!", antwortete der Mann mit der roten Haube.

„Du hast ihr doch kein Bier gegeben, oder?"

„Ich doch nicht!", sagte er.

Die anderen grinsten.

„Ihr seid unmöglich!", sagte die Frau.

Dann wandte sie sich an Hani. „Na, du? Was ist mit dir? Hast du dich verlaufen? Komm, gehen wir ins Warme."

Sie bückte sich und hielt Hani die Hand hin.

Das Mädchen zögerte. Das Erlebnis mit dem blonden Mann steckte ihr noch in den Knochen. Aber diese Frau wirkte so freundlich, dass sie Vertrauen fasste. Außerdem war ihr schwindlig von der bitteren Flüssigkeit, also griff sie nach der Hand.

„Das ist gut, komm."

„Ich brauche Ihre Hilfe", erklärte Hani auf Arabisch. „Meine Mutter und noch vier Leute, die ich nicht kenne, sind in einem dunklen Raum eingesperrt, nicht weit von hier. Sie haben nichts zu essen und nichts zu trinken. Und sie müssen auf den Boden Pipi machen, weil es keine Toilette gibt. Sie müssen ihnen helfen, bitte, Sie müssen sie da rausholen."

Unermüdlich sagte Hani ihr Sprüchlein auf, während die dicke Frau ihr zu trinken gab und dann mit ihr auf die Toilette ging, um sie zu waschen. Hani bekam neue Kleider, nur das Kopftuch setzte sie wieder auf. Dann bekam sie etwas zu essen, irgendein würziges Gericht mit Kartoffeln. Danach setzten sie sich auf ein Sofa, und die dicke Frau nahm Hani in den Arm.

Sie riecht gut, dachte Hani, während sie abermals ihr Sprüchlein aufsagte. Doch in den Armen der Frau wurde sie so müde, dass ihr immer wieder die Augen zufielen.

Sie muss mich verstehen, dachte Hani. Irgendwann muss sie mich verstehen. Der Gedanke verfolgte sie, während sie in den Schlaf abdriftete.

Montag, 7 Uhr 45

Meier betrat eben die Kanzlei der Mordgruppe und begrüßte den bereits anwesenden Hiebler mit einem Kopfnicken, als das Telefon klingelte.

„Kannst du abheben?“, fragte Meier, während sie ihren Mantel ablegte.

Hiebler nickte und nahm das Gespräch entgegen. „Ja ... ja, wir kommen sofort.“

„Was denn?“, fragte Meier und starrte Hiebler entgeistert an. Sie hatte dunkle Augenringe und schien nicht viel geschlafen zu haben.

„Wir müssen nach Jakomini. Der Jordanier.“

„Was ist mit ihm?“

„Es gibt eine Veränderung.“

Sie hörten die Schreie schon von Weitem. Ein Beamter der Justizanstalt, wo die Untersuchungshäftlinge untergebracht waren, empfing sie auf dem Gang.

„Ist das er?“, fragte Hiebler.

Der Beamte nickte. Hiebler kannte ihn vom Sehen, aber an den Namen konnte er sich nicht mehr erinnern.

„Als ich die Zelle aufgesperrt habe, hab ich gleich gesehen, dass da etwas anders ist. Er hat mich plötzlich angesehen, dann hat er zu schreien angefangen.“

„Wann war das?“

„Vor zwanzig Minuten.“

„Seither schreit er?“

„Ja.“

„Sie haben doch Psychologen im Haus. Haben Sie schon jemanden angerufen?“

„Ja, er müsste gleich hier sein.“

Im Hintergrund hörten sie monotones, kehliges Gebrüll, nur unterbrochen von kurzen Atempausen. Wie das Schreien eines Babys, nur tiefer, verzweifelter.

Meier und Hiebler sahen sie an. Eine Befragung hatte so keinen Sinn.

„Was sollen wir tun?", fragte der Beamte.

„Sagen Sie Ihrem Psychologen Bescheid, er soll sich melden, sobald er ihn sich angesehen hat."

9 Uhr

Hiebler war allein in der Kanzlei, die anderen waren alle schon auf dem Weg zu irgendwelchen Zeugen. Der Jordanier hatte nicht aufgehört zu schreien, bis ein hastig herbeigerufener Arzt ihm ein Beruhigungsmittel gespritzt hatte. Nun war er still. Hiebler bereitete sich gerade auf eine neue Runde durch die Flüchtlingsunterkünfte vor, als das Telefon am Schreibtisch klingelte. Am Apparat war der Portier.

„Da ist ein Werner Bohrmann, der unbedingt zu Franz Baumgartner will. Ich habe ihm gesagt, Baumgartner ist nicht im Dienst, aber er lässt nicht locker."

Werner Bohrmann? Damit konnte Hiebler nichts anfangen.

„Was will er?"

„Er sagt, er sei der Lebensgefährte einer Eva Brandner und es sei dringend."

Plötzlich war Hiebler hellwach. Eva Brandner, der Name der Toten am Semmering, der ihm so bekannt vorgekommen war. Die seit einem halben Jahr vermisst wurde. Major Tippler hatte etwas über ihren Lebensgefährten gesagt, aber er konnte sich nicht mehr erinnern, was.

„Einen Moment, ich komme ihn holen", sagte Hiebler.

Wenig später saß der Mann, der abgemagert aussah und eingefallene Wangen hatte, ihm in der Kanzlei gegenüber.

„Sie sagen, Baumgartner ist nicht im Dienst? Warum?"

„Das darf ich Ihnen nicht sagen, tut mir leid. Aber er wird längere Zeit nicht hier sein, so viel kann ich verraten. Sie müssen sich also mit mir begnügen."

Der Mann fühlte sich sichtlich unwohl, er hielt seine Hände fest, als ob sie sonst ein Eigenleben entwickeln könnten. Seine Beine hatte er weniger unter Kontrolle, das linke Knie zitterte rhythmisch. Aber es sah nicht aus, als wäre das der Schock über den Verlust seiner Freundin, eher wie die Folgen einer lange andauernden Belastungssituation.

„Sie sind aus Wien gekommen?", fragte Hiebler.

„Ja. Meine Lebensgefährtin galt als vermisst. Eva Brandner. Ich habe die Anzeige vor einem halben Jahr aufgegeben. Seither war sie verschollen, und nun ist ihre Leiche aufgetaucht."

Hiebler nickte. „Das scheint Sie aber nicht zu überraschen?"

„Nein."

„Das müssen Sie mir jetzt erklären", sagte Hiebler.

„Sie wurde ermordet", erklärte Bohrmann ruhig. „Wegen ihrer Arbeit."

Beide schwiegen.

„Darüber hätte ich wirklich gern mit Herrn Baumgartner gesprochen", sagte Bohrmann.

„Wegen seines Rufs?"

Bohrmann zögerte.

„Warum kommen Sie damit zu uns?", fragte Hiebler. „Da sind doch die Kollegen aus Niederösterreich zuständig."

„Ich habe gehört, dass Eva in der Nähe der Landesgrenze gefunden wurde. Und dass Sie sich die Kompetenzen aufteilen."

„Da sind Sie schlecht informiert. Das LKA Niederösterreich ist allein zuständig. Anfangs war das noch nicht ganz klar, aber inzwischen hat Niederösterreich übernommen."

„Das heißt, Sie wissen gar nichts über den Fall?"

Hiebler überlegte, was er mit dem Mann anfangen sollte.

„Wenig. Ich war kurz am Fundort und habe mit der Zuständigen vom LKA Niederösterreich gesprochen."

Bohrmann nickte. Dann schien er eine Entscheidung zu treffen.

„Ich wollte mit Baumgartner sprechen, weil mir in Niederösterreich niemand zuhört."

„Wie bitte?"

Bohrmann blieb ruhig. „Schon vor einem halben Jahr habe ich der Polizei in Wien erklärt, dass Eva etwas zugestoßen ist. Man hat mich vertröstet, sie komme sicher zurück. Dann hatte ich Gespräche mit den Zuständigen in Niederösterreich und im Burgenland, überall dasselbe."

Hiebler spürte, wie das Atmen plötzlich schwerer wurde. Der Mann erzählte mit einer gespenstischen Ruhe.

„Warum sind Sie überzeugt gewesen, dass etwas passiert ist?“

„Eva hat für einen großen österreichischen Mobilfunkanbieter gearbeitet.“

Bohrmann spuckte den Namen aus, als wäre er giftig. Hiebler kannte das Unternehmen, er war selbst dort unter Vertrag.

„Sie war Statistikerin und hat Nutzerdaten ausgewertet. Big Data, sagt Ihnen das was?“

„Sicher“, antwortete Hiebler, obwohl er auf die Schnelle nicht präzise hätte sagen können, was dieses Modewort eigentlich bedeutete.

„Ziemlich sensible Dinge, wenn man sich ein wenig damit beschäftigt. Ich hatte damals keine Ahnung, wie gefährlich das alles ist.“

Hiebler nickte, weil er den Mann nicht unterbrechen wollte.

„Und dann wurde sie von einem Tag auf den nächsten plötzlich in den Urlaub geschickt. Einfach so.“

„Mit welcher Begründung?“

„Sie hätte Dinge getan, die gegen die Firmenphilosophie verstoßen. Dabei hat sie nur ihre Arbeit gemacht, was ihr eben aufgetragen wurde.“

„Was zum Beispiel?“

„Informationen über Nutzer auswerten. Welche Vorlieben haben sie? Was machen sie in ihrer Freizeit? Wo arbeiten sie? Finanziell gut oder schlecht situiert? Sexuell aktiv? Welche Orientierung? Gesund oder eher kränklich?“

„Das alles? Nur aus Telefondaten?“

„Selbstverständlich!“, gab Bohrmann zurück. „Der SMS-Verkehr. Sie bei der Polizei müssen das doch wissen.“

„Und dann? Ist sie verschwunden?“

„Ja. Wir waren am Neusiedler See. Sie hat mir eine Nachricht hinterlassen, dass sie nach Wien fahren will, aber bald zurückkommt. Was sie nicht getan hat. Das war das Letzte, was ich von ihr gehört habe.“

Hiebler versuchte zu verstehen, was der Mann ihm sagen wollte.

„Und Sie glauben, ihr Verschwinden hat etwas mit dem Konflikt in der Firma zu tun?“

„Ich glaube es nicht, ich kann es beweisen.“

Hiebler wartete.

„Ich weiß, dass Eva große Mengen Nutzerdaten an einen Journalisten weitergegeben hat. Erinnern Sie sich an diesen Skandal vor ein paar Monaten? Die Callgirl-Affäre? Stadtpolitiker waren darin verwickelt. Auch Polizisten. Ließen sich von Unternehmern Sex-Abenteuer bezahlen.“

„Nicht etwa auch ein Polizeioberst namens Mario Sukitsch?“

„Doch, der Name fiel auch, wenn ich mich recht erinnere. Die Informationen stammten aus den Daten, die Eva geleakt hat.“

„Woher wissen Sie das? Stand das in den Zeitungen?“

„Ich habe Informanten.“

Hiebler nickte und bemühte sich, seine Skepsis zu verbergen. Die Sache wurde immer dubioser.

„Und deshalb hat man sie umgebracht, glauben Sie? Finden Sie das nicht etwas drastisch?“

Bohrmann schnappte nach Luft und sprach plötzlich sehr schnell.

„Wissen Sie eigentlich, wem das Unternehmen gehört? Lobo Petrov!“

Bohrmann wartete auf eine Reaktion Hieblers, doch es kam keine.

„Ein Oligarch, der eigentlich aus der Rüstungsbranche kommt?“, setzte er nach.

„Und Sie meinen, der hat Ihre Freundin ermorden lassen?“

In die Augen des Mannes trat Verzweiflung.

„Franz Baumgartner weiß über diese Daten Bescheid!“, sagte Bohrmann. „Ein USB-Stick von Eva.“

„Der Grund für ihre Ermordung?“, fragte Hiebler.

„Genau!“

Hiebler schüttelte den Kopf.

„Ich verstehe, dass das schwer für Sie ist. Aber Sie müssen die Polizei ihre Arbeit machen lassen. Und was mich angeht, Sie haben mein vollstes Verständnis, aber ich bin wirklich nicht zuständig. Sprechen Sie mit dem LKA Niederösterreich. Haben Sie denen Ihre Geschichte schon erzählt?“

Inzwischen zitterte Bohrmann am ganzen Körper.

„Glauben Sie, ich wäre hier, wenn man mir dort zuhören würde?“

„Tut mir leid“, sagte Hiebler und stand auf. „Ich kann Ihnen leider nicht helfen.“

Bohrmanns Reaktion kam so schnell, dass Hiebler nicht reagieren konnte. Der Faustschlag traf ihn am Jochbein und war so heftig, dass es knackte. Hiebler ging zu Boden.

„Eva könnte noch leben!“, schrie Bohrmann. „Ihr habt sie auf dem Gewissen! Seid ihr alle gekauft? Oder seid ihr wirklich so blöd? Seht ihr nicht, was hier vor sich geht? Wir verkaufen unsere Rechte und unsere Sicherheit an irgendwelche Investoren, über die wir nichts wissen! Eva ist nicht das erste Opfer, und sie wird auch nicht das letzte sein!"

Inzwischen hatten alle im Stockwerk das Geschrei gehört. Ein Kollege von der Suchtgiftabteilung betrat die Kanzlei.

„Was ist denn hier los?"

Bohrmann drehte sich um und wollte fliehen, wurde aber festgehalten und fixiert.

„Wo wollen wir denn hin? Schön dableiben. Geht es Ihnen gut?", fragte der Beamte Hiebler, der sich gerade aufsetzte.

„Ja, alles in Ordnung."

Hiebler tastete nach seinem Jochbein. Ein stechender Schmerz fuhr durch die ganze Gesichtshälfte.

„Ich glaube, er hat mir was gebrochen."

Inzwischen waren mehr Kollegen aufmerksam geworden. Gemeinsam brachten sie Bohrmann in eine Arrestzelle. Später erzählte Hiebler ihnen in der Kantine bei einem Tee, was passiert war.

„Wird eine Einweisung geben, wenn er so weitermacht", sagte einer. „Verrückt sein ist legal, aber wenn du gewalttätig wirst, hört sich der Spaß auf. Der muss jetzt richtig aufpassen."

„Wir sollten in Deutschland anrufen", sagte ein anderer, „vielleicht ist die Zelle von Gustl Mollath noch frei!"

Sie lachten. Hiebler dagegen hatte mit einem Mal ein schlechtes Gewissen bei dem Gedanken, dass der Mann wegen ihm vielleicht in eine Anstalt musste.

Da waren plötzlich laute Schritte vor der Kantine zu hören. Meier öffnete die Tür.

Kevin? Komm mit. Der Jordanier. Er spricht."

Der Tag nach der Befreiung, morgens

Hani erwachte in einem weichen Bett, das frisch roch. Sie fühlte sich sehr wohl und wollte die Augen gar nicht erst öffnen, doch es dauerte nur Sekunden, bis sie sich an alles erinnerte, was passiert war. Plötzlich war sie hellwach.

Schnell schlug sie die Decke zurück und stieg aus dem Bett. Die Schulter schmerzte, dort, wo der laute Mann sie getreten hatte, doch sie nahm es kaum wahr. Ihre Gedanken waren bei ihrer Mutter, die immer noch in diesem dunklen Loch saß, während Hani in einem Bett geschlafen hatte. Wie lang? Sie hätte nicht einschlafen dürfen, das war ein Fehler gewesen. Sie zog das Kleid an, das auf einem Sessel neben dem Bett lag, setzte ihr Kopftuch auf und begann, die Umgebung zu erkunden.

Sie war erleichtert, dass die Tür nicht versperrt war. Aus irgendeinem Grund hatte sie das befürchtet. Aber als sie an die dicke Frau dachte und wie freundlich sie gewesen war, wurde Hani ruhiger. Sie war hier nicht eingesperrt, diese Menschen wollten ihr helfen. Deshalb musste sie auf sich aufmerksam machen.

Der Nebenraum war ein muffiges, warmes Wohnzimmer mit Tüchern an den Wänden, einem Sofa und einem kleinen Fernseher. Hani hörte das Geklapper von Geschirr. Ein offener Durchgang führte in eine winzige Küche, und dort sah sie die dicke Frau. Hani lief zu ihr, stellte sich vor sie hin.

„Guten Morgen!“, sagte die Frau auf Englisch. Sie wusch gerade Geschirr. „Na, wie geht’s unserem Gast heute? Gut geschlafen?“

Hani überwand das Bedürfnis, das Lächeln zu erwidern, griff nach dem Rock der Frau und zupfte fest daran.

„Plis help. Poliz!“

Die Frau ließ das Geschirr stehen und musterte Hani. Sie verschränkte die Arme und wurde ernst.

„Polizei. Was ist mit der Polizei? Du suchst deine Eltern, nicht wahr? Deshalb die Polizei.“

Hani begann wieder, ihr Sprüchlein auf Arabisch aufzusagen. Zu erzählen, wo ihre Mutter war, dass sie in Gefahr war.

„Ich verstehe leider kein Wort, Kleine. Aber ich weiß nicht, ob es eine gute Idee ist, zur Polizei zu gehen. In deiner Lage. Nicht, dass deine Eltern Probleme bekommen?“

Erneut zupfte Hani am Rock der Frau.

„Schon gut, du meinst es ernst. Ich glaube, ich habe eine Idee.“

Sie nahm Hani an der Hand und ging in den Vorraum, um sich die Schuhe anzuziehen.

9 Uhr 30

Hiebler hielt sich einen Plastiksack mit Eiswürfeln an die Wange, während er durch die halbdurchsichtige Glasscheibe schaute und zuhörte, wie Meier mit Ammar Bin Karim, dem Jordanier, sprach, den man aus Jakomini geholt hatte. Sie hatte Hiebler eigentlich sofort ins Krankenhaus schicken wollen und die Nummer der Rettung schon gewählt gehabt, doch Hiebler hatte darauf bestanden, sich vorher noch die Befragung anzuhören.

Bin Karim war ein Bild des Elends. Er schluchzte andauernd, verbrauchte Unmengen an Taschentüchern, die zerknüllt auf einem Haufen auf dem Tisch landeten, bis Meier ihm einen Papierkorb hinstellte, doch er schien sich zu bemühen, Meiers Fragen zu beantworten.

„Sie geben also zu, dass Sie die Türen des Lieferwagens geöffnet haben?"

Der Jordanier schien mit seinen verquollenen Augen durch sie hindurchzustarren. Erst als sie die Frage wiederholte, antwortete er in stark gefärbtem Deutsch. „Ja, ich habe sie geöffnet."

„Und Sie haben hineingesehen?"

Er nickte abgehackt.

„Haben Sie etwas erkannt?"

Bin Karim schluchzte nur.

„Woher wussten Sie, dass Ihre Frau unter den Toten war?"

„Ich wusste es", sagte er.

„Das reicht mir nicht als Antwort."

Bin Karim redete plötzlich schnell.

„Ich habe sie seit Monaten nicht mehr erreicht. Vorher haben wir uns fast jeden Tag gehört. Außer in Griechenland, als sie über das Meer gefahren ist."

Meier lehnte sich zurück. Sie wirkte angespannt, aber auch irgendwie hilflos. Die Dinge kamen in Bewegung, aber hier passte etwas nicht zusammen.

„Was ich nicht verstehe, Herr Bin Karim: Sie sind aus Jordanien. Warum sind Sie und Ihre Frau geflohen? Jordanien ist doch ein sicheres Land, soweit ich weiß."

Bin Karim sah Meier in die Augen. „Meine Frau ist aus Syrien. Ich bin Jordanier. Wir wollten beide fortgehen."

Nun verstand Hiebler. Er widerstand der Versuchung, eine Grimasse zu schneiden, weil jede Bewegung seines Gesichts schmerzte. Bin Karim hatte keine Aussicht auf Asyl, seine Frau schon. Sie hatten wohl gehofft, das vor Ort irgendwie lösen zu können, sobald sie erst einmal hier waren.

„Aber wie kamen Sie auf die Idee, dass Ihre Frau gerade in diesem Lieferwagen sein sollte? Ausgerechnet in der Schottergrube, wo Sie arbeiten?"

„Sie hat gesagt, sie kommt zu mir."

„Genauer bitte. Was soll das bedeuten?"

„Er hat das gesagt", erklärte Bin Karim.

Meier reagierte sofort. „Wer?"

„Der Schlepper."

„Was wissen Sie über ihn?"

„Sie hat nur gesagt, dass er sie gut behandelt. Immer wieder. Er behandelt uns gut. Bis ich mich gefragt habe, warum sie das sagt."

„Und er wollte Ihre Frau zu Ihnen bringen?"

„Er hat gesagt, er bringt sie zu mir. Ich habe ihr die Adresse gesagt."

Mit einem Mal breitete sich Übelkeit in Hieblers Magengegend aus. Er wandte sich an Swoboda, der neben ihm stand. „Kannst du mich jetzt bitte ins Krankenhaus bringen?"

10 Uhr

Hope überquerte mit der Kleinen an der Hand die Elisabethinergasse. Das Mädchen war wieder ruhig geworden, doch Hope wurde das Gefühl nicht los, dass sie noch etwas anderes quälte. Dass es hier nicht um sie oder ihre Eltern ging. Warum ihr das nicht gestern schon aufgefallen war, konnte sie nicht sagen, aber nun bereute sie, nicht schneller reagiert zu haben. Sie hatte ein ungutes Gefühl bei der Sache.

Sie passierten die Kirche St. Andrä, auf die jemand mit blauer Farbe *Refugees welcome* gesprüht hatte.

„Schau, das ist für dich!“, sagte Hope.

Hani konnte nichts damit anfangen, sie verstand weder, was Hope sagte, noch konnte sie lesen, was dort geschrieben stand.

Sie erreichten das Café Graz in der Kernstockgasse, das von allen möglichen Leuten besucht wurde, nur nicht von gebürtigen Grazern. Es schien für Leute zu sein, die erinnert werden wollten, in welcher Stadt sie sich befanden. Hier musste es doch möglich sein, jemanden zu finden, der das Mädchen verstand.

„Guten Morgen“, sagte Hope laut und alle wandten sich zu ihr um. „Ich brauche eure Hilfe.“

Sie erklärte ihr Anliegen, und während die meisten Anwesenden betreten schwiegen und auf ihren Tee starrten, nickte jemand hinten im Raum. Er stand auf und kam nach vorne.

Als er zu sprechen begann, verstand Hope kein Wort, doch sie sah die Reaktion in der Miene des Mädchens sofort. Plötzlich begann sie zu reden, ohne Pause, schien kaum noch Luft zu holen. Zuerst staunte der Mann, dann verfinsterte sich sein Gesicht immer mehr. Einmal unterbrach er sie, um etwas zu fragen, sonst nickte er nur.

Als die Kleine fertig war, sah sie den Mann erwartungsvoll an. Er nickte. Daraufhin lief das Mädchen auf ihn zu und umarmte ihn. Er klopfte ihr auf die Schulter.

„Was ist los?“, fragte Hope.

„Wir müssen zur Polizei, schnell.“

Als Hiebler den Besprechungsraum betrat, waren alle Augen auf ihn gerichtet. Ranftl begann zu lachen. Das Jochbein war zum Glück nicht gebrochen, doch Hiebler hatte einen dicken weißen Verband bekommen, der um seinen ganzen Kopf gewickelt war. Er wusste, dass es lächerlich aussah, und dass Ranftl sich darüber lustig machte, wunderte ihn nicht.

„Ein Turban?", sagte Ranftl. „Steht dir gut!"

Meier sah Ranftl böse an, dann eröffnete sie die Besprechung. Sie hatte extra auf Hiebler gewartet.

„Wir haben einen Tatverdächtigen", stellte sie fest. „Bin Karims Frau war mit großer Sicherheit in dem Lieferwagen in Peggau. Sie hieß Marawa. Er hat sie an der Halskette identifiziert, die er aus der Gerichtsmedizin gestohlen hat. Andere Möglichkeiten der Identifizierung haben wir nicht, wir versuchen noch, von ihm einen persönlichen Gegenstand seiner Frau zu bekommen, der uns einen DNA-Abgleich erlaubt."

„Woher soll er gewusst haben, dass sie in dem Lieferwagen ist?", fragte Ranftl.

„Das konnte er nicht genau erklären, aber er hat es wohl geahnt, sie hat sich längere Zeit nicht bei ihm gemeldet."

„Geahnt? Das ist doch völlig unglaubwürdig."

„Lassen Sie Meier ausreden", wies ihn Lafkowits zurecht.

Meier würdigte Ranftl keines Blickes.

„Marawa hat ihm von ihrem Schlepper erzählt. Leider nicht viel. Jedenfalls hat der Mann angekündigt, sie direkt nach Peggau zu bringen. Bin Karim hat ihr die Adresse der Schottergrube gegeben."

Hiebler sah in die Runde und versuchte zu erkennen, ob jemand seinen Verdacht teilte. Der Gedanke war ihm sofort gekommen. Doch die anderen schienen eher verwirrt.

„Ich verstehe es trotzdem nicht", sagte Lafkowits vorsichtig. „Er sollte Bin Karims Frau doch lebend dort hinbringen. Warum lädt er sie dann tot dort ab, zusammen mit vier anderen Leuten?"

„Um ihn zu quälen?", fragte Hiebler in den Raum hinein.

Meier wiegte den Kopf. „Wenn es stimmt, haben wir es mit einer sehr kranken Person zu tun."

Mittags

Hani erkannte sofort, dass die uniformierten Männer Polizisten waren. Zwar hatte sie in diesem Land noch nie welche gesehen, aber sie sahen ebenso streng und ordentlich aus wie zuhause. Hani war sich sicher, dass sie sofort wissen würden, was zu tun war.

Mohammed, mit dem sie sich in dem kleinen Teehaus unterhalten hatte, in das die dicke Frau sie geführt hatte, schien Angst vor den Polizisten zu haben. Umso mehr freute sie sich, dass er ihnen erklärte, was er erfahren hatte. Sie saß derweil mit Hope auf Sesseln auf dem Gang und wartete.

Hope drückte ihre Hand und lächelte. Sie sagte etwas Beruhigendes, das Hani nicht verstand.

Kurz darauf kam Mohammed mit einem der Polizisten heraus und bedeutete ihr, mitzukommen. Die dicke Frau stand auch auf, doch der Polizist schüttelte den Kopf. Sie wollte das nicht akzeptieren, doch der

Polizist blieb hart. Da beugte sie sich zu Hani und gab ihr einen Kuss auf die Stirn. Dann ging Hani mit Mohammed und dem Polizisten hinaus, wo ein Polizeiauto stand. Hani setzte sich mit Mohammed auf die Rücksitzbank, während der Polizist vorne auf der Beifahrerseite einstieg. Am Steuer saß ein anderer Polizist, der losfuhr. Als die Sirene anging, zuckte Hani zusammen.

„Du musst uns sagen, wohin“, sagte Mohammed. „Du hast gesagt, es waren viele von diesen bunten Lokalen dort, wo deine Mutter gefangen ist?“

Hani nickte, und tatsächlich tauchten vor den Fenstern plötzlich Leuchtreklamen auf wie jene von dem Lokal, in dem sie den blonden Mann getroffen hatte, doch keines davon kam ihr bekannt vor. Also schüttelte sie immer wieder den Kopf. Die Polizisten hatten die Sirene und das Blaulicht inzwischen ausgeschaltet und fuhren langsam Kreise durch die Stadt.

„Hier“, sagte Hani plötzlich.

Das Polizeiauto legte eine Vollbremsung hin.

„Wir sind da.“

Hani weinte. Sie wollte ihre Mutter wiedersehen, sich in die Arme schließen lassen, doch sie musste im Auto warten, während die Polizisten die Tür des Hauses aufbrachen, aus dem Hani geflohen war. Als die Tür nachgab, verschwanden beide ins Innere des Gebäudes. Danach war es einige Minuten lang ruhig. Als einer der Polizisten wieder auftauchte, konnte Hani aus seiner Mimik lesen, dass etwas nicht stimmte.

Sie reagierte blitzschnell: Bevor Mohammed verstand, was überhaupt passierte, öffnete sie die Autotür, die nicht versperrt war, lief einmal um das Auto herum, um dem Polizisten auszuweichen, und dann durch die aufgebrochene Tür. Die Rufe der Männer ignorierte sie.

12 Uhr 10

„Kevin? Bist du fit?"

Meier stand in der Tür der Kanzlei. Sie trug bereits ihren Mantel.

„Was ist los?", fragte Hiebler.

„Erklär ich dir auf dem Weg."

Hiebler sprang auf, nahm seine Jacke vom Haken und eilte ihr hinterher.

„Im Ernst?", fragte er, als Meier ihm erklärt hatte, wohin sie unterwegs waren.

„Die Parallelen sind offensichtlich, findest du nicht?"

„Schon, aber bisher ging es um Fahrzeuge, nicht um Kühlräume."

„Wir werden es gleich wissen", sagte Meier und bog mit quietschenden Reifen in eine kleine Gasse ein, wo bereits zwei Polizeiautos mit eingeschaltetem Blaulicht standen. Wilszeks SUV kam eben von der anderen Seite entgegen.

„Dürfen wir mit hinein?", fragte Meier, als der Chef der Tatortgruppe ausgestiegen war.

Wilszek zog eine Grimasse.

„Immer dieselbe Antwort: Du weißt, mir wäre lieber, ihr würdet warten."

„Aber deine Kollegen sind noch nicht da, oder?"

Wilszek verneinte.

„Dann gib schon her."

Er seufzte, dann gab er Meier und Hiebler je einen weißen Overall mit Überschuhen.

„Und wehe, du blutest auf den Boden", sagte Wilszek und deutete auf Hieblers Verband.

„Los", drängte Meier, „gehen wir rein!"

Sie betraten den Schankraum eines aufgelassenen Gasthauses. Einer der Fensterläden war geschlossen, das Licht trüb. Der Geruch war durchdringend: Fäkalien, Moder, alter Schweiß. Ein wenig wie unter einer Brücke, wo viele Obdachlose schliefen.

„Geht genau da, wo ich gehe", sagte Wilszek. „Verstanden?"

Beide nickten.

„Könnt ihr mir bitte erklären, was los ist?", fragte er.

Sie durchquerten den Raum und standen vor der offenen Tür eines Kühlraums hinter der Bar.

„Ein kleines Mädchen, das nur Arabisch spricht, ist heute vor einer Stunde bei der Polizeiinspektion Karlauerstraße aufgetaucht. Sie hat erzählt, dass ihre Mutter und noch vier weitere Personen seit Tagen in einem dunklen Raum gefangen sind, ohne Essen und Trinken. Syrer und Iraker, hat sie gesagt. Sie konnte sich befreien, offenbar gestern schon. Seither hat sie versucht, Hilfe zu holen."

Inzwischen sah auch Hiebler die Parallelen. Ihn schauderte.

„Und hier sollen sie sein?", fragte Wilszek.

Meier bestätigte das.

„Aber ich sehe niemanden. Ihr vielleicht?"

„Vielleicht ist es ein Fehler", sagte Hiebler.

Wilszek betrachtete den Schließmechanismus der Tür des Kühlraums. Dann trat er ein.

„Kein Fehler", sagte er. „Riechst du das nicht? Hier waren Menschen eingesperrt. Längere Zeit. Sie haben ihre Notdurft auf dem Boden verrichtet."

Er deutete auf ein Loch, aus dem Licht drang.

„Dort muss die Kleine geflüchtet sein. Eine Durchreiche, direkt in den Schankraum. Zu klein für einen Erwachsenen, würde ich vermuten."

„Das heißt, ihre Geschichte könnte stimmen?", fragte Meier.

„Davon müssen wir ausgehen, denke ich. Der Riegel der Tür ist jedenfalls intakt."

„Sie haben sich nicht selbst befreit", sagte Hiebler.

„Unwahrscheinlich. Und seht ihr das?"

„Was?"

Wilszek zeigte auf einen Punkt in der Mitte des Raumes.

„Hier auf dem Boden ist Blut."

13 Uhr

Zu wenig Blut, so viel hatte Wilszek bald sagen können. Nur eine kleine Verletzung.

Meier erzählte es sofort Hani, als sie es am Telefon erfahren hatte.

„Deine Mutter lebt! Sie wurde nur woanders hingebracht. Ich bin mir sicher, es geht ihr gut."

Sie saßen im Besprechungsraum, das Verhörzimmer war Meier unpassend vorgekommen. Mohammed, ein Syrer, der vor einem Jahr Asyl bekommen hatte, übersetzte. Inzwischen hatte man auch Hope geholt, die füllige Afrikanerin, bei der Hani übernachtet hatte. Das Mädchen hatte nicht mehr aufgehört zu weinen, seit sie den leeren Kühlraum gesehen hatte. Sie schien gebrochen. Hope saß neben ihr und hielt ihre Hand, aber das schien wenig zu bringen. Die Frau litt sichtlich mit ihr.

„Weißt du, wie der Mann aussieht, der euch dort eingesperrt hat?“

Seine Bilder sind verkehrt.

Diesen Satz hatte sie immer wieder gesagt, wenn man der Übersetzung Mohammeds trauen durfte. Er hatte Hani mehrmals gebeten, das genauer zu erklären, aber sie hatte es nur wiederholt.

Die Bilder. Sie sind verkehrt.

Meier war die Frustration anzusehen. Sie hatten eine heiße Spur, zwei Menschen, die vom selben Mann erzählten, einem Schlepper. Und dennoch schien etwas sie zu blockieren.

„Wir müssen mehr über diesen Mann herausfinden“, sagte Meier wenig später vor versammelter Mannschaft, nachdem sie Hani in die Hände von Schatz übergeben hatte, die nicht besonders erfreut wirkte über die viele Arbeit in letzter Zeit.

„Das Mädchen, Hani, muss sein Gesicht gesehen haben, das heißt, sie kann ihn identifizieren, sobald wir die Menge der Verdächtigen eingrenzen können. Dazu müssen wir mehr über ihn wissen. Von wo aus operiert er? Welche Fluchtroute? Welche Kontaktleute? Woher stammt er überhaupt? Ist er Europäer? Wir müssen noch einmal mit Bin Karim reden und die ganze Korrespondenz zwischen ihm und seiner Frau durchgehen. Da muss irgendwo ein Hinweis sein.“

Lafkowits nickte. „Ich kümmere mich um die Presseaussendung.“

Meier wandte sich an Ranftl und seine beiden Kollegen. „Ihr klappert noch einmal alle Flüchtlingsunterkünfte ab. Weiß jemand, was das bedeutet: *Die Bilder sind verkehrt?*"

„Gleich?", fragte Ranftl.

„Nein, wir befragen noch einmal Bin Karim und sehen, ob etwas Neues dabei herauskommt. Dann könnt ihr loslegen. Rainer, du nimmst Kontakt mit den Kollegen von der Fremdenpolizei auf."

„Was soll ich machen?", fragte Hiebler. Die Flüchtlingsunterkünfte waren eigentlich sein Gebiet. Nicht, dass er besonderen Spaß daran hatte, aber er hatte Kontakte geknüpft. Und er fragte sich, ob Ranftl der Richtige dafür war.

„Wir sind genug Leute", sagte Meier. „Geh nach Hause, du bist verletzt."

„Mir geht es gut."

Meiers Augen funkelten. „Ich habe jetzt keine Zeit für Diskussionen. Du kannst morgen wiederkommen. Ich brauche dich voll einsatzbereit. Und ohne diesen Turban."

Eilig verließ die Mordgruppe den Raum. Die Gefühle waren gemischt: Alle waren froh, dass es eine Spur gab. Aber man wusste auch: Jemand da draußen hatte fünf Menschen in seiner Gewalt.

14 Uhr

Hiebler war sauer. Er war zurück in die Kanzlei gegangen und packte zusammen. Da stand plötzlich eine junge Kollegin in der Tür, die er aus der Kantine kannte.

„Hiebler?"

„Ja?"

„Gerade hat ein Anwalt angerufen. Er sagt, er vertritt Herrn Bohrmann."

Hiebler musste kurz überlegen. „Den Deutschen? Der mich niedergeschlagen hat?"

„Genau den."

„Was will er?"

„Er will wissen, was seinem Mandanten vorgeworfen wird."

„Sie können ihm sagen, dass er einen Polizisten tätlich angegriffen hat. Alles andere soll Oberst Lafkowits ihm erklären. Ich gehe nach Hause."

Die Frau betrachtete Hieblers Verband und nickte nur. „Ich sag es ihm."

Als sie weg war, blieb Hiebler mit seiner Jacke in der Hand unschlüssig stehen. Schließlich legte er die Jacke auf den Schreibtisch und suchte die Nummer von Major Tippler heraus. Sie hob sofort ab.

„Ja?"

„Hallo, Hiebler hier, LKA Steiermark."

Sie begrüßten sich freundlich.

„Ich wollte nur nachfragen, gibt es schon etwas Neues im Fall Brandner?"

„Nicht wirklich. Was auch wenig überraschend ist bei so einer verwesten Leiche. Unsere Leute suchen verzweifelt nach Fremd-DNA, aber wir machen uns keine großen Hoffnungen mehr. Die Freunde und Arbeitskollegen haben wir auch bald durch."

„Haben Sie mit Bohrmann gesprochen?"

„Natürlich, er war der Erste, den wir vernommen haben. Wieso?"

„Hat er Ihnen auch diese Verschwörungs-Geschichte erzählt?“

Tippler lachte trocken. „Können Sie laut sagen. Wissen Sie, selbst wenn ich das ernst nehme, wo soll ich da ansetzen?“

„Beim Chef des Unternehmens, das Eva Brandners Arbeitgeber war?“

Einen Moment schwieg Tippler.

„Hallo? Sind Sie noch da?“

„Wir ermitteln in alle Richtungen“, sagte sie. „Woher wissen Sie überhaupt von der Geschichte?“

„Bohrmann war bei mir.“

„Tatsächlich? Was wollte er?“

„Jemanden, der ihn ernst nimmt, nehme ich an.“

„Und, tun Sie das?“

„Er hat mich angegriffen.“

„Wirklich? Geht es Ihnen gut?“

„Ich musste ins Krankenhaus. Verdacht auf Bruch des Jochbeins. Es wundert mich, dass Sie noch niemand informiert hat.“

„Das wundert mich allerdings auch.“

„Jetzt sitzt er bei uns in einer Zelle.“

„Gut. Sollen wir ihn zu uns überstellen lassen?“

„Besprechen Sie das bitte mit Oberst Lafkowits. Mich hat man nach Hause geschickt. Ich gehe jetzt.“

„Na dann, gute Besserung!“, sagte Tippler. Es klang ehrlich.

Als sie aufgelegt hatte, zog Hiebler die Jacke an und ging hinunter zu seinem Auto. Er war nun gar nicht mehr so unglücklich darüber, dass er den Rest des Tages frei hatte.

Eines ging ihm während der ganzen Heimfahrt durch den Kopf: Eigentlich hatte er Tippler gegenüber nicht die ganze Wahrheit gesagt.

Bohrmann hatte nicht irgendjemanden gesucht, der ihn ernst nahm.

Er hatte Franz Baumgartner gesucht.

16 Uhr

„Baumgartner. Wer spricht da, bitte?"

Hiebler war von der schnellen Reaktion völlig überrascht. Die Stimme klang genau so, wie er sie aus dem Fernsehen kannte, nur leiser und heiserer.

„Inspektor Hiebler von der Mordgruppe." Er wartete auf eine Antwort, und als er keine bekam, fuhr er fort:

„Wir haben uns nie kennengelernt. Ich bin der Neue."

Noch immer Stille am anderen Ende der Leitung.

Sie sind mein großes Vorbild. Ich freue mich so, Sie endlich kennenzulernen!

Das würde er natürlich auf keinen Fall sagen, es kam nicht infrage.

„Ich weiß, Sie sind suspendiert. Aber sagt Ihnen der Name Eva Brandner etwas? Oder Bohrmann?"

„Nein ... nicht, dass ich wüsste."

„Eva Brandner galt als vermisst. Sie hat für ein Mobilfunkunternehmen gearbeitet und ist eines Tages plötzlich verschwunden. Bohrmann ist ihr Freund."

„Und?"

„Sie ist gestern tot aufgefunden worden. Und heute steht plötzlich dieser Bohrmann bei mir im Büro und fragt nach Ihnen."

„Verstehe“, sagte Baumgartner.

„Glauben Sie, es gibt einen besonderen Grund, warum er mit Ihnen sprechen wollte?“

„Ich versuche mich gerade zu erinnern, ob ich diese Namen kenne. Aber in letzter Zeit ist mein Gedächtnis nicht so verlässlich.“

Das kommt vielleicht vom Alkohol, dachte Hiebler.

„Vielleicht fällt es Ihnen ja ein. Könnten Sie mich dann anrufen?“

„Natürlich“, sagte Baumgartner.

„Vielen Dank! Es war nett, Sie kennenzulernen. Ich habe viel von Ihnen gehört.“

„Danke“, sagte Baumgartner, dann wurde die Verbindung unterbrochen.

Hiebler legte sein Handy auf den Tisch und lehnte sich auf dem Fernsehsofa zurück. Vor ihm lief ein Fußballspiel ohne Ton, das er nicht wahrnahm. Er war ganz damit beschäftigt, dieses kurze Gespräch zu verdauen, das ihn aus irgendeinem Grund erschüttert hatte.

Diese leise Stimme, das Nuscheln eines Betrunkenen.

Es stimmte. Sein Vorbild Baumgartner war ein Wrack.

Es dauerte nicht einmal eine halbe Stunde, bis das Telefon wieder klingelte und Baumgartners Nummer auf dem Display erschien.

Der hagere Mann, der Hiebler wenig später mit einem Soda-Bier in der Hand gegenübersaß, sah noch deutlich schlechter aus, als die Stimme hatte vermuten lassen. Die Wangen waren schlaff, und die Augen tränten. Aber hier saß er. Baumgartner, die Legende. Der Mann, von dem keiner so recht wusste, wie er es anstellte, diese schwierigen Fälle zu lösen. Meist sah es aus wie pures Glück – Baumgartner arbeitete weder besonders strukturiert noch besonders sorgfältig. Meier hatte einmal angedeutet, seine Berichte seien eine Katastrophe. Gedankensprünge, unfertige Sätze, das volle Programm. Manche nannten es Eingebung von oben, manche Intuition, doch an Ersteres glaubte Hiebler nicht und Letzteres hielt er für ein Element jedes vernünftigen Nachdenkprozesses, das war also keine Erklärung. Und für glückliche Zufälle waren seine Erfolge einfach zu regelmäßig. Man erzählte sich, dass Baumgartner selbst nicht so recht wusste, wie er es anstellte.

Doch Hiebler hatte eine Vermutung: Dieser Mann gab einfach mehr als die anderen. Er ermittelte, als hinge sein Leben davon ab.

Als er ihm nun erstmals persönlich gegenübersaß, fühlte er sich in dieser Annahme bestärkt. Baumgartner sah aus wie jemand, der alles gegeben hatte – und nun war nichts mehr übrig.

„Ich habe nachdenken müssen", sagte Baumgartner, „aber ich glaube, ich weiß, warum er zu mir wollte. Wobei mir immer noch nicht klar ist, woher er mich kennt."

„Erzählen Sie!" Hiebler zupfte an seinem Verband.

Baumgartner hatte bisher nicht eine einzige Bemerkung darüber gemacht.

„Sie haben gesagt, sie hat bei einem Mobilfunkunternehmen gearbeitet?", fragte er.

Hiebler nannte ihm den Namen des Unternehmens. Baumgartner nickte, als wäre seine Vermutung bestätigt worden. Dann legte er einen roten USB-Stick auf den Tisch.

„Was ist das?"

„Sie wissen, dass Oberst Sukitsch, mein ehemaliger Chef, wegen Amtsmissbrauchs in Haft ist?"

„Sicher weiß ich es nicht. Ich habe nur gehört, dass es mit einer Sex-Affäre zu tun hat. Stimmt das?“

„Die offizielle Version ist, dass ein Zeuge ihn am Tatort meines letzten Falls gesehen hat. So kam auf, dass er die Tatverdächtige der tödlichen Brandstiftung geschützt hatte, eine Prostituierte.“

„Sie selbst haben ihn angezeigt. Stimmt das?“

Nicken.

„Das war mutig, verzeihen Sie, wenn ich das sage.“

Baumgartner lachte säuerlich. „Ja, deshalb bin ich jetzt suspendiert. Weil Sukitsch mich nicht mehr schützen kann. Es war beruflicher Selbstmord.“

„Es war richtig“, sagte Hiebler.

„Wie auch immer. Jedenfalls ist die Geschichte mit dem Zeugen nur die halbe Wahrheit. Der Zeuge, ein pensionierter Bankdirektor, kannte Sukitsch ja überhaupt nicht. Wie hätte er ihn also identifizieren sollen? Er hat ihn nur identifiziert, weil ich sie gegenübergestellt habe.“

„Sie wussten schon vorher davon?“

Baumgartner tippte mit dem Zeigefinger auf den Stick.

Plötzlich verstand Hiebler.

„Das sind die Daten, die Eva Brandner geleakt hat?“

„So muss es sein“, bestätigte Baumgartner. „Ich habe den Stick von einer Journalistin bekommen, sie hat zumindest behauptet, dass er direkt von Eva Brandner stammt. Es handelt sich um Verbindungsdaten und eine große Menge an SMS.“

„Das bedeutet, dieser Stick könnte wirklich der Grund für ihren Tod sein? Dann hätte Bohrmann ja recht!“, staunte Hiebler.

„Irgendetwas Brisantes muss auf diesem Stick sein. Aber passen Sie auf damit, das kann Sie Ihren Job kosten. Wir dürfen das nicht. Finden Sie heraus, warum der Stick so wichtig ist."

„Die Niederösterreicher wissen nichts davon, oder?"

„Ich wüsste nicht, woher."

Hiebler nickte. Ihn faszinierte die Ruhe, die dieser Mann ausstrahlte, obwohl er offensichtlich Probleme hatte. Er musste an Ranftl denken, und Ärger stieg in ihm auf.

„Caroline Meier möchte Sie in die Truppe zurückholen, wissen Sie das? Nur Sonnleitner legt sich quer."

Baumgartner schüttelte den Kopf.

„Ich bin fertig mit der Mordgruppe."

Hiebler überlegte, ihm von Ranftl zu erzählen, aber er verkniff es sich rechtzeitig.

„Und was machen Sie so, im Moment?"

Baumgartner zuckte mit den Schultern, schien nachzudenken.

„Nichts."

Hiebler beschloss, nicht weiter nachzufragen.

„Es ist nicht einfach bei der Mordgruppe, im Moment."

„Wann war es dort jemals einfach?", entgegnete Baumgartner. „Woran arbeitet ihr gerade?"

„Lesen Sie keine Zeitungen?"

„Im Moment nicht, nein."

„Menschen, die in Laderäumen krepieren. Jemand sperrt sie dort ein und überlässt sie ihrem Schicksal. Sehr hässlich."

„Eine Serie?"

„Wir gehen davon aus."

„Viel Glück", sagte Baumgartner, dessen Soda-Radler seit einiger Zeit leer war. „Ich muss gehen, habe noch etwas zu erledigen."

Zeit für etwas Stärkeres, nicht wahr, dachte Hiebler. Du hast vorhin selbst gesagt, dass du gerade nichts tust.

Als Hiebler auf dem Heimweg war, spürte er dennoch so viel Motivation für seinen Beruf wie schon lang nicht mehr. Obwohl er gesehen hatte, was aus ihm werden konnte, wenn er weitermachte. Die Euphorie ließ sich nicht abschütteln.

Er verstand es selbst nicht wirklich.

17 Uhr 30

Lesen Sie keine Zeitungen?

Baumgartner bekam den Satz nicht mehr aus dem Kopf, trotz der halben Flasche Wein, die er zuhause geleert hatte. Wein vertrug er in letzter Zeit besser als Bier, aber er vermutete, dass er bald auf Hochprozentiges umsteigen musste. Sein Magen hielt auch die Säure des Weins nicht in großen Mengen aus.

Weil er keine Lust hatte, seinen Rechner einzuschalten, wandte er sich seinem überquellenden Altpapierkübel zu. Eigentlich hatte er die Zeitung schon vor Wochen abbestellen wollen, aber derzeit bekam er selbst so einfache Dinge nicht auf die Reihe.

Baumgartner wühlte sich durch den Papierberg und riss alle Artikel heraus, die mit dem Fall zu tun hatten, von dem Hiebler erzählt hatte. Er trug sie zum Küchentisch, ordnete sie chronologisch und begann zu lesen.

Zwanzig Minuten später hatte er eine Ahnung, warum Hiebler diesen Fall für so unangenehm hielt. Ein Begriff stach ihm ins Auge.

Schlepper.

Nachdem er alles gelesen hatte, musste er dringend auf die Toilette. Als er zurückkam, sah er auf seinem Handy einen entgangenen Anruf. Er wählte den Rückruf und wartete.

„Herr Baumgartner, gut, dass Sie zurückrufen. Können Sie vorbeikommen?"

„Warum?"

„Das möchte ich Ihnen persönlich sagen."

„Ist etwas passiert?", fragte Baumgartner.

Paul Novaks Frau stieß ein zynisches Lachen aus. „Wie man es nimmt", meinte sie. Ihre Augen waren dunkel umrandet, und sie war etwas schlanker als das letzte Mal, was aber ihrer Schönheit keinen Abbruch tat.

„Sie sind Polizist, haben Sie gesagt?"

„Genau genommen war ich Polizist. Ich bin suspendiert. Alkohol."

Sie nickte abwesend.

„Herr Baumgartner, warum haben Sie nach meinem Mann gesucht? Warum jetzt auf einmal, nach all den Jahren?"

Da schwieg Baumgartner lange. Schließlich neigte er den Kopf.

„Das ist nicht mehr wichtig."

„Warum?"

„Sie kennen mich nicht. Manchmal steigere ich mich in Dinge hinein. Ich verrenne mich in irgendwelchen Ahnungen und Ideen, die keiner außer mir sieht. Und manchmal komme ich da nicht mehr raus, bevor es zu spät ist. Ich kann nichts dagegen tun. Diese Sache hat mich meine Ehe und meinen Job gekostet. Und irgendwann wird sie mich meinen Verstand kosten. Es muss so sein, es ist nur eine Frage der Zeit."

„Und was meinen Mann angeht, hatten Sie eine Ahnung, oder? Deshalb haben Sie sich auf die Suche nach ihm gemacht."

Baumgartner nickte.

„Wegen Dingen, die in Ihrer Jugend passiert sind."

„So kann man es sagen."

„Was genau ist damals passiert?", fragte sie. „Bitte erzählen Sie es mir!"

„Ich will es nicht erzählen."

„Warum nicht?"

„Ich will Sie nicht da hineinziehen. Wie gesagt, ich habe mich da in etwas hineingesteigert."

„Erzählen Sie es trotzdem. Sie müssen ja nichts interpretieren. Sagen Sie nur, was passiert ist."

Baumgartner seufzte. „Es hat nichts zu bedeuten. Wussten Sie, dass ein Großteil der Menschen in der Kindheit Erfahrungen mit Tierquälerei macht?"

Sie nickte.

„Andererseits ist Tierquälerei im Kindesalter das gemeinsame Merkmal so gut wie aller Serienmörder. Paul und ich haben viel in den Mur-Auen gespielt, als wir klein waren. Räuber und Gendarm. Eines Tages haben wir einen Vogel mit nur einem Bein gefunden. Er konnte nicht mehr fliegen, das war offensichtlich. Er ist in der Wiese gelegen und hat versucht, sich aufzurichten, damit er starten kann, aber er hat es nicht geschafft. Ich war es, der ihn aufgehoben hat, und als ich ihn aufrecht gehalten habe, hat er sofort die Flügel ausgestreckt und wollte davonfliegen. Er hat völlig gesund gewirkt, bis auf das Bein. Von dem war nur noch ein blutverkrusteter Stummel übrig. Ich kann nicht sagen, wie er es verloren hat. Aber es war nicht lang her. Paul hat es als Erster ausgesprochen: Der Vogel wird sterben. Wenn wir ihn losließen, würde er nur wieder irgendwo landen wollen und dann dort verenden. Er war dem Tod geweiht. Wir haben nicht lang gebraucht, um uns einig zu werden: Wir mussten dem Vogel einen schnellen Tod bereiten. Ohne Schmerzen."

„Das ist aber keine Tierquälerei", sagte sie.

„Sie haben recht. Aber die Geschichte geht weiter. Wir haben beschlossen, ihn im Kühlschrank erfrieren zu lassen."

Frau Novak musterte Baumgartner irritiert.

„Erfrieren ist ein schöner Tod, davon hatten wir gehört. Deshalb fanden wir das am klügsten. Bei mir zuhause haben wir den Vogel in einen großen Plastiksack gesteckt und ihn damit ins Eisfach gelegt. Heute glaube ich, dass er erstickt ist. Als wir eine Stunde später nachgeschaut haben, war der Vogel jedenfalls tot. Wir haben ihn direkt neben einer toten Katze beerdigt, die wir früher gefunden hatten."

„Das ist sonderbar, ich gebe Ihnen recht", sagte Novak. „Für Kinder auf jeden Fall. Aber ich bleibe dabei, es ist keine Tierquälerei. Vielleicht war es sogar das Vernünftigste, was Sie in dieser Situation tun konnten."

„Zwei Tage später waren wir mit unseren Fahrrädern auf dem Hühnerberg unterwegs. Wir haben in der Nähe ein lautes Krachen gehört und sind sofort hingefahren. Ein gelbes Auto ist im Wald gelegen, dampfend, mit aufgebogener Motorhaube, überall Splitter. Die Straße ist da schwer einsichtig, niemand hat den Unfall bemerkt. Wir haben uns vorsichtig genähert und haben plötzlich eine Stimme gehört. Es war der Fahrer, er war im Auto eingeklemmt und hat uns um Hilfe gebeten. Heute glaube ich, dass er betrunken war, aber damals merkte ich es nicht. Ein junger Bursche, wir kannten ihn sogar vom Sehen. Er war eingeklemmt und hat stark geblutet. Wir haben versprochen, Hilfe zu holen. Ich sollte laufen, und Paul wollte die Wunde am Arm abbinden, da war wohl eine große Arterie betroffen. Also bin ich gelaufen, als wäre es um mein Leben gegangen. Der Bauer, bei dem ich geklopft habe, hat sofort verstanden, worum es ging. Wir sind mit seinem Auto zur Unfallstelle gefahren, während seine Frau die Rettung gerufen hat. Doch als wir angekommen sind, waren wir zu spät, der Mann war verblutet."

Konzentriert hörte Annika Novak zu.

„Paul ist danebengestanden und hat diesen Blick gehabt. Ich kenne diesen Ausdruck gut, er hatte ihn öfter. Den gleichen Ausdruck hatte er, als wir den Vogel ins Gefrierfach gelegt haben."

Frau Novak nickte. „Was für ein Ausdruck war das?", fragte sie.

„Faszination", antwortete Baumgartner. „Natürlich hat uns niemand Vorwürfe gemacht, wir hatten getan, was wir konnten. Niemandem außer mir ist aufgefallen, dass kein Blut an seinen Händen gewesen ist. Er hat gar nie versucht, den Mann zu verbinden. Zwei Wochen später sind dann meine Eltern bei einem Autounfall ums Leben gekommen und ich bin zu meinem Großvater gezogen. Da habe ich Paul dann nur noch selten gesehen und wir haben uns aus den Augen verloren."

„Danke", sagte Novak, als sie sah, dass er fertig war, und sie schwiegen.

„Herr Baumgartner, ich habe Angst vor ihm", sagte sie schließlich.

Baumgartner war plötzlich hellwach. Schweigend wartete er darauf, dass sie fortfuhr.

„In Wirklichkeit kenne ich ihn überhaupt nicht. Selbst nach vier Jahren Ehe. Es fehlt etwas, doch ich weiß nicht, was. Ich glaube, das ist es, was ihn für mich so unwiderstehlich gemacht hat. Dass ich nie weiß, was er wirklich denkt. Ich habe das noch nie jemandem erzählt. Vermutlich wollte ich es mir nicht eingestehen, aber es ist so. Mein Mann macht mir Angst."

„Gibt es einen konkreten Grund? Hat er Sie je angegriffen?"

„Nein, das nicht. Genauer gesagt ... ich weiß es nicht sicher."

„Das müssen Sie erklären."

„Die Sache mit dem Zeh. Das ist etwas anders abgelaufen, als ich es erzählt habe."

18 Uhr 30

„Wir haben einen Durchbruch erzielt", eröffnete Meier die Besprechung. „Aber man kann wohl nicht sagen, dass die Lage einfacher geworden wäre."

Stefan Wilszek war gerade gekommen. Er trug noch den weißen Overall der Tatortgruppe, weil er bis zur letzten Minute in dem alten Gasthaus geblieben war.

„Bitte erzähl uns, was passiert ist, Stefan."

„Da ist ein Kühlraum hinter der Bar. Mehrere Menschen waren dort über Tage eingesperrt. Fünf bis sechs, würde ich sagen."

„Was sagt die Zeugin?", fragte Lafkowits.

„Sie hat ein Beruhigungsmittel bekommen und schläft", erklärte Meier. „Sobald sie aufwacht, befragen wir sie erneut. Bis dahin sollte auch der Dolmetscher da sein."

„Sie haben in dem Raum ihre Notdurft verrichtet, kein Kübel oder irgendwas, einfach auf den Boden."

„Was kannst du über ihren Zustand sagen?", wollte Meier wissen.

„Vor einer kleinen Durchreiche, die offen stand, haben wir Wassergläser gefunden. Ich denke, dass unsere kleine Zeugin ihnen zu trinken gegeben hat, bevor sie losgegangen ist, um Hilfe zu suchen."

„Kann es sein, dass sie sich befreit haben und geflohen sind?", fragte Lafkowits.

Wilszek verneinte. „Die Tür ließ sich nur von außen öffnen, das haben wir überprüft."

„Und wenn die Kleine sie hinausgelassen hat?"

„Möglich, aber unwahrscheinlich. Wenn ich das richtig gehört habe, hat sie allen erzählt, dass sie noch da drin sind. Sie fiel offenbar aus allen Wolken, als sie sah, dass die Tür offen war."

„Also hat sie jemand befreit?", fragte Ranftl ungeduldig.

„Dann wären sie zu uns gekommen, oder nicht? Um die Kleine zu suchen."

„Nicht unbedingt", sagte Ranftl.

Meier wurde laut.

„Das wünschen wir uns alle, Kollege, nicht nur Sie! Aber wenn sie nicht befreit wurden, sondern nur verlegt, dann haben wir im Prinzip eine Entführung. Und es deutet einiges darauf hin, dass wir es mit demselben Täter zu tun haben wie bei den Toten in den Fahrzeugen."

„Wenn man das so sieht, werden jeden Tag Tausende Menschen aus Syrien entführt und zu uns gebracht. Die sitzen längst in einem Bus auf dem Weg nach Deutschland. Geht uns nichts mehr an."

„Jetzt halten Sie endlich die Klappe!“, fauchte Meier.

„Ruhig!“, mahnte Lafkowits.

„Ich versuche doch nur zu helfen.“ Ranftl schien sich über Meiers Gefühlsausbruch zu amüsieren. „Einen anderen Blickwinkel aufzeigen.“

„Sie sprechen nur noch, wenn Sie gefragt sind, Bezirksinspektor Ranftl“, sagte Lafkowits.

Damit hatte dieser nicht gerechnet. Er starrte den Oberst irritiert an, verschränkte die Hände und lehnte sich zurück.

„Was ist mit dem Blut?“, fragte Meier.

Da verfinsterte sich Wilszeks Miene. „Keine schwere Verletzung. Aber auch kein Menstruationsblut oder Nasenbluten. Es gab einen Kampf, das zeigen die Spuren. Mehr kann ich noch nicht sagen, wir analysieren das Blut gerade.“

„Danke“, sagte Meier.

Wilszek stand auf, entschuldigte sich und verließ die Besprechung, um weiterzuarbeiten.

Meier nahm ihr Handy aus der Tasche. Sie hatte eine Nachricht bekommen.

„Der Dolmetscher ist da“, sagte sie. „Ich würde sagen, wir befragen zuerst noch einmal den Syrer, der sie hergebracht hat. Und dann müssen wir die Kleine aufwecken, es hilft nichts. Wir müssen diese Leute finden!“

19 Uhr

„Wir sind in eine andere Wohnung übersiedelt und haben Möbel geschleppt. Einen großen Schrank, eine steile Stiege hinunter. Mir war er eigentlich zu schwer, und er ist mir aus den Fingern gerutscht. An mehr kann ich mich nicht erinnern. Ob Sie es glauben oder nicht, als ich aufgewacht bin, war mein Zeh weg."

„Ist Ihnen der Kasten auf den Zeh gefallen?"

Sie nickte.

„Aber dann ist er natürlich nicht gleich weg, nicht wahr? Ich dürfte vom Schmerz ohnmächtig geworden sein, das passiert mir ab und zu. Ich ertrage Schmerzen nicht gut. Aufgewacht bin ich im Krankenhaus."

„Und da war Ihr Zeh weg?"

„Abgeschnitten. Paul hat gesagt, der Arzt hat ihn abnehmen müssen. Er war so kompliziert gebrochen, dass er nicht mehr durchblutet wurde."

„Von so etwas habe ich gehört. Aber ich habe nie jemanden getroffen, dem das wirklich passiert ist."

„Ich bin mir nicht sicher, ob es wirklich passiert ist."

Baumgartner beschlich eine schlimme Ahnung.

„In diesem Moment habe ich mir gar nichts dabei gedacht", fuhr sie fort. „Ich habe geweint. Es ist unheimlich, ein Körperteil zu verlieren, selbst wenn es nur ein Zeh ist. Den Zehennagel muss ich mir jetzt nie mehr schneiden, habe ich gedacht. Das weiß ich noch, das war das Schlimmste. Später, als ich länger mit Paul zusammen war, ist mir die Sache sonderbar vorgekommen. Ich war mehrmals drauf und dran, den Arzt von damals zu suchen."

„Um nachzufragen, ob der Zeh noch dran war, als er Sie in die Notaufnahme gebracht hat?"

„Und um zu fragen, welche Geschichte Paul ihm erzählt hat."

„Sie haben es aber nie getan?"

„Nein."

Baumgartner schwieg. Er glaubte zu verstehen, was sie ihm sagen wollte.

„Mein Mann ist schwer gestört", sagte sie. „Ich bin mir inzwischen sicher, auch wenn er es extrem gut kaschiert. Ich werde das Gefühl nicht los, dass es etwas mit seinem Stiefbruder zu tun hat. Fragen Sie mich nicht, wie ich darauf komme, es ist nur so ein Gefühl."

„Glauben Sie wirklich, dass Ralfs Geschichte für Paul so prägend war?"

„Ralfs Geschichte?"

„Ralf ist offenbar nie damit klargekommen, dass er adoptiert war. Aber ich frage mich, was es für Paul bedeutet hat. Ich hatte nicht das Gefühl, dass es ihm sehr nahegeht."

„Ich glaube, Sie verstehen das falsch, Baumgartner", sagte sie plötzlich. „Nicht Ralf war adoptiert, sondern Paul."

„Wie bitte?"

„Es ist wahr. Ralf war das leibliche Kind. Paul war adoptiert."

„Aber ... die Eltern haben Ralf doch immer vernachlässigt! Paul dagegen war ihr Liebling."

Sie sah ihn nachdenklich an. „Seltsam, nicht wahr?"

Plötzlich bekam Baumgartner eine Gänsehaut. Eine Familie, die ihr leibliches Kind vernachlässigt und ihre ganze Liebe dem Adoptivkind schenkt, einfach so. Ohne Grund, ohne Erklärung. Was hieß das für die Kinder? Was hieß das für ihre Vorstellung von Liebe?

„Sie müssen etwas tun", sagte sie. „Ich habe das Gefühl, es wird etwas sehr Schlimmes passieren."

„Das glaube ich auch", antwortete Baumgartner.

Er dachte nach. Bis vor einer halben Stunde hatte er nicht geglaubt, dass er die Sache vor Novaks Frau ansprechen würde, aber inzwischen hatten sich die Dinge geändert.

„Frau Novak, glauben Sie, Ihr Mann könnte etwas mit diesen Todesfällen von Flüchtlingen in den Lieferwägen zu tun haben?"

Novak sah ihn an, doch es war, als sei sie ganz weit weg. Sie schien nicht im Mindesten überrascht.

„Bitte finden Sie es heraus, Herr Baumgartner."

„Wo finde ich ihn?"

„Mir hat er gesagt, dass er im Büro ist. Aber das stimmt nicht. Um diese Zeit sitzt er manchmal am Mur-Ufer."

Baumgartner ließ sich den Ort genau erklären, dann bedankte er sich und stand auf. Novak machte keine Anstalten, ihn hinauszubegleiten oder zu verabschieden. Als Baumgartner bei der Tür war, drehte er sich noch einmal um.

„Was ich mich schon die ganze Zeit frage, Frau Novak, warum hängt eigentlich dieses Bild verkehrt herum?"

20 Uhr

Baumgartner saß in einer kleinen Kneipe in der Nähe von Pauls Wohnung und bestellte gerade das zweite Bier. Er konnte nicht klar denken, war zu aufgewühlt. Die verkehrten Bilder, „eine seiner Launen", wie Annika Novak es genannt hatte, die verrückte Geschichte mit Ralf, all das schwirrte in seinem Kopf herum.

Er musste Paul mit dem Verdacht konfrontieren, so viel stand fest. In Wirklichkeit glaubte er immer noch nicht, dass etwas dran war. Dass Paul wirklich Menschen in Fahrzeuge sperrte und dort verdursten ließ. Dieser Gedanke war so unerhört, dass Baumgartner ein schlechtes Gewissen bekam, wenn er es sich nur vorstellte. Andererseits hatte Pauls Frau ihn darin bestärkt, die Sache ein für alle Mal zu klären. Doch wie sollte er das anstellen?

Sein Handy lag vor ihm, Meiers Nummer hatte er bereits ausgewählt. Doch er rief sie nicht an. Was hätte er ihr sagen sollen? Wie seinen Verdacht begründen? Und was, wenn er unrecht hatte?

Nach dem zweiten Bier war er sich sicher: Er musste das alleine machen.

Wenn er nur seine Dienstwaffe noch gehabt hätte.

20 Uhr 20

Frau Novak hatte richtig vermutet. Als Baumgartner sich dem Fluss näherte, der hier langsam floss und nur leise rauschte, sah er eine Silhouette, die sich gegen das Wasser abzeichnete, in dem das Licht von Straßenlaternen glitzerte. Die sitzende Gestalt bewegte sich, drehte den Kopf.

„Franz. Wie hast du mich gefunden?"

„Deine Frau", sagte Baumgartner.

Er hörte ein Geräusch, das ein Lachen sein konnte.

„Sie weiß alles. Ich kann ihr nie etwas vormachen. War deine auch so?"

„Hm. Ich glaube, ich habe ihr nie etwas vorgemacht."

„Stimmt, das würdest du nie tun. Mein Fehler."

War da Ironie in Pauls Stimme? Baumgartner wurde nervös. Ahnte er etwas?

„Warum bist du hier?“, fragte Paul.

„Ich habe nachdenken müssen über die Dinge, die du gesagt hast. Dass du gestürzt bist. Ich weiß immer noch nicht genau, wie du es gemeint hast.“

Baumgartner erwartete, dass Paul sich rechtfertigte. Am Telefon hatte er geleugnet, dass er die Sache mit dem Stürzen ernst gemeint hatte. Doch nun schwieg er, starrte hinaus aufs Wasser.

„Ich habe gelogen, unlängst“, sagte er schließlich. „Dass ich keine Angst habe. In Wirklichkeit habe ich Panik.“

Paul sprach nicht gleich weiter. Die Worte schienen ihn Überwindung zu kosten. Er presste sie hervor.

„Nicht, dass ich etwas verlieren oder sterben könnte. Das kümmert mich nicht. Die Panik kommt oft ganz plötzlich und sie hat keinen Grund, das ist das Schlimmste.“

„Mir kommt es nicht so vor, als ob du keinen Grund hättest, Angst zu haben.“

„Ich denke manchmal darüber nach, mich umzubringen“, sagte Paul plötzlich. „Der Gedanke schockiert mich überhaupt nicht.“

Warum tust du es dann nicht?, wollte Baumgartner fragen, aber er verkniff es sich. Es hätte ihn ehrlich interessiert, aber er verstand, dass er das jetzt nicht fragen durfte.

„Ich kann mit niemandem darüber reden, schon gar nicht mit meiner Frau“, fuhr Paul fort. „Es ist grauenhaft.“

Baumgartner nahm eine Veränderung in der Stimme wahr. In der Dunkelheit konnte er Paul nur schlecht sehen. Weinte er?

„Franz, ich hab solche Angst.“

„Ich glaube, ich verstehe dich“, sagte Baumgartner, der nun sicher war, dass Paul mit den Tränen kämpfte. „Ich habe dich immer schon verstanden.“

Er erkannte, dass nun der Zeitpunkt war, auf den er so lange gewartet hatte. Nun musste er den Dingen auf den Grund gehen.

„Ich glaube, du hast etwas Schlimmes getan, Paul. Deshalb bin ich hier. Weil es mir keine Ruhe lässt. Seit Jahren beschäftigt es mich. Es hat mich alles gekostet, was ich habe.“

„Und wenn es so wäre?“, gab Paul zurück. „Wen geht das etwas an? Ich habe so vielen Menschen die Haut gerettet, dass ich sie nicht mehr zählen kann. Was hat der Normalbürger, der mit seinem Bier vor dem Fernseher sitzt, je für andere getan?“

„Die Toten im Lieferwagen.“

„Ja“, sagte Paul.

Baumgartner nickte. Er spürte plötzlich eine tiefe Zufriedenheit, die alle anderen Gefühle zudeckte, die Nervosität, seine Probleme, sogar die Erschütterung über das Verbrechen.

„Einmal habe ich einen Lieferwagen vergessen. Das lag daran, dass ich so überarbeitet war. Ich war völlig fertig, habe Tag und Nacht nur gearbeitet, weil ich jeden retten wollte!“

Die Bedeutung der Worte erschloss sich Baumgartner erst allmählich. Ihre Ungeheuerlichkeit. Er hatte diese Menschen vergessen?

„Du hast es wieder getan. Mit Absicht.“

Paul dachte nach, bevor er antwortete.

„Ich würde nicht versuchen, das irgendjemandem außer dir zu erklären, Franz. Aber ich weiß, dass du mich verstehen kannst. Du bist der Einzige, der wirklich weiß, was es heißt, gut zu sein. Dass es nicht um die Reinheit der Gefühle geht, sondern um das nackte Überleben. Dafür musst du kein fehlerloser Mensch sein. Wir machen das ja nicht für Gotteslohn, dieses Aufopfern, wir sind Atheisten. Das Gute ist gut, das Schlechte schlecht, aus. Mehr gibt es nicht. Schau dir die anderen Leute an, wie erbärmlich sie sind."

„Es geht hier nicht um die anderen, Paul, es geht um dich."

„Warum beschäftigst du dich mit mir? Ich bin doch unbedeutend! Die Welt ist aus den Fugen, das Zeitalter der Menschlichkeit ist vorbei! Die Leute in Mitteleuropa sind die Letzten, die es noch nicht mitbekommen haben. Bei uns glauben immer noch alle, dass alles gut wird. Wird es nicht! Wir haben in Saus und Braus gelebt und uns den Bauch vollgeschlagen und dabei noch geglaubt, wir wären Idealisten, dieser Luxus stehe allen zu, aber wir müssten unseren nicht hergeben. Party und Diskurs, hey, Idealismus ist jetzt hip! Kein Wunder, dass die Islamisten Spaß daran haben, uns zu terrorisieren. Hallo, ihr Ungläubigen, willkommen in der Wirklichkeit!"

„Aber warum hast du es getan? Du wolltest diesen Menschen doch helfen!"

„Ich habe manchmal diese Phasen, wo ich Fehler mache. Haarsträubende Fehler. Hin und wieder glaube ich, fast übermenschliche Kräfte zu haben, dann kann ich so gut wie alles erreichen. Und dann wieder passieren mir Dinge."

„Aber das zweite Auto! Es ist dir doch nicht noch einmal *passiert*?"

„Ich wusste zuerst nicht, wohin mit dem Lieferwagen. Ich wollte ihn irgendwo entsorgen, aber dann konnte ich nicht anders. Ich musste nachsehen. Damals waren sie noch nicht lange tot."

„Es hat dich fasziniert."

„Das Recht des Stärkeren. In einer Miniaturwelt, die auf das Wesentliche reduziert ist. Aufs Überleben!"

„Sie haben sich gegenseitig verletzt. Ich habe es gelesen."

„Wie in der wirklichen Welt, nur kleiner. Ehrlicher."

„Und deshalb hast du es wieder getan? Um das wieder zu sehen?"

„Ich wollte sie befreien. Ich wollte wirklich. Aber ich habe es hinausgeschoben, immer wieder. Ich wollte aufmachen, das musst du mir glauben! Ich bin an der Seitenwand gelehnt und habe gehorcht, ganz leise, damit sie mich nicht hören. Da haben sie noch gelebt. Ich hatte an diesem Tag den festen Vorsatz, sie freizulassen! Aber ich konnte einfach nicht."

„Warum nicht? Warum?"

„Etwas hat mich daran gehindert! Als hätte mein wahres Ich die Kontrolle zurückgefordert, nachdem ich es so lange unterdrückt habe. Diese Kraft war so stark, das kannst du nicht verstehen, wenn du es nicht selbst gespürt hast! Diese Tage habe ich wie in Trance verbracht. Irgendwann habe ich mich einfach nicht mehr getraut, aufzumachen."

„Weil du vermutet hast, dass sie schon tot sind? Oder weil sie zur Polizei gegangen wären?"

Paul schien die Frage gar nicht zu hören.

„Es klingt ekelhaft, nicht wahr?", fuhr er fort. „Hast du überhaupt eine Idee, wie ich leide? Es ekelt mich vor mir selbst. Und weißt du was? Ich werde es wieder tun, wenn mich niemand daran hindert." Er lachte auf.

„Aber, ganz ehrlich: Ich will nicht ins Gefängnis. Ich will leben! Findest du nicht, ich habe ein Recht darauf?“

„Was du getan hast, ändert alles. Sie werden dich erwischen. Ich habe sogar das Gefühl, du wolltest erwischt werden.“

Baumgartner hörte ein Geräusch, das er nicht gleich zuordnen konnte. Dann verstand er, dass er den Hahn einer Pistole gehört hatte, der gespannt worden war. Seine Nackenhaare richteten sich auf.

Ich bin in eine Falle gelaufen, dachte er. Warum habe ich das getan?

Baumgartner hörte ein Schluchzen, dann noch eines. Er hörte, wie etwas Schweres auf den Boden fiel. Hatte Paul gerade die Pistole fallengelassen?

Er weinte leise, während Baumgartner versuchte zu erkennen, was da auf dem Boden lag. Hatte er sie absichtlich fallengelassen? Wie würde er reagieren, wenn Baumgartner danach griff? Schließlich beugte er sich hinunter und tastete danach. Es spürte die Pistole und hob sie auf.

„Du musst es tun“, sagte Paul. „Ich schaffe es nicht. Ich habe es schon versucht, es ging nicht.“

„Was willst du eigentlich von mir?“, fragte Baumgartner.

„Das weißt du genau.“

„Du glaubst doch nicht, dass ich dich erschieße? Du musst vor ein Gericht, daran führt kein Weg vorbei.“

„Ich gehe nicht ins Gefängnis, kannst du vergessen. Ich habe ein Flugticket zurück nach Afrika. Dort kriegen sie mich nie.“

Baumgartner schloss seine Faust fester um den Pistolengriff. Doch er verstand schnell, dass er keine Mittel hatte, um Paul unter Druck zu setzen.

„Gib mir das Ticket."

„Ich denk nicht dran."

„Ich werde nicht auf dich schießen, Paul. Ich bin doch nicht wahnsinnig."

„Du kannst danach einfach weitertrinken und einen auf unzurechnungsfähig machen. Du weißt, dass du es tun musst. Es ist die einzige Lösung."

Baumgartner rührte sich nicht.

„Feigling", sagte Paul. „Du bist wie die anderen. Brav, kannst dir nichts vorwerfen. Aber das ist zu wenig, und du weißt es. So viel Mitleid, so viel Anteilnahme! Aber nur, wenn es euch ins Konzept passt."

„Sei still."

Paul lachte.

„Franz, du erbärmliches Weichei. Du kannst es wirklich nicht, oder? Was glaubst du denn, was ich in Afrika tue? Glaubst du, ich bin dort ein besserer Mensch? Das liest du bei uns dann nicht in der Zeitung. Und du machst dich schuldig, Franz. Ich werde es ihnen ausrichten. Dass es einen Mann in Europa gibt, der zu schwach war, sie zu schützen. Der sich an einem falschen Bild von der Welt festklammert, und dass sie deshalb sterben müssen."

„Hör jetzt auf!"

„Das gelbe Auto. Damals hast du es schon gespürt, nicht wahr? Du hast viel zu lange gewartet. Bist Polizist geworden, um dein Gewissen zu beruhigen. Dabei hättest du mich zur Strecke bringen müssen, nur mich! Doch das hast du dich nicht getraut, und du traust es dich noch immer nicht. Obwohl du nichts mehr zu verlieren hast, obwohl du ganz unten bist. Räuber und Gendarm, Franz. Und ich gewinne. Wie immer."

Der Schuss war ohrenbetäubend. Wie durch Watte hörte Baumgartner einen dumpfen Laut, als Pauls Körper umkippte. Mehrere Hunde hatten zu bellen begonnen, doch nach kaum einer Minute hörten sie wieder auf.

23 Uhr

Baumgartner saß am Küchentisch. Darauf standen zwei Schnapsflaschen, eine leer, eine voll. Daneben lag die Pistole.

Er trank den Schnaps aus einem Wasserglas. Die erste Hälfte der offenen Flasche hatte er schnell getrunken, nun waren die Pausen größer. Zwischendurch starrte er auf einen Punkt an der Wand.

Baumgartners Kopf war leer. Belanglose Dinge kamen ihm in den Sinn, buhlten um Aufmerksamkeit, doch sie drangen nicht bis in sein Bewusstsein vor. Der eine Gedanke, der ihn die letzten Monate verfolgt hatte und in Wirklichkeit einen großen Teil seines Lebens, war nun fort und hatte eine Leere hinterlassen, die sich nie mehr würde füllen lassen. Wie ein Kuckucksküken hatte er alles andere aus Baumgartners Geist verdrängt, seinen Beruf, seine Ehe, seine Gesundheit. Nun war der Kuckuck flügge geworden und hatte Baumgartner allein zurückgelassen.

Auch der Alkohol war nicht mehr wichtig, er trank ihn aus Gewohnheit. Ein Gerüst aus Gewohnheiten, mehr war von seinem Leben nicht geblieben. Man musste nicht am Straßenrand warten, bis die Autos vorbeigefahren waren, weil sie einen sonst über den Haufen fuhren. Man wartete, weil man es immer so getan hatte. Über den Haufen gefahren zu werden hätte keinen Unterschied gemacht.

Baumgartner griff nach der vollen Flasche und zog sie näher zu sich heran. Er tastete nach dem Schraubverschluss und öffnete ihn. Doch statt sich einzuschenken, sah er die Flasche nur an. Dann griff er nach der Pistole und setzte sich die kühle Mündung an die Schläfe.

23 Uhr 30

Kevin Hiebler stand auf seinem Balkon und rauchte einen Joint.

Es war lange her, dass er den letzten geraucht hatte. Wenn das seine Vorgesetzten mitkriegten, konnte es das Ende seiner kurzen Laufbahn bedeuten. Er war sich nicht einmal sicher gewesen, ob er noch etwas zu rauchen hatte, aber dann hatte er die Dose auf seinem Bücherregal gefunden, komplett mit Papers, versteckt hinter einer Anthologie von Ilija Trojanow zum Thema Anarchie. Danach hatte er nur noch eine Packung Zigaretten vom Automaten auf der Straße holen müssen für den Tabak.

Trotz der Fortschritte war der Tag beschissen gewesen. Zu wissen, dass irgendwo da draußen Menschen gefangen waren und ihre Hilfe brauchten, machte die Zusammenarbeit mit Ranftl und seinen Männern umso schlimmer. Sie verzögerten die Arbeit eher, anstatt sie zu beschleunigen. Ranftl nutzte jede noch so kleine Gelegenheit für seine Intrigen, den Versuch, sich selbst in Szene zu setzen, Meiers Autorität zu untergraben und ihn, Hiebler, aufs Abstellgleis zu befördern. Das beherrschte er richtig gut. Hiebler war inzwischen der Meinung, dass sie ohne die drei schneller gewesen wären.

All das machte ihn so zornig, dass er nun nicht schlafen konnte, obwohl er völlig fertig war. Nun merkte er, wie das Gras seine Wirkung tat und ihn endlich beruhigte. Doch statt müde zu werden, kam ihm eine Idee. Als er den heruntergebrannten Stummel ausgedämpft hatte, ging er hinein, um den USB-Stick zu suchen, den Baumgartner ihm gegeben hatte. Er steckte ihn an seinen Laptop und begann, sich den Inhalt anzusehen. Dateien mit Nummern, unbekanntes Format. Er öffnete sie mit einem Texteditor und fand zwischen unverständlichen Zeichen einige Wortfetzen.

Es war sinnlos. Er allein würde das nicht schaffen.

Er musste Oliver Brink anrufen.

Dienstag, 8 Uhr

Mario Sukitsch, der ehemalige Leiter der Abteilung für Gewaltverbrechen des Landeskriminalamts Steiermark, las gerade ein Buch, als Little John, der größte Wärter, seine Zellentür aufschloss.

„Guten Morgen, Mario. Kann ich dich einen Moment sprechen?"

Sukitsch sah von seinem Buch auf. Etwas am Ton des Wärters war sonderbar. Little John hatte ihn geduzt, so wie früher. Sie waren Freunde gewesen, bevor Sukitsch ins Gefängnis gekommen war, doch seither hatte er ihn immer gesiezt. Sukitsch hatte das als Geste der Enttäuschung interpretiert. Aber diesmal war etwas anders.

„Was ist los? Gibt es ein Problem?"

„Unten ist Besuch für dich."

„Besuch? Um diese Zeit? Das ist doch gar nicht erlaubt?"

„Ist es auch nicht."

„Wer ist es denn?"

„Franz Baumgartner. Stockbesoffen, wenn du es genau wissen willst. Normalerweise hätte ich die Polizei gerufen, aber ... na ja."

„Du glaubst, es könnte wichtig sein?"

„Ich weiß nicht, ob ich das beurteilen kann."

Sukitsch nickte. „Darf ich ihn sehen?"

„Ausnahmsweise. Nur eine Bitte habe ich."

„Ja?"

„Lass es mich nicht bereuen."

Little John hatte recht gehabt. Franz Baumgartner war in erbärmlichem Zustand. Sein Gesicht war aufgedunsen, die Augen gerötet und glasig. In seinem braunen Anzug stank er wie ein Obdachloser, und die Schnapsfahne war schon aus einigen Metern Entfernung zu riechen.

„Franz“, sagte Sukitsch. „Schön, dich zu sehen.“

Baumgartner reagierte nicht auf die Begrüßung.

„Es tut mir leid, dass ich dich belästige“, nuschelte er leise. „Aber ich wusste nicht, wohin ich sonst gehen sollte.“

Das Sprechen fiel ihm sichtlich schwer, aber er schien bei Sinnen zu sein.

„Natürlich. Du kannst immer kommen. Ist etwas passiert?“

Baumgartner zögerte. Sukitsch versuchte, in seinem Gesicht zu lesen. Das war immer schon schwierig gewesen, aber der Alkohol hatte seine Züge so weich gemacht, dass überhaupt kein Ausdruck mehr darin zu sein schien.

„Ich habe jemanden umgebracht“, sagte Baumgartner.

Es traf Sukitsch wie ein Schock. Er glaubte, die Geschichte schon zu kennen, obwohl Baumgartner noch kein Wort gesagt hatte.

Selbstjustiz. Franz Baumgartner war zu weit gegangen.

Sukitsch schluckte. „Was ist passiert?“

„Als ich weg war, als du mich krankgeschrieben hast. Damals habe ich jemanden gesucht. Jemanden aus meiner Vergangenheit. Ich habe ihn gefunden. Und nun habe ich ihn erschossen.“

„Aber warum?“, fragte Sukitsch fassungslos.

„Weil er schreckliche Dinge getan hat und sonst davongekommen wäre.“

Sukitsch wartete auf eine Erklärung, doch er bekam keine.

„Als du mich in die Mordgruppe geholt hast, hast du gesagt, ich werde einfahren. Ich werde es nicht schaffen. Was hast du damals gemeint?"

Sukitsch stieß langsam die Luft zwischen den Zähnen aus.

„Das ist lange her", sagte er. „Ich weiß es selbst nicht mehr so genau. Aber ich glaube, ich habe mich gefragt, ob du damit klarkommst. Ob du dich abgrenzen kannst, professionell, verstehst du?"

„Ob ich die Polizeiarbeit nur als Beruf betrachten kann."

„Genau."

„Ich glaube, du hast recht gehabt."

„Ich war der festen Überzeugung, dass du es schaffst", rechtfertigte sich Sukitsch. „Sonst hätte ich dich nicht eingestellt! Das war damals nur so dahergeredet."

„War es nicht. Du hast mit mir gespielt. Das hast du doch einmal selbst zugegeben."

Sukitsch widersprach nicht.

„Was willst du jetzt tun?", fragte er stattdessen. „Wirst du dich stellen?"

Baumgartner schüttelte den Kopf. „Ich glaube nicht."

„Ich weiß ja nicht, was genau passiert ist, aber vielleicht ist es nicht so schlimm? Es gab keine andere Lösung, sagst du? Vielleicht war es Notwehr?"

„Er war unbewaffnet", sagte Baumgartner.

Erst nach und nach sickerte das Ausmaß der Angelegenheit zu Sukitsch durch.

„Ach Franz", seufzte er. „Von wem reden wir hier überhaupt?"

„Hast du von diesen Flüchtlingen gelesen, die verdurstet sind?“

Sukitsch fiel die Kinnlade hinunter. „Den hast du gefunden? Den Schlepper? Die Mordgruppe sucht verzweifelt nach ihm! Sie haben sogar Verstärkung bekommen! Wie bist du auf ihn gekommen?“

„Ich kenne ihn von früher.“

Sukitsch dachte nach. Konnte das stimmen? Die Geschichte klang unglaublich. Hatte Baumgartner nun völlig den Verstand verloren? Doch etwas sagte Sukitsch, dass das nicht der Fall war. Dass in diesem gebeutelten, an sich selbst verzweifelnden Menschen immer noch der Franz Baumgartner steckte, den er kannte. Der beste Polizist, den er je getroffen hatte. Dass er nach wie vor auf der Jagd war – und besser denn je. Er ertappte sich dabei, dass er beeindruckt war. Wieder einmal.

„Wenn das wirklich stimmt“, sagte Sukitsch, „dann haben wir ein riesiges Problem.“

„Wieso?“

„Weißt du es nicht? Die Sache ist noch nicht vorbei, er hat immer noch Menschen in seiner Gewalt, mindestens fünf, deren Aufenthaltsort sie nicht kennen. Wie sollen sie die denn finden, wenn er nicht mehr lebt?“

9 Uhr

Erst war Freude in Meiers Gesicht, als Baumgartner in der Kanzlei der Mordgruppe auftauchte. Doch als sie genauer hinsah, verschwand das Lächeln und machte Platz für Mitleid.

„Franz“, sagte sie. „Schön dich zu sehen! Wie geht es dir?“

Baumgartner schien zu überlegen, was er darauf antworten sollte.

„Der Mann, den ihr sucht“, sagte er stattdessen, „habt ihr schon eine Spur?“

Meier seufzte. „Das ist schwer zu erklären. Wir sind dran, so viel kann ich sagen. Ich wollte, dass deine Suspendierung aufgehoben wird, das musst du wissen. Ich habe mich dafür eingesetzt, aber es hat nicht funktioniert. Tut mir leid.“

„Schon in Ordnung“, sagte Baumgartner.

„Wir schaffen es, Franz. Es geht schon. Schau du, dass du wieder auf die Beine kommst. Es wird schon wieder! Du darfst nur nicht aufgeben, okay?“

Meier versuchte zu lächeln.

„Ich habe jetzt leider keine Zeit, wir stehen unter Druck.“

„Wegen der gefangenen Flüchtlinge.“

„Ja, wegen denen.“

„Ich weiß, wer es getan hat“, sagte Baumgartner.

Rainer Swoboda, der hinter Meier auf seinem Schreibtisch saß, sah auf. Sonst war die Kanzlei der Mordgruppe leer.

„Wie meinst du das?“, fragte Meier.

„Ich habe ihn gestern getroffen“, sagte Baumgartner. „Er hat mir alles gestanden.“

„Wer, bitte?“

„Ein Jugendfreund von mir. Ich habe seit Jahren nach ihm gesucht.“

„Ein Jugendfreund von dir ist der Mann, den wir suchen?“, fragte Meier ungläubig.

Baumgartner nickte. „Leider ist er tot.“

„Tot? Wie, tot?“

„Ich habe ihn erschossen.“

„Hier muss es irgendwo gewesen sein“, sagte Baumgartner. „Ich bin mir sicher.“

„Hier ist aber nichts“, antwortete Meier.

Baumgartner stand am Mur-Ufer im hohen Gras und blickte sich um. Bei Tageslicht sah alles ganz anders aus. War er sich tatsächlich sicher?

„Und du hast ihn getroffen? Hast du das genau gesehen?“

Baumgartner zögerte. „Es war dunkel. Er ist ins Gras gefallen, dann war es still.“

„Meine Güte, Franz, du hättest seinen Puls fühlen müssen, die Rettung rufen! Was ist nur los mit dir? Warum hast du überhaupt geschossen?“

Baumgartner sah noch elender aus als zuvor. Er hatte keine Antwort.

„Bist du sicher, dass du das nicht geträumt hast? Wir müssten doch zumindest die Patronenhülse finden, aber da ist nichts.“

„Das kann Stunden dauern in dem hohen Gras“, sagte Wilszek, der mit seinen beiden Mitarbeitern bei der Suche half.

Meier seufzte. „Ich habe keine Zeit für diesen Scheiß“, murmelte sie.

Sie wandte sich an Wilszek.

„Eine halbe Stunde. Wenn ihr dann nichts findet, lasst es gut sein. Ich muss jetzt los.“

Sie winkte Hiebler, der etwa hundert Meter flussabwärts suchte.

Baumgartner sah sie entsetzt an.

„Was?“, fragte Meier.

„Du glaubst mir nicht?“

Meiers Ausbruch kam ganz plötzlich.

„Was erwartest du denn? Ha? Tauchst hier auf und erzählst mir beiläufig, ach ja, den Mörder, den kenn ich von früher, der war immer schon so komisch, da hab ich ihn besucht, und er hat mir gleich gestanden, dass er es getan hat. Und weißt du was, da hab ich ihn einfach erschossen! Mit einer Pistole, die er mir gegeben hat, weil Dienstwaffe habe ich ja keine mehr. Weil ich suspendiert bin! Weil ich Alkoholiker bin und mein Leben nicht mehr auf die Reihe krieg! Weil ich jeden Realitätsbezug verloren habe!"

Die letzten Worte hatte sie geschrien. Tränen liefen ihre Wangen herunter. Sie sah Baumgartner an und wartete auf eine Reaktion. Als keine kam, wandte sie sich ab und hastete mit großen Schritten zum Auto.

10 Uhr 30

„Franz?"

Wilszek stand hinter Franz Baumgartner, der an der Uferböschung auf einem Stein saß und weit weg zu sein schien.

„Wir haben nichts gefunden, Franz. Ich muss jetzt fahren. Willst du mitkommen?"

Träge drehte sich Baumgartner um und schüttelte den Kopf.

„Wie du meinst, Franz", sagte Wilszek und ging.

Auf dem Weg zum Auto nahm er sich vor, mit Meier über Franz Baumgartner zu sprechen.

Er machte sich große Sorgen um ihn.

Baumgartner ließ das Handy gute fünf Minuten klingeln, bevor er es aus der Tasche holte. Er war nie ein Fan von Mailbox-Nachrichten gewesen, deshalb hatte er diesen Service abbestellt, also hörte sein Mobiltelefon nie auf zu klingeln, solange der Anrufer nicht auflegte.

„Herr Baumgartner? Hiebler hier. Darf ich Sie etwas fragen?"

Baumgartner grunzte, was Hiebler als Ja zu interpretieren schien.

„Haben Sie eigentlich ein Bild von Ihrem Jugendfreund?"

Baumgartner räusperte sich. „Ja", sagte er.

„Können wir uns treffen? Ich würde mir das gerne ansehen."

„Darf ich Sie dann auch um etwas bitten?"

11 Uhr

Hiebler hatte Bauchweh bei der Sache. In einem schwachen Moment hatte er Baumgartners Wunsch nachgegeben, doch nun bereute er es bereits. Unbemerkt hatte er die wichtigsten Ermittlungsakten kopiert und bei einem kurzen Treffen dem verwahrlosten Ex-Polizisten übergeben. Eine weitere Gratwanderung, die ihn seinen Job kosten konnte. Es war nicht einmal ein bewusstes, gut überlegtes Risiko gewesen, das er da eingegangen war. Baumgartner hatte ihm einfach leidgetan, deshalb hatte er ihm versprochen, die Akten zu kopieren. *Was tust du da eigentlich*, hatte er sich gefragt, gleich, nachdem er aufgelegt hatte. Bei dem Treffen hatte er Baumgartner einen Stapel Papier übergeben und dabei verstohlen um sich geblickt. Bekommen hatte er dafür ein einziges Foto. Mit diesem in der Hand war er nun auf dem Weg in die Kinderklinik des Landeskrankenhauses. Frau Schatz hatte zwar verboten, der minderjährigen Zeugin weitere Fragen zu stellen. Die Kleine sei traumatisiert, eine Stunde Befragung müsse genügen. Doch Hiebler musste ihr das Foto zeigen.

Meier hatte Baumgartner abgeschrieben, und er konnte es ihr nicht verdenken. Aber er wollte unbedingt sichergehen.

„Und Sie sagen, wir sind angemeldet?", fragte der Dolmetscher, dem die Sache nicht geheuer war. Er hatte bei der Befragung Hanis übersetzt und das Gespräch mit Frau Schatz mitbekommen, ebenso wie Meiers Zusicherung, ihr zumindest 24 Stunden Ruhe zu gönnen.

„Ja, es wird nur ganz kurz dauern. Wir sind gleich wieder draußen."

„Das ist keine Antwort!"

„Ja, wir sind angemeldet, natürlich sind wir angemeldet!"

In Wirklichkeit hatte Hiebler sich bereits ein Dutzend unterschiedliche Ausreden zurechtgelegt, doch er war nicht überzeugt, dass auch nur eine von ihnen funktionieren würde, wenn jemand nachfragte. Als sie das Krankenhaus betraten und am Schalter nach dem Zimmer mit der kleinen Syrerin fragten, stellte sich heraus, dass seine Sorgen unbegründet gewesen waren. Sie bekamen die Zimmernummer problemlos und gingen einfach hinauf in den ersten Stock.

Als sie das Zimmer betraten, in dem sechs zu große Betten standen, wurden sie von Hanis großen, neugierigen Augen begrüßt. Als sie den Dolmetscher erkannte, lächelte sie kurz und schüchtern. Es schien ihr gut zu gehen. Schatz hatte ihr erklärt, dass man dank ihrer Hilfe ihre Mutter und die anderen sicher bald finden würde. Das hatte geholfen.

Der Dolmetscher unterhielt sich kurz mit ihr.

„Sie will wissen, ob man sie schon gefunden hat", erklärte er dann.

Scheiße, dachte Hiebler.

„Sagen Sie ihr, wir sind ganz knapp dran", sagte er. Das war womöglich gelogen, aber es war andererseits auch ehrlich, weil Hiebler es selbst glauben wollte. Es musste einfach so sein.

Als der Dolmetscher für Hani übersetzte, strahlte sie. Hiebler hatte einen Knoten im Hals.

„Zeigen Sie ihr das Foto und fragen Sie sie, ob sie den Mann darauf kennt."

Sobald Hanis Blick auf das Bild fiel, verfinsterte sich ihre Miene. Da war keine Angst in ihrem Blick, nur ein großer Ernst, der fast komisch wirkte in diesem Kindergesicht, als würde sie Theater spielen.

Sie nickte. Dann sprach sie lange.

„Was hat sie gesagt?", fragte Hiebler.

„Dass das der Mann ist, der die Bilder verkehrt aufgehängt hat. Dass er sie in den Kühlraum gebracht hat."

Fluchtartig verließen sie die Klinik. Hiebler holte sein Handy heraus, um Meier anzurufen.

11 Uhr 30

„Wie, sagst du, heißt der Mann?"

„Paul Novak", antwortete Hiebler.

„Und das ist wirklich ein Jugendfreund von Franz?“, fragte Meier.

„Was fragst du mich das?“, gab Hiebler gereizt zurück. „Frag ihn!“

Meier wählte erneut Baumgartners Nummer.

„Immer noch ausgeschaltet. Scheiße!“

Sie sah aus, als würde sie gleich losheulen. Baumgartner hatte recht gehabt, und sie hatte ihm nicht geglaubt. Das bereute sie nun zutiefst.

„Caroline, kann ich dich unter vier Augen sprechen?“

„Das ist nicht dein Ernst“, sagte sie, als sie vor dem Landeskriminalamt standen und Hiebler ihr erklärt hatte, dass Baumgartner nun Kopien der Ermittlungsakten hatte. „Das heißt, er sucht jetzt selbst nach den Leuten?“

„Ich befürchte es. Woher hätte ich wissen sollen, dass er sein Handy ausschaltet?“

Meier sah aus, als wollte sie Hiebler eine Standpauke halten, doch sie blieb stumm. Sie war im Moment die Letzte, die über die Fehler anderer schimpfen durfte.

„Was sollen wir jetzt machen?“, fragte Hiebler.

„Gar nichts machen wir. Franz wird sich melden, wenn er sie findet. In Wirklichkeit ist mir lieber, er sucht nach den Flüchtlingen, als dass er sich etwas antut.“

Hiebler war erleichtert. Er sah das genauso.

„Falls er sie findet, wird Sonnleitner halt wissen wollen, woher er die Informationen hatte. Das wird dann interessant.“

„Ich weiß“, sagte Hiebler. „Dann bin ich meinen Job los. Aber vielleicht ist es das wert.“

Meier klopfte ihm auf die Schulter. „Das kriegen wir schon irgendwie hin. Wir müssen sowieso schneller sein als er. Ein ganzes Team mit Ermittlern, das werden wir wohl schaffen."

Da war sich Hiebler allerdings nicht so sicher.

13 Uhr

Franz Baumgartner hatte eine halbe Flasche Wein getrunken. Nun fühlte er sich ruhig genug, um mit der Arbeit zu beginnen. Der Wein half ihm, das unwirkliche Erlebnis von letzter Nacht zu verdrängen und sich auf das Hier und Jetzt zu konzentrieren. Dass er ins Gefängnis kommen würde, sobald man Pauls Leiche fand, war klar, aber noch hatte er Zeit.

Dies war der Abschluss seiner letzten Ermittlung.

Auf dem Küchentisch hatte er die Akten aufgelegt und las nun konzentriert eine nach der anderen durch. Was er las, bedrückte ihn, mehr noch als die Zeitungsartikel mit ihrem professionellen Pathos und den immer gleichen Worthülsen. Nun, da er von den Verletzungen der Leute aus dem Lieferwagen las, verstand er erst, was Paul gemeint hatte. *Eine Miniaturwelt.*

Baumgartner konnte immer noch nicht glauben, dass sie sich wirklich gegenseitig etwas angetan hatten. Alle im gleichen Boot, in einer aussichtslosen Situation, die langsam die Hoffnung verloren. Warum hielten sie nicht zusammen? Warum machten sie sich das Leben zur Hölle, statt sich mit der Möglichkeit des Todes zu konfrontieren und einander beizustehen?

Bei der Fahrzeugbeschreibung des Lieferwagens blieb er hängen. Er hatte solche Lieferwägen in letzter Zeit gesehen. Nur wo?

Erst als er die Weinflasche zur Gänze geleert hatte, fiel es ihm ein.

14 Uhr

Dunstwolken stiegen vom Schlachthof auf, als Baumgartner dort eintraf. Ein leerer Tiertransporter fuhr vom Gelände und reihte sich in den Verkehr ein. Es roch nach Schweinegülle.

Hier waren sie gewesen, er war sich sicher. Zwei weiße Lieferwägen, genau wie jener aus den Akten. Es konnte Zufall sein, doch eine Ahnung sagte ihm, dass Paul ihn absichtlich hierhergeführt hatte, direkt an den Fahrzeugen vorbei. Vielleicht waren sogar Menschen darin gewesen? Auf jeden Fall keine lebenden, die hätte man gehört.

Nun wirkte das Gelände verlassen, ein einziger PKW stand zwischen den Hallen.

Baumgartner suchte die Tür, durch die er mit Paul den Schlachthof betreten hatte, und drückte die Klinke hinunter. Sie war nicht versperrt.

Das Büro war diesmal unbesetzt, also durchquerte er den Raum und betrat die verflieste Halle, in der die Tiere zerlegt wurden. Die Luft war dunstig, und ein ganzes Schwein lag auf einem Metalltisch, als hätte man es vergessen. Auch hier war keine Menschenseele zu sehen.

Baumgartner ging tiefer in den Saal. Da entdeckte er am anderen Ende des Raumes eine Person, die zwischen aufgehängten Schweinehälften stand. Der Mann sah zu ihm herüber, und sie gingen aufeinander zu.

„Entschuldigen Sie“, begann Baumgartner, „ich bin ein Freund von Paul Novak. Wissen Sie, ob er in letzter Zeit hier war?“

„Novak? Kenn ich nicht. Wer soll das sein? Arbeitet er hier?“

„Nicht direkt“, sagte Baumgartner. „Früher. Aber er kommt ab und zu hierher.“

„Keine Ahnung, wen Sie meinen“, sagte der Mann, „aber gehen Sie am besten ins Büro und fragen Sie dort. Hier dürfen Sie eigentlich gar nicht rein.“

„Ich suche einen weißen Lieferwagen. Er gehört Paul Novak. Unlängst hat er ihn hier auf dem Gelände geparkt.“

Der Mann schüttelte nur den Kopf. „Im Büro kann man Ihnen sicher helfen.“

„Danke“, sagte Baumgartner. Es würde ihm wohl nichts anderes übrig bleiben, als zurückzugehen und zu warten, bis das Büro wieder besetzt war.

Der Mann verließ die Halle durch eine Tür, während Baumgartner zurück zum Büro ging. Als er die Bürotür fast erreicht hatte, hörte er ein seltsames Röcheln hinter sich. Bevor er sich umdrehen konnte, traf ihn ein wuchtiger Schlag an der Schulter und ein brennender Schmerz breitete sich aus. Baumgartner ging zu Boden, schlug auf den Fliesen auf, weil sein rechter Arm den Dienst verweigerte, als er sich abstützen wollte. Er sah über die Schulter hinab. In seinem Oberarm steckte ein glänzender Haken aus Edelstahl. Blutverkrustete Hände griffen nach dessen Ende, und erneut explodierte der Schmerz, sodass ihm beinah die Sinne schwanden. Als er sich umdrehte, sah er den Mann, der ihn angegriffen hatte und der das Fleischerwerkzeug nun wieder in seinen Händen hielt.

Zuerst erkannte er das Gesicht nicht. Die Augen waren blutunterlaufen, die Stirn braun verschmiert und der Mund ein blutiges Loch. Die linke Wange war zerfetzt, man konnte die Zahnreihe des Unterkiefers sehen. Wo der Oberkiefer sein sollte, war eine klaffende Wunde.

Baumgartner brauchte einen Moment, um zu realisieren, dass es Paul war. Einen Moment, in dem Paul erneut mit seiner Waffe ausholte. Baumgartner duckte sich zur Seite, und der Stahl traf klirrend auf die Fliesen an der Wand. Ein unmenschlicher Schrei drang aus dem Loch in Pauls Gesicht und hallte im Raum wider, dann ein krächzendes Murmeln, der Versuch zu sprechen, ohne eine einzige verständliche Silbe.

Taumelnd rappelte Baumgartner sich auf und machte einen Schritt in Richtung Tür, als ihn ein neuer Schlag traf, diesmal weiter unten am Arm. Der Haken bohrte sich in sein Fleisch und wurde mit einer Wucht zurückgezogen, die Baumgartner von den Füßen riss und hart auf den Rücken warf. Der Haken drehte sich dabei zwischen seinen Muskeln, und erneut verlor er vor Schmerz fast das Bewusstsein. Paul riss am Haken, um ihn herauszuziehen, doch der hatte sich so in Baumgartners Arm verkeilt, dass er schließlich losließ und den Liegenden stattdessen mit Tritten attackierte.

Baumgartner krümmte sich und versuchte, mit dem gesunden Arm seinen Kopf zu schützen. Als er Pauls Schuh an seiner Hand spürte, griff er blind danach und riss Paul zu Boden. Der war davon so überrascht, dass er unkontrolliert nach hinten fiel und mit dem Kopf aufschlug. Benommen blieb er liegen.

Vorsichtig versuchte Baumgartner sich aufzurichten. Seine Welt schien nur noch aus Schmerz zu bestehen, jede andere Empfindung war getrübt, traumgleich. Er wollte aufstehen, doch irgendwie schien sein Bein nicht richtig zu funktionieren, und er fiel erneut hin. Stattdessen tastete er nach dem Fleischerhaken in seinem Arm. Zuerst konnte er ihn nicht erreichen. Erst als er den Körper drehte, wobei der Haken abermals im Fleisch rotierte, konnte er das stumpfe Ende fassen und den Haken herausziehen. Das braune Jackett war inzwischen blutgetränkt. Baumgartner warf einen Blick zur Tür, dann sah er zu Paul, der wieder zu sich zu kommen schien.

Und dann griff Baumgartner mit der Linken nach dem Haken und kniete sich hin. Er holte aus, um nach Paul zu schlagen, doch mit seiner ungeübten linken Hand verfehlte er ihn. Der zweite Schlag traf Paul mitten auf der Stirn. Ein Zucken ging durch seinen Körper, doch Baumgartner holte erneut aus – und dann wieder und wieder. Er traf Paul am Hals, in die Brust und im Gesicht. Seine Schläge waren so schwach, dass der Haken nicht tief eindrang, deshalb schlug er immer wieder zu, bis er keine Kraft mehr hatte. Dann sank er nieder und blieb auf den kalten Fliesen liegen.

Um exakt 14 Uhr 10 informierte der Journaldienst das Landeskriminalamt, dass ein Notruf eingegangen war. Im Schlachthof gebe es eine Schlägerei, ein verwahrloster Mann in einem braunen Jackett liefere sich einen Kampf mit einem Zweiten, der offenbar schwer verletzt war. Die Telefonistin hatte so ein komisches Gefühl gehabt und direkt Caroline Meiers Durchwahl gewählt. *Ein Mann in einem braunen Jackett,* erklärte sie. Meier verstand sofort. Weniger als zehn Minuten später trafen Hiebler und sie am Schlachthof ein.

Als sie eintraten, hatte sich bereits eine große Blutlache um die beiden regungslosen Körper gebildet. Zwei Rettungssanitäter knieten bei einem der beiden, dessen Gesicht nur noch eine fleischige Wunde war, und führten mit einem Defibrillator Wiederbelebungsmaßnahmen durch. Der andere war in stabile Seitenlage gebracht worden. Trotz der Blutflecken erkannte Meier das Jackett. Sie rannte zu ihm hin, und als sie sich hinunterbeugte, öffnete Baumgartner die Augen.

Nie zuvor war sie so erleichtert gewesen.

„Franz, alles in Ordnung? Geht es dir gut?"

Sie merkte, dass das in dieser Situation eine dumme Frage war.

Baumgartner hustete.

„Ist er das?", fragte sie.

Sie musste sich in die Blutlache knien und ganz zu ihm hinunterbeugen, um zu verstehen, was er sagte.

„Ein weißer Lieferwagen. Er muss hier sein."

In diesem Moment trafen zwei weitere Sanitäter ein, drängten Meier beiseite und kümmerten sich um Baumgartner.

Meier und Hiebler fanden den Lieferwagen am Ende des Geländes in der Nähe der Mur. Als sie näherkamen, hörten sie Stimmen aus dem Innenraum. Sie begannen zu laufen, als könnten wenige Sekunden über Leben und Tod entscheiden. Als sie den Laderaum öffneten, blinzelten ihnen vier verängstigte Gesichter entgegen.

In ihrer Mitte lag eine Person regungslos auf dem Boden. Sie war nicht mehr am Leben.

Die Frau trug eine alte Polizeiuniform und ein normales Halstuch als Kopftuch, wodurch sie nicht wie eine Syrerin, sondern eher wie eine Bäuerin bei der Ernte aussah. Die frische Uniform hatte sie nach dem Duschen gern angenommen, doch sie hatte auf ein Kopftuch bestanden, und außer dem Halstuch hatte man nichts gefunden. Ihr Name war Razan. Nun saß sie im Vernehmungsraum und fragte immer wieder nach ihrer Tochter. *Wissen Sie, wo sie ist? Geht es ihr gut? Sie müssen nach ihr suchen!* Doch Meier war eiskalt. So hatte Hiebler sie noch nie erlebt. Sie ließ die erschöpfte Frau zappeln, die außerdem verletzt war und blaue Würgemale am Hals hatte.

Was war in dem Lieferwagen passiert? Das wollte Meier unbedingt wissen. Ein Mann hatte die Entführung nicht überlebt, er war im Laderaum gestorben. Sein Körper wies Knochenbrüche auf, und auch er hatte Würgemale. Strangulation war vermutlich auch die Todesursache, hatte Steger gesagt, doch festlegen wollte er sich noch nicht.

Meier ließ den Dolmetscher immer wieder dieselben bohrenden Fragen wiederholen.

„Was ist passiert?“

„Wer hat den Mann angegriffen?

„Warum?“

Sie hatten alle vier kurz befragt, bevor sie sie den Ärzten übergeben hatten. Niemand hatte ihnen erklären können, was geschehen war. Eine Frau hatte überhaupt kein einziges Wort gesagt. Ein alter Mann hatte ihnen erklärt, dass sie die Ehefrau des Toten gewesen war.

Meier hatte entschieden, die jüngere Frau noch einmal zu befragen, nachdem sich herausgestellt hatte, dass sie die Mutter der kleinen Hani war. Ein Druckmittel.

Hiebler hatte seine Zweifel geäußert, doch Meier war hart geblieben.

„Sie sind Opfer, aber sie sind auch mordverdächtig, das dürfen wir nicht vergessen!"

„Sie machen aber nicht den Eindruck, als hätten sie sich abgesprochen. Sie wollen nur nicht darüber reden!"

„Eben. Deshalb müssen wir jetzt erfahren, was los ist. Bevor sie Zeit zum Nachdenken haben."

Da hatte Hiebler die Arme verschränkt und nichts mehr gesagt. Nun saß er neben Meier und musste sich beherrschen, um nicht einzugreifen. *Deiner Tochter geht es gut! Du darfst sie gleich sehen.*

Fast eine halbe Stunde dauerte das Gespräch, dauerten Meiers Fragen und Razans Gegenfragen, bis Razan in Tränen ausbrach. Bis jetzt war sie stark gewesen, nun forderte die Erschöpfung ihren Tribut.

Meier setzte nach.

„Wer hat ihn umgebracht?"

Da endlich sprach Razan.

„Die anderen", sagte der Dolmetscher.

„Sie soll weiterreden! Warum?", herrschte Meier ihn an.

Nun sprach die Frau länger. Tränen rannen ihre Wangen hinunter.

Hiebler bekam eine Gänsehaut, als er sah, wie stark diese Frau war. Sie sprach klar und deutlich, während die Tränen nicht zu fließen aufhörten. Irgendwann bedeutete ihr der Dolmetscher mit der Hand zu schweigen und wandte sich an Meier und Hiebler.

„Ich hoffe, ich krieg das hin. Also: Es hat Streit gegeben, soviel ich verstanden habe, ging es um ihre Tochter. Der Mann hieß Nizar. Er hat Razan vorgeworfen, ihre Tochter lasse sie im Stich. Er hat sich immer mehr hineingesteigert, bis er sie angegriffen hat und sie erwürgen wollte. Die anderen haben ihn zurückgehalten, doch er war nicht mehr ruhig zu bekommen, hat ihnen vorgeworfen, sich gegen ihn verschworen zu haben, und alle mit dem Tod bedroht. Da haben sie ihn festgehalten und erwürgt."

„Wer hat gewürgt?", fragte Meier.

„Ist das wichtig?", fragte der Dolmetscher.

„Ja, verdammt nochmal!"

Er fragte die Frau erneut, doch sie antwortete nicht mehr, weinte nur still vor sich hin.

Als Meier schwieg, hielt Hiebler es nicht mehr aus. Unter ihren erstaunten Blicken stand er auf und verließ den Raum. Er ging hinüber in die Kanzlei der Mordgruppe, wo die kleine Hani im Bürosessel an Meiers Schreibtisch saß, genau so, wie er sie vor über einer Stunde hingesetzt hatte. Hiebler hielt ihr die Hand hin und führte sie in den Vernehmungsraum. Razan entfuhr ein Schrei, und sie sprang auf. Hani riss sich von Hieblers Hand los, und Mutter und Tochter fielen sich in die Arme. Minutenlang flossen die Tränen. Die Anspannung ließ nach, sie hatten es überstanden, nun waren sie in Sicherheit.

Meier betrachtete die Szene regungslos, bis sie ohne ein weiteres Wort den Raum verließ.

Hiebler hatte damit gerechnet, eine Standpauke zu bekommen, doch die Sache kam nie wieder zur Sprache.

Wie ein Wirbelwind stürmte Sonnleitner in die Kanzlei der Mordgruppe.

„Bitte informieren Sie mich über die Details!", sagte er ohne ein Wort des Grußes zu Meier.

Er kam mit dem Flugzeug direkt aus Wien, wo er ein wichtiges Gespräch gehabt hatte, das sich selbst in dieser sensiblen Phase des Falls nicht verschieben ließ. Man munkelte, dass er als neuer Justizminister im Gespräch war. Seine Partei fuhr einen Erfolg nach dem anderen ein, und man bereitete sich bereits auf die Regierungsbeteiligung vor.

„Gehen wir in den Besprechungsraum", sagte Meier und nickte Hiebler, ihnen zu folgen.

Kurz darauf saß Sonnleitner mit leuchtenden Augen vor ihr.

„Stimmt es? Sie haben die Flüchtlinge befreit?"

Meier nickte und erklärte ihm, wo sie den Lieferwagen gefunden hatten.

„Einer der Flüchtlinge war tot. Es gab eine Auseinandersetzung, scheint Notwehr gewesen zu sein."

„Weiter", drängte Sonnleitner. „Haben Sie den Täter? Ist es derselbe wie bei den anderen Fahrzeugen?"

„Ja", sagte Meier, „es sieht so aus."

Sonnleitner klatschte in die Hände. „Das ist phantastisch! Sehen Sie? Es war eine gute Idee, die Mordgruppe zu vergrößern!"

„Es dürfte jedoch dauern, das zweifelsfrei zu verifizieren."

„Warum?"

„Weil er tot ist."

„Tot?“, fragte Sonnleitner entgeistert, und das Leuchten in seinen Augen erlosch. „Erklären Sie! Sie haben ihn doch nicht erschossen?“

Meier holte Luft.

„Es waren nicht wir, die ihn aufgespürt haben.“

„Sondern wer?“

„Franz Baumgartner.“

Sonnleitner erstarrte. Er sah aus, als hätte er gerade einen Geist gesehen. Er schien die Information nicht eine Sekunde lang anzuzweifeln, es wirkte eher so, als hätte er schon die ganze Zeit Angst davor gehabt.

„Ich habe Ihnen doch gesagt ...“, begann er.

„Ich weiß, was Sie mir gesagt haben!“, unterbrach ihn Meier. „Und ich habe ihn auch nicht in die Ermittlungen einbezogen.“

„Wie konnte er dann den Täter finden? Vor Ihnen?“

„Er war ihm offenbar schon seit Jahren auf der Spur. Ohne uns etwas zu sagen. Sie erinnern sich, dass er einmal wochenlang abwesend war? Da hat er ihn gesucht.“

„Aber damals gab es doch nicht einmal einen Mordfall!“

„Das verstehe ich auch nicht.“

Baumgartner ist ein Mysterium, dachte Hiebler. Wie ein Orakel in Minority Report. Plötzlich musste er schmunzeln, weil er nun besser verstand, wie Franz Baumgartner zu seinem Ruf gekommen war.

„Warum lachen Sie?“, fuhr Sonnleitner ihn an.

„Ich kann Ihnen jedenfalls versichern, von uns hatte er keine Informationen!“, sagte Meier.

Hiebler zuckte zusammen.

„Sagen Sie nicht, Franz Baumgartner hat den Hauptverdächtigen ermordet“, flüsterte Sonnleitner.

„Notwehr“, erklärte Meier.

Hiebler musste sich beherrschen, um sich nichts anmerken zu lassen. Das war eindeutig eine Lüge, wenn man das ernst nahm, was Baumgartner erzählt hatte.

Sonnleitner schien vor Wut zu kochen. Er stand auf und stieß seinen Sessel so heftig zur Seite, dass er umfiel. Eine Sekunde später war er zur Tür hinaus.

16 Uhr 45

Zur Pressekonferenz erschien Sonnleitner nicht. Nach dem Gespräch mit Meier war er auch nicht mehr ans Telefon gegangen. Deshalb stellten sich Lafkowits und Meier gemeinsam den Pressevertretern.

Kurz fassten die beiden die wichtigsten Informationen zusammen: Ja, die entführten Menschen waren in Sicherheit, ja, der Täter war identifiziert worden, aber er war nicht mehr am Leben. Meier verwendete bewusst den Begriff „entführt“, der im Zusammenhang mit Flüchtlingen sonderbar wirkte. Sie hatten das besprochen, und Lafkowits hatte keine Einwände gehabt.

Was das heißen sollte, er sei nicht mehr am Leben, fragte jemand von Reuters.

Da ließ Meier die Bombe platzen: Franz Baumgartner hatte den Mann aufgespürt, ohne Hilfe vom Landeskriminalamt, in Zusammenarbeit mit einem Privatdetektiv. Er sei offenbar jahrelang hinter ihm her gewesen, Genaueres werde man wissen, wenn man Baumgartner befragen könne.

„Bei einer Konfrontation am Schlachthof, wo auch die Flüchtlinge gefunden wurden, kam es zu einer Auseinandersetzung zwischen Baumgartner und dem

Hauptverdächtigen. Der Mann wurde dabei getötet und Baumgartner schwer verletzt."

Ein Raunen ging durch die Menge, Fragen wurden durcheinandergerufen. Meier saß still da und wartete, bis sie sich wieder beruhigt hatten.

„Der Hauptverdächtige – um wen handelt es sich? Kennen Sie seinen Namen?", fragte jemand.

„Ich bitte Sie um Verständnis, dass ich das noch nicht sagen kann. Wir müssen seine Identität noch verifizieren."

„Wo ist Franz Baumgartner? Ist er ansprechbar?", fragte ein anderer.

„Ich werde Ihnen nicht sagen, wo Franz Baumgartner ist", stellte Meier klar. „Er muss operiert werden und braucht Ruhe. Wir werden Ihnen Bescheid geben, sobald er bereit ist, mit Ihnen zu sprechen. Inzwischen bitte ich Sie, ihm Zeit zu lassen."

Es war klar, dass nicht alle hier diesen Wunsch respektieren würden. Aber sie mussten Baumgartner erst einmal finden.

Nach der Pressekonferenz kam Doris Wallner auf Meier zu und bat darum, noch ein Interview machen zu dürfen.

Meier schüttelte den Kopf und deutete auf Hiebler, der die Pressekonferenz vom Publikum aus verfolgt hatte.

„Versuchen Sie es doch bei meinem Kollegen."

Als die Journalistin in hohen Stöckelschuhen auf Hiebler zukam und ihm ihr schönstes Lächeln schenkte, wurde er sofort nervös.

„Sie müssen der Neue sein, der Franz Baumgartner ersetzt! Große Fußstapfen, muss ich sagen. Wie geht es Ihnen damit?"

„Ich glaube nicht, dass ich mit Ihnen sprechen sollte." Hiebler dachte an die Ermittlungsunterlagen, die er Baumgartner gegeben hatte. Er würde genug Ärger bekommen, auch ohne mit der Presse zu reden. Er sah sich nach Meier um, doch sie war bereits gegangen. Von den anderen Journalisten schien niemand mitbekommen zu haben, dass er ein Mitglied der Mordgruppe war, sonst hätte sich bestimmt längst eine Menschentraube gebildet.

Wallner hatte ihr Aufnahmegerät noch nicht herausgeholt. Es sah also aus, als würde sie sich mit einem Kollegen unterhalten.

„Sie meinen, weil Sie mir zu viel verraten könnten?", fragte sie. „Machen Sie sich keine Sorgen, einiges weiß ich bereits."

Sie schmunzelte.

„Paul Novak, richtig?"

Hiebler starrte sie entgeistert an. „Woher wissen Sie ..."

„Franz Baumgartner selbst hat mir von ihm erzählt", erklärte sie.

Hiebler wurde zornig. „Sie hätten uns Bescheid geben müssen!"

„Woher hätte ich wissen sollen, dass er der Verdächtige in diesem Fall ist? Es ist Monate her, dass Baumgartner und ich über ihn gesprochen haben! Wir sind befreundet, müssen Sie wissen."

„Ich hätte ihn anders eingeschätzt", sagte Hiebler nur.

„Machen Sie sich keine Sorgen", antwortete Wallner, „die Geschichte wird sich um Franz drehen, nicht um Sie. An Sie habe ich nur ein paar kleine Fragen."

Als Meier und Hiebler das Krankenzimmer betraten, war Baumgartner wach. Er sah furchtbar aus, aber das war keine Überraschung. Seine Oberlippe war aufgeplatzt, am Kopf hatte er eine große Beule, ein Auge war blau, seine Haare waren fettig und standen in alle Richtungen und sein rechter Arm war einbandagiert.

„Franz!“, sagte Meier. „Wie geht es dir?“

Ihre Stimme hatte etwas Weinerliches. Hiebler fragte sich, ob er so begrüßt werden wollte, wenn es ihm schlecht ging. Doch Meier und Baumgartner schienen wirklich gut befreundet zu sein, er reagierte mit einem dünnen Lächeln.

„Geht schon“, sagte er. „Ein Schluck Wein würde mir guttun. Ihr habt keinen dabei, oder?“

Meier lachte gekünstelt, doch sie schien sich sogar über die ironische Antwort zu freuen.

„Hallo, Hiebler“, sagte Baumgartner. „Danke für die Akten.“

„Bitte sag das nicht so laut!“, gab Meier zurück. „Er hätte sie dir gar nicht geben dürfen.“

„Ich weiß“, antwortete Baumgartner. „Einen guten Mann hast du da. Es ist beruhigend zu sehen, dass ich nicht gebraucht werde.“

„So ein Schmarrn, Franz! Das meinst du nicht ernst?“

„Ich habe es mir nicht eingebildet“, sagte Baumgartner.

„Nein, hast du nicht. Wieder einmal. Ich muss mich bei dir entschuldigen.“

Baumgartner schwieg. Er schien die Entschuldigung zu akzeptieren.

„Ich habe ihn umgebracht“, sagte er schließlich tonlos.

„Es war Notwehr!“, entgegnete Meier.

Baumgartner schüttelte den Kopf.

„Ihr wart allein“, sagte Meier. „Du kannst doch erzählen, was du willst! Bitte tu mir einen Gefallen und reite dich da selbst nicht noch tiefer rein!“

„Wie geht es den Flüchtlingen?“, fragte er.

„Gut“, antwortete Meier. Den Todesfall im Lieferwagen verschwieg sie, das sollte er später in der Zeitung lesen, wenn er wollte.

In diesem Moment kam ein Arzt in einem weißen Kittel herein, der ihnen erklärte, dass man Baumgartner nun für die Operation vorbereiten würde.

„Es war dumm, dass du ihm die Ermittlungsakten gegeben hast“, sagte Meier, als sie die Unfallchirurgie des Landeskrankenhauses verließen.

„Ja, leider“, sagte Hiebler. „Aber ich habe mir gedacht ...“

Er wagte zuerst nicht, weiterzusprechen, doch als Meier nichts sagte, fuhr er fort.

„Ich meine, das ist nicht irgendjemand, das ist Franz Baumgartner! Es ist doch nicht unsere Schuld, wenn Sonnleitner ihn von den Ermittlungen ausschließt.“

„Diese Leute säßen immer noch im Laderaum, wenn du ihm die Akten nicht gegeben hättest“, sagte Meier.

„Trotzdem. Es war gegen die Vorschriften. Ich werde Probleme bekommen, zu Recht.“

„Wir werden sehen. Ich hätte sie ihm selber gegeben, wenn ich ihm geglaubt hätte.“

Hiebler glaubte nicht, dass das wirklich etwas änderte, aber er spürte dennoch große Erleichterung über ihr Verständnis.

„Wie spät morgen?“, fragte er.

„Besprechung um acht.“

Sie verabschiedeten sich ohne ein weiteres Wort. Für Sentimentalitäten waren sie zu müde.

Mittwoch, 8 Uhr

Ranftl und seine Kollegen zogen grimmige Gesichter, als sie in der Besprechung saßen. Man hatte sie nicht angerufen, als Meier und Hiebler zum Schlachthof gefahren waren, das trugen sie Meier sichtlich nach. Es ergab kein gutes Bild. Sie schienen darauf zu hoffen, dass Sonnleitner die Sache ansprach, doch er war ungewöhnlich ruhig, hatte seit der Begrüßung noch kein einziges Wort gesagt. Ein Kollege von der Fremdenpolizei namens Duschek war ebenfalls anwesend.

„Paul Novak", begann Meier, „geboren als Paul Graf in Graz. Wuchs in Thondorf auf, ganz in der Nähe von Franz Baumgartner. Die beiden spielten viel miteinander. Den Namen Novak hat er angenommen, als er sich eine falsche Identität zugelegt hat. Er hat als Entwicklungshelfer für die UNO gearbeitet und ist dabei zwischen die Fronten geraten. Ein großer Minenbetreiber in Nigeria hat ein Kopfgeld auf ihn ausgesetzt. Dann hat er in Österreich seine eigene kleine Hilfsorganisation gegründet, *Der Mensch*. Sie finanzierten sich hauptsächlich über einige Großspender, hat seine Frau erklärt. Er hat sie bei der UNO kennengelernt, geheiratet haben sie erst nach der Gründung der Organisation. Die Geschichte mit den Großspendern ist fragwürdig, es könnte sein, dass sich die Organisation in den letzten Jahren über Schlepperei finanziert hat."

„Haben Sie nicht gesagt, er hat kaum Geld verlangt?", fragte Hiebler in Richtung Duschek.

„Unterschiedlich", sagte dieser. „Die Armen hat er quasi kostenlos mitgenommen, sagen sie zumindest aus. Die Reichen hat er dafür gehörig abgezockt."

„Hat er die Leute über die Balkanroute transportiert?“, fragte Meier.

„Ja, er hat sie direkt aus Flüchtlingslagern in der Türkei geholt oder auch vor diversen Zäunen aufgesammelt, ihnen neue Kleider gegeben und sie dann an allen Kontingenten und Obergrenzen vorbeigeschleust.“

„Die Kleider sind also von ihm. Das erklärt, warum sie aus Graz kommen. Er hat sie hier gekauft.“

„Wie soll das zusammenpassen?“, fragte Ranftl. „Was ist er jetzt? Schlepper? Oder Entwicklungshelfer? Er kann doch nicht beides sein.“

„Warum nicht?“, fragte Meier. „Er wollte den Menschen helfen.“

Ranftl lachte. „Und warum hat er sie dann verdursten lassen?“

„Das verstehen wir noch nicht. Aber seine Frau hat alles bestätigt.“

„Blödsinn, das passt nicht zusammen“, stellte Ranftl fest. „Schlepperei ist organisierte Kriminalität. Das ist ein Milliardengeschäft.“

„Genau deshalb braucht es welche, die den Leuten wirklich helfen wollen!“, wurde Meier laut.

„Indem sie sie zu uns bringen?“

„Ganz genau!“

„Großartig! Und wie viele verkraften wir noch? Glaubt wirklich irgendwer, dass das jemals aufhört?“

„Wer hat je behauptet, dass wir das verkraften?“, sagte Meier, um die Diskussion zu beenden.

Es gelang, Ranftl grinste triumphierend und sagte nichts mehr.

„Das bedeutet, der Fall ist gelöst“, stellte Lafkowits fest. „Sehe ich das richtig?“

„Ein paar Hintergründe sind noch zu klären", sagte Meier, deren Stimme immer noch zitterte vor Wut. „Ich möchte vor allem das Motiv besser verstehen. Dazu muss ich mit Franz reden."

Als er diesen Namen hörte, zuckte Sonnleitner zusammen.

„Sehen Sie zu, dass Sie diese Sache schnell abschließen. Aus meiner Sicht haben wir genug, um seine Frau wegen Schlepperei und Beihilfe zum Mord anzuklagen."

„Sie ist aber sehr kooperativ", entgegnete Meier, „und von den Toten wusste sie nichts."

„Für mich schwer vorstellbar. Wenn sie klug wäre, hätte sie sich gleich einen guten Anwalt genommen, statt so kooperativ zu sein."

Danach wurden die Aufgaben für den Tag verteilt. Novaks Frau sollte noch einmal vernommen werden, danach war eine formelle Befragung Franz Baumgartners angesetzt. Hiebler war gespannt, was für eine Version Meier und Baumgartner sich ausdenken würden. Er war froh, nicht dabei sein zu müssen. Ranftl und seine beiden Kollegen bekamen keine Aufgaben mehr zugeteilt. Sie wurden nicht mehr gebraucht und es wurde vereinbart, dass sie noch heute zu ihren Dienststellen zurückkehren würden.

Beim Hinausgehen gaben sie Lafkowits und Sonnleitner die Hand.

Von den anderen verabschiedeten sie sich nicht.

Nach dem Meeting bekam Hiebler einen Anruf von Oliver Brink.

„Hast du am Abend Zeit auf ein Bier?"

Hiebler wusste die Nachricht zu deuten. Sie hatten vereinbart, am Telefon nicht über den USB-Stick zu sprechen.

19 Uhr

Hiebler und Brink begrüßten sich herzlich. Obwohl sie sich von der Polizeischule kannten und seit damals befreundet waren, hatte Hiebler Brink noch nie zuhause besucht. Damals war Brink noch schlanker gewesen, doch inzwischen hatte er Speck angesetzt, und mit seinen langen, ungewaschenen Haaren hatte er sich endgültig in den Hacker verwandelt, für den Hiebler ihn immer gehalten hatte. Oberst Sukitsch aber war der junge autodidakte Computerexperte aufgefallen, und so hatte Brink als externer Berater bei einem von Franz Baumgartners Fällen mitarbeiten können.

Sie umarmten sich kurz und führten Smalltalk, bevor sie die Akkus aus den Handys nahmen. Beide hatten noch alte Modelle, wo das ging. Brink war völlig paranoid.

„Also, ich hab mir den Stick angesehen", sagte er, als sie sich vor dessen Rechner setzten.

„Kannst du die Sachen lesen?"

„Ja, kann ich. Ist nicht schwer, das hättest du selber auch geschafft."

Hiebler schmunzelte. „Nein, hab ich ja versucht. Sonst wäre ich nicht hier. Was ist drauf?"

„Der Stick hat 64 GB. Ungefähr die Hälfte davon sind Verbindungsdaten aus einem Zeitraum von sechs Monaten vor etwa einem Jahr. Von gut einer Million Geräten."

„Eine Million Handys? In Österreich?“

„Genau. Wer wann mit wem telefoniert hat. Nummern, Anrufdauer, aber keine Aufzeichnungen. Die andere Hälfte besteht aus SMS. Da geht es um einige hundert Nutzer. Die gute Nachricht: Deine Nummer ist nicht darunter. Glück gehabt! Sonst würden ein paar österreichische Journalisten jetzt die SMS lesen, die du den Mädchen geschrieben hast, die du vor einem Jahr abgeschleppt hast. Wie viele gab es da eigentlich?“

„Mehr als bei dir“, lachte Hiebler, „aber das ist nicht schwer, oder?“

„Wenn du wüsstest!“

Brink ließ mit wenigen Tastendrucken auf seiner Tastatur ein paar Fenster erscheinen, ohne ein einziges Mal zur Maus zu greifen.

„Mich würde wirklich interessieren, wonach wir eigentlich suchen. Eins muss dir klar sein: Was wir hier machen, ist illegal.“

Hiebler nickte.

„Wir suchen nach einem Grund, warum jemand die Frau umgebracht hat, die diesen Stick an die Medien weitergegeben hat.“

Brink drehte seinen großen Chefsessel zu Hiebler um. „Ist nicht dein Ernst? Sie ist tot?“

„Ja. Und ihr Lebensgefährte sagt, der Stick ist der Grund. Also?“

„Das wird ja immer schöner“, sagte Brink. „Wenn ich dir einen Rat geben darf, sobald wir hier fertig sind, musst du das Ding zerstören, hast du verstanden?“

„Geht klar“, sagte Hiebler, obwohl er sich nicht sicher war, ob er das wirklich tun wollte.

In den folgenden zwei Stunden suchten sie Namen zu den Telefonnummern, die auf dem Stick gespeichert waren. Brink schrieb dazu ein kurzes Programm, das den Anonymisierungsdienst TOR nutzte, um online alle öffentlich zugänglichen Telefonverzeichnisse zu durchforsten. Sie konnten zusehen, wie eine Liste mit Namen entstand und immer länger wurde. Als Brinks Programm nichts mehr fand und er immer noch nicht zufrieden war, chattete er mit einem Freund in China, der Zugang zu einigen nicht öffentlichen Verzeichnissen mit Geheimnummern hatte.

Am Ende konnten sie 80 Prozent der Nummern bestimmten Namen zuordnen.

„Was erwartest du dir davon?“, fragte Brink, als sie fertig waren.

„Ich weiß nicht. Ich will diesem Bohrmann irgendwas bieten.“

„Obwohl er dich geschlagen hat?“

Hiebler zuckte mit den Schultern.

Brink gab sich damit zufrieden. Er warf Hiebler den Stick zu. „Ich bin gespannt, was dabei rauskommt. Willst du ein Bier?“

„Gern!“

Sie setzten sich auf Brinks schwarze Ledersofas, und während dieser sich einen Joint drehte, blieb Hiebler beim Bier. Er erzählte von dem Fall, den sie gerade gelöst hatten, und Baumgartners Rolle darin. Brink lachte immer wieder. Seine Augen waren schmal geworden, und er machte ein zufriedenes Gesicht.

Sie sprachen über Baumgartner und kamen überein, dass er vollkommen wahnsinnig und dennoch der coolste Polizist von allen war.

Donnerstag, 10 Uhr

Auf dem Semmering schien die Sonne und es wehte ein eisiger Wind. Ein Wetterumschwung kündigte sich an. Hiebler hatte die Hände eingesteckt, die kalt geworden waren auf dem kurzen Fußmarsch vom Auto zu dem großen Hotel im Wald. Lange würde er hier nicht stehen bleiben können, ohne sich zu erkälten.

Zehn Bauarbeiter zählte Hiebler. Sie alle arbeiteten an dem wuchtigen Gebäude, das in sehr schlechtem Zustand zu sein schien. Der alte Stuck wies große Lücken auf, die mit weißer Masse ausgebessert wurden. Vor dem Haus lag dunkles Holz auf einem großen Haufen. Das Dach sah neu aus, offenbar hatte man den Dachstuhl komplett ausgetauscht.

Solche alten Hotels am Semmering kannte Hiebler vom Zugfahren. Früher war der Semmering ein Naherholungsgebiet für Wiener gewesen, mit der Eisenbahn gut erreichbar, doch das war lange her. Die Hotels waren geblieben.

Eines von ihnen wurde nun also renoviert. Von einem großen Investor, mehr hatte er im Internet nicht erfahren. Man war dankbar über Leute, die hier Geld investierten und die Region belebten.

Nicht weit von hier war Eva Brandner gefunden wurden.

Und Hiebler glaubte nun zu wissen, was mit ihr passiert war.

Alles war ihm spontan klar geworden. Er hatte den Stick aus dem Versteck geholt, den Stick, den er natürlich nicht weggeworfen hatte. Dann hatte er alle Informationen über Lobo Petrov herausgesucht, die er finden konnte. Lobo Petrov, den Bohrmann erwähnt hatte und dessen Rüstungsunternehmen über verschiedene Ecken Mehrheitseigentümer des Telekom-Unternehmens war, das Eva Brandner beschäftigt hatte.

Petrovs Nummer war auf dem Stick und zeugte von regem telefonischem Austausch mit Leuten, die zur russischen Mafia zu zählen waren. Einer davon war in Wien wegen Mordes angeklagt.

Ganz einfach, eigentlich.

Indem sie die Verbindungsdaten geleakt hatte, hatte Eva Brandner den Eigentümer des Unternehmens in Gefahr gebracht.

Lobo Petrov, den Oligarchen, der ausgezeichnete Kontakte zur Mafia unterhielt. Und in solchen Kreisen verstand man in dieser Hinsicht keinen Spaß.

Lobo Petrov, der hier dieses alte Hotel gekauft hatte. In dessen Nähe Eva Brandners Leiche gefunden wurde.

Es gab nur ein Problem: Der einzige Anhaltspunkt waren Dateien mit Verbindungsdaten, die er als Polizist ohne richterlichen Beschluss eigentlich nicht einsehen durfte. Die Mitarbeiter der Telekom-Unternehmen selbst durften diese Daten selbstverständlich einsehen, egal, ob sie bei der Mafia waren oder nicht. Aber für die Polizei galten strengere Regeln. Wenn er damit also zu Sonnleitner ging, würde vermutlich Folgendes passieren: Alles würde schnell unter den Teppich gekehrt, um sich einen Skandal zu ersparen. Jemanden wie Petrov würde Sonnleitner auf keinen Fall angreifen, wenn er nicht unbedingt musste. Er, Hiebler, würde intern sanktioniert werden. Was er gemacht hatte, war eindeutig illegal. Er war ohnehin schon gefährdet, weil er die Akten an Baumgartner weitergegeben hatte.

Hiebler merkte, wie sehr er mittlerweile fror. Er drehte sich um und ging zurück zum Auto.

Er verstand, dass er bereits schwach geworden war.

Er würde die Sache auf sich beruhen lassen.

Hiebler ahnte, dass Baumgartner dem nachgegangen wäre, ohne Rücksicht auf Verluste, bereit, alle Konsequenzen zu tragen. Doch Hiebler verstand inzwischen, dass das nicht sein Weg war. Er wollte nicht werden wie Baumgartner. Baumgartner war kein Vorbild, an dem man sich orientieren konnte. Jeder andere wäre schon vor langer Zeit gescheitert, wenn er die Dinge so angegangen wäre wie er. Vielleicht musste Hiebler das lernen, um Polizist sein zu können. Kompromisse einzugehen, wenn es nötig war.

Er wurde als Polizist anderswo gebraucht. Und er konnte gut sein, richtig gut, das wusste er inzwischen. Andere Täter mussten zur Rechenschaft gezogen werden. Er war es den zukünftigen Opfern schuldig, auch ihnen zur Verfügung zu stehen.

Auf der Rückfahrt in die Stadt blieb er an einem Kanalgitter stehen und holte den Stick aus der Tasche. Er drehte ihn zwischen den Fingern hin und her, dann fuhr er die Scheibe hinunter und ließ ihn durch das Gitter fallen.

20 Uhr

Es ist der Abend nach einem abgeschlossenen Fall für die Mordgruppe. Der Schuldige ist identifiziert, die Öffentlichkeit ist erleichtert, weil sichergestellt ist, dass Derartiges nicht mehr passieren kann. Die Normalität kehrt zurück, das Schreckliche, das geschehen ist, war nur ein Ausreißer in der Statistik, eine grausige Kuriosität. Das Verbindende, Gemeinsame hat gesiegt, der

Alltag kann kommen. Die Zeitungsleute sind glücklich, die Wochenendausgaben enthalten ausführliche Berichte über das spektakuläre Ende dieses Falls, das Innenministerium ist beruhigt, man hat sich schon Sorgen gemacht.

Die Ermittler der Mordgruppe spüren, wie der Druck von ihnen abfällt. Endlich haben sie ein freies Wochenende vor sich, können sich wieder mehr Zeit für ihre Familien nehmen. Auch sie sind erleichtert und glücklich.

Doch nicht an diesem Abend.

Caroline Meier schweigt beim Abendessen ihre Lebensgefährtin Klara an, die nicht herausfinden kann, was eigentlich los ist. Rainer Swoboda sitzt alleine zu Hause, raucht eine Zigarette und denkt, dass es langsam wirklich Zeit für die Pension wird. Kurt Lafkowits führt mit seiner Freundin ein langes Gespräch, in dem er ihr alles erzählt; wie die Mordgruppe von Intrigen gelähmt wird, wie gern er aufräumen würde, wenn er die Macht dazu hätte. Staatsanwalt Sonnleitner gibt seiner Frau eine Ohrfeige im Streit um irgendeine Kleinigkeit, weil er den Zorn über Baumgartner abreagieren muss, der ihm einfach keine Ruhe lässt. Kevin Hiebler ist mit Freunden auf einem Konzert im Forum Stadtpark, trinkt mehr als sonst und tanzt zu schwerem Drum and Base, der ihm den Kopf leerräumt, sein schlechtes Gewissen dämpft, ihn vergessen lässt, während ein Mädchen mit langen Dreadlocks ihn vom Rand der Tanzfläche beobachtet und überlegt, wie sie ihn ansprechen könnte.

Später begleitet sie ihn nach Hause, während Franz Baumgartner wach im Krankenhausbett liegt und schmerzhaftes Verlangen nach Bier hat, so brennend, dass er eine Entscheidung trifft.

Freitag, 9 Uhr

Baumgartner hatte es sich fest vorgenommen: Sobald man ihn entließ, wollte er nicht zurück in seine Wohnung gehen, sondern die paar Meter von der Unfallchirurgie zur Psychiatrie des Landeskrankenhauses spazieren. Wenn er hinaus auf die Straße ging, würde er nur ins nächste Geschäft gehen und sich etwas zu trinken kaufen.

Er betrat den Eingangsbereich des Gebäudes, das etwas entfernt von den anderen Kliniken lag, im Wald, vor neugierigen Blicken geschützt. Ein junger Mann an der Rezeption lächelte ihn an.

„Kann ich Ihnen behilflich sein?"

Baumgartner nahm all seinen Mut zusammen.

„Ich weiß nicht mehr weiter", sagte er.

Der Mann nickte. „Sagen Sie mir doch bitte Ihren Namen."

„Franz Baumgartner."

„Wollen Sie mir mehr erzählen?", fragte der Mann.

„Ich bin Alkoholiker. Ich habe es nicht mehr im Griff. Mein Leben ist mir nicht mehr wichtig, und das macht mir Angst. Obwohl es mir egal ist. Ich habe Angst, was passieren könnte, weil mir alles egal ist. Es sind nur noch Gewohnheiten, die mich am Leben erhalten."

Der junge Mann nickte verständnisvoll.

„Warten Sie doch bitte hier. Der Arzt wird gleich für Sie Zeit haben. Nur einen Moment, ja?"

Baumgartner bedankte sich und nahm auf einer Sitzbank Platz. Es dauerte keine zehn Minuten, bis eine Ärztin erschien, die nur wenig älter war als der Rezeptionist und ein ähnlich kompromissloses Lächeln hatte. Ein verwirrendes Lächeln, weil es ihm das Gefühl gab, dass hier niemand darauf reagierte, wie schlecht es ihm ging. Sie schienen seinen Zustand als völlig normal zu betrachten. Baumgartner war drauf und dran zu flüchten, doch er riss sich zusammen und folgte der Ärztin in einen Behandlungsraum. Er erzählte ihr, was er bereits dem jungen Mann gesagt hatte. Als er fertig war, nahm die Frau einen Rezeptblock in die Hand.

„Was ist los mit mir?", fragte Baumgartner.

„Sie haben eine depressive Phase. Das ist relativ häufig um diese Jahreszeit. Weiter verbreitet, als man meint. Was das Trinken angeht, da müssen Sie tatsächlich aufpassen. Wenn Sie sich der Sache nicht gewachsen fühlen, können Sie jederzeit wiederkommen. Ich schreibe Ihnen hier ein leichtes Antidepressivum auf. Und das ist der Kontakt zu einem Psychotherapiezentrum. Fragen Sie nach Doktor Haider für ein Erstgespräch."

„Muss ich hierbleiben?", fragte Baumgartner, als die Ärztin aufstand.

„Wollen Sie hierbleiben? Sie müssen nicht."

„Aber wenn ich heimgehe, trinke ich wieder etwas."

„Es ist Ihre Verantwortung. Wenn Sie sich sicherer fühlen, können Sie auch eine Nacht bei uns verbringen."

Baumgartner überlegte, ob eine Nacht genug war.

„Sie schaffen das", sagte die Ärztin plötzlich. „Ich kenne Sie aus der Zeitung, Herr Baumgartner. Es ist beeindruckend, was Sie geleistet haben, aber sicher war es auch sehr schwer. Sie schaffen das, ich bin mir ganz sicher."

„Danke", sagte Baumgartner.

Epilog

Einen Monat später

Baumgartner ging die Mur entlang. Zum zweiten Mal machte er diesen Spaziergang nun. Bisher hatte er keine Lust auf Spazieren gehabt, nicht zuletzt, weil noch überall die Plakate mit Gregor Wolf hingen, der die Wahl gewonnen hatte. Eine Woche war das inzwischen her, nun waren zumindest die größten Plakatständer weggeräumt. Und an der Mur war ohnehin nicht plakatiert worden.

Die Kälteperiode hatte nicht lang gedauert, es war wieder frühlingshaft. Viel zu warm für diese Jahreszeit.

Baumgartner musste in letzter Zeit immer wieder an den Fall mit der Kreissäge denken. An diesen Mörder, dessen Hass auf Menschen sich daraus gespeist hatte, dass wir unseren Planeten zerstören. Er versuchte, diese Gedanken zu verdrängen.

Baumgartner konnte nicht behaupten, dass er gern hier ging, weil er im Moment so gut wie nichts gern machte. Er hätte gern ein Bier getrunken oder auch mehrere, aber inzwischen war es zwei Wochen her, dass er Alkohol angerührt hatte. Er wusste noch nicht, ob er durchhalten würde, aber selbst das war ihm inzwischen egal. Während des Spaziergangs hier war er ruhig, das war schon viel. Natürlich lag das auch an den Medikamenten, die er konsequent einnahm, weil er wusste, dass er sie brauchte. Er vertraute den Ärzten vom LKH. Ob er dem Mann vertraute, bei dem er die Gesprächstherapie machte, konnte er noch nicht sagen.

Da kam er an einem Graffiti vorbei, das ihm letztes Mal nicht aufgefallen war. Dieses Stück war eines der hässlichsten des ohnehin nicht besonders schönen Weges, begrenzt vom Dickicht der Mur-Böschung auf der einen und einer rohen Holzwand auf der anderen Seite.

„Her mit dem schön“ stand da an der Wand.

Mit einem Mal musste Baumgartner grinsen, schief, weil er es nicht mehr gewohnt war. Und einen kurzen Moment lang war er glücklich.

Als er nach Hause kam, nahm er sich vor, Kevin Hiebler anzurufen und ihn zu fragen, ob sie in nächster Zeit irgendwann einen Kaffee trinken gehen wollten.

Nachwort

Ich habe beim Schreiben dieses Romans mehr als einmal daran gezweifelt, dieses so schwere und ernste Thema in einem Krimi aufzugreifen, besonders, als auf der A4 jener Kühl-LKW gefunden wurde, in dem 71 Menschen qualvoll zu Tode kamen. Das Szenario ähnelte jenem in meiner Geschichte so frappant, dass ich darüber nachdachte, das Projekt aufzugeben. Die ersten Kapitel waren zu diesem Zeitpunkt bereits geschrieben.

Dass ich nur einige kleine Änderungen vornahm und den Roman wie geplant beendete, hat damit zu tun, dass mir das zentrale Motiv der Geschichte ein echtes Anliegen ist: die Verletzlichkeit der Menschen zu zeigen, die aus verschiedensten Gründen in Booten und Lastwagen zu uns kommen und deren Leben uns viel weniger wert zu sein scheint als unseres. Diese Menschen und die Anzahl, in der sie bei uns Schutz suchen, sind nicht nur eine enorme Herausforderung für uns und unsere Lebensweise, sondern auch für jene Werte, die wir uns in Europa seit der Antike erkämpft haben. Werte, die in allen Baumgartner-Krimis eine Rolle spielen und die Mitteleuropa und Skandinavien überhaupt erst attraktiv für Flüchtende machen – nicht nur der Wohlstand, wie so oft behauptet wird, den gibt es auch in Osteuropa.

Sind diese Werte etwas, das nur in den reichsten Ländern der Welt von Bedeutung ist? Ein Luxus der Reichen und Satten? Oder gelten sie auch auf der anderen Seite jener Zäune, die gerade überall hochgezogen werden, während ich diese Zeilen schreibe? Ich will, dass wir um diese Werte kämpfen, nicht nur um der

Flüchtenden willen, sondern – ich gestehe es – aus purem Egoismus. Weil ich in einem Europa leben will, das diesen Werten treu bleibt.

Wenn wir sie verlieren, werden wir es bitter bereuen.

Mein Dank gilt:

- wie immer Bettina Riedler und Ulli Silberschneider für gemeinsame Gedankenreisen in die Psyche meiner schwierigen Charaktere – bei Kaffee und Kuchen –,
- Christian „Fuxl“ Fuchs, der mir eine wunderbare Idee für dieses Buch geschenkt hat, die hervorragend ins Konzept passte,
- Fredi Fritz, dem Experten für IT, Slacklinen und Terry Pratchett,
- Florian Dorfmeister und Martin Kleindl, die mir halfen, ein kleines Mädchen aus einem dunklen Raum zu befreien,
- Christine Wiesenhofer, dafür, dass sie Baumgartner zum Leben erweckt hat,
- und Inken, die darauf bestanden hat, dass in der Geschichte – wie ernst sie auch sein mag – ein Einhorn vorkommt.